京都府警あやかし課の事件簿5

花舞う祇園と芸舞妓

天花寺さやか

PHP
文芸文庫

JN119791

○本表紙デザイン＋ロゴ＝川上成夫

もくじ

主な登場人物

天堂《てんどう》竹男《ちくお》
京都府警察「人外特別警戒隊《じんがいとくべつけいかいたい》」、通称「あやかし課」隊員。八坂《やさか》神社《じんじゃ》氏子《うじこ》区域《くいき》事務所《じむしょ》である「喫茶ちとせ」のオーナー兼店長。

深津《ふかつ》勲義《いさよし》
京都府警察警部補。八坂神社氏子区域事務所の所長。竹男の幼馴染《おさななじみ》。

総代《そうしろ》和樹《かずき》
「あやかし課」隊員で、伏見《ふしみ》稲荷大社《いなりたいしゃ》氏子区域事務所である和装体験処《どころ》「変化庵《へんげあん》」に勤務。古賀大《こがまさる》の同期。

古賀《こが》大《まさる》

「あやかし課」隊員で、「喫茶ちとせ」に勤務。
簪《かんざし》を抜くと男性の「まさる」に変身できる。
坂本塔太郎《さかもととうたろう》に想いを寄せている。

坂本塔太郎《さかもととうたろう》

雷の力を操る「あやかし課」の若きエース。
大の教育係を務める。

御宮玉木《みやたまき》

京都府警察巡査部長。深津の部下。
神社のお札《ふだ》を貼った扇《おうぎ》で結界《けっかい》を作る力を持つ。

山上琴子《やまがみことこ》

「あやかし課」隊員で薙刀《なぎなた》の名手。
「喫茶ちとせ」の厨房《ちゅうぼう》担当。

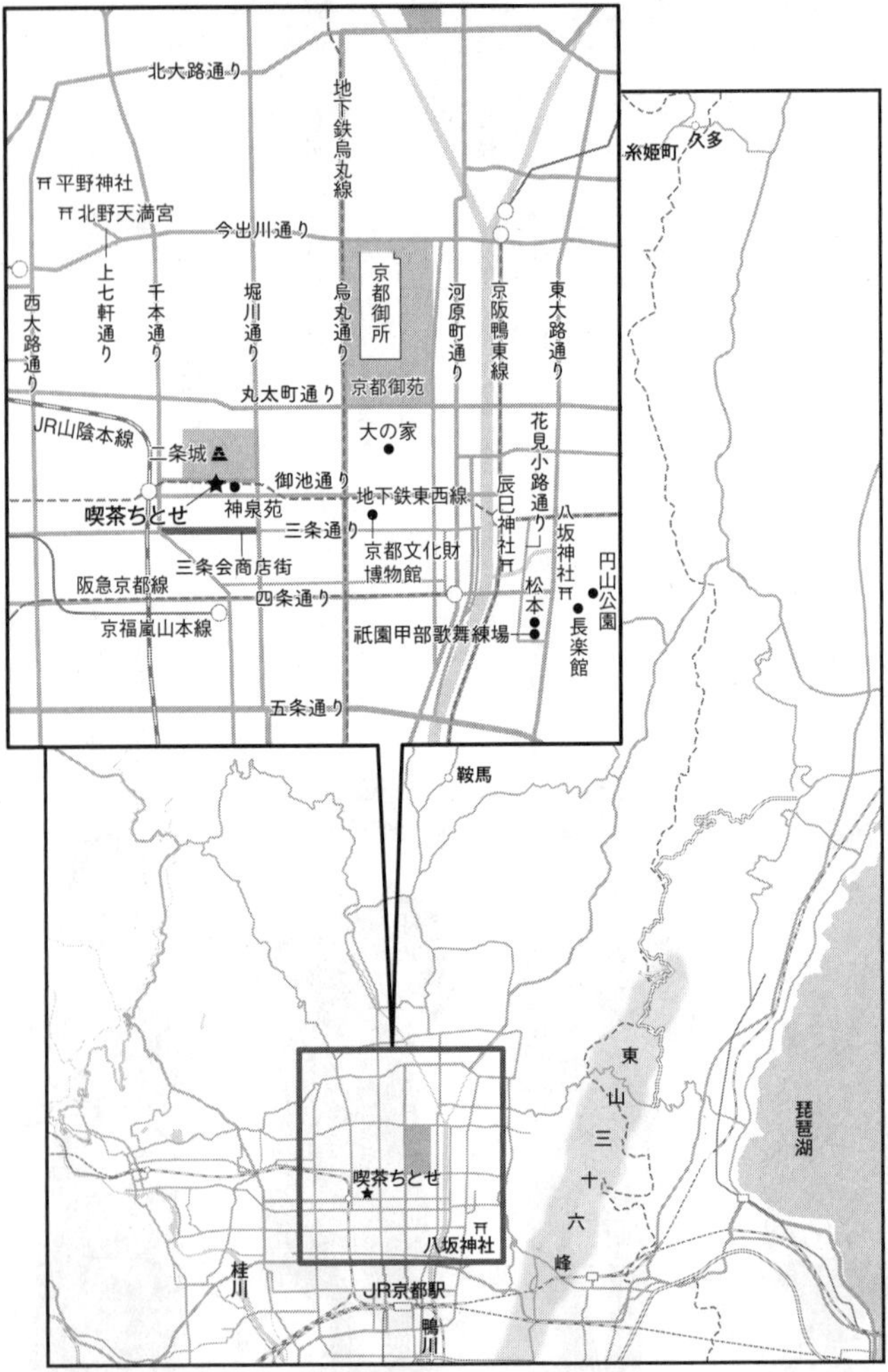

北大路通り
地下鉄烏丸線
平野神社
北野天満宮
今出川通り
上七軒通り
西大路通り
千本通り
堀川通り
烏丸通り
京都御所
河原町通り
京阪鴨東線
東大路通り
丸太町通り
京都御苑
JR山陰本線
大の家
二条城
御池通り
花見小路通り
地下鉄東西線
辰巳神社
喫茶ちとせ
神泉苑
八坂神社
三条通り
京都文化財博物館
円山公園
三条会商店街
松本
阪急京都線
四条通り
長楽館
京福嵐山本線
祇園甲部歌舞練場
五条通り
糸姫町
久多
鞍馬
東山三十六峰
琵琶湖
喫茶ちとせ
八坂神社
桂川
JR京都駅
鴨川

序

大《まさる》が女性の顔を覗《のぞ》き込むと、彼女の目は黄色くぎらついている。

あっという間に牙《きば》を生やした鬼女《きじょ》となり、大の手を綱のように引いて飛びかかってきた。

突然の事で、今度は大が石畳《いしだたみ》に倒される。背中の痛みを感じる暇もなく、相手が大の首に噛《か》みつこうとする。大も両手に力を込めて、迫る相手の肩を必死に押し返していた。

両手が離せないため、置いた刀袋を取るどころか、簪《かんざし》を抜く事さえできない。

塔太郎《とうたろう》が鬼女の頰《ほお》を貫かんばかりに蹴《け》り倒すと、鬼女は喉《のど》を裂くような悲鳴を上げながら、顎《あご》を押さえて転げ回った。

「大ちゃん、大丈夫か⁉」

「はい！　ありがとうございます！　今のは……⁉」

雷の蹴りだったので鬼女の顎は焦《こ》げており、やがて火がついたかと思うと、一瞬で鬼女が消える。直後、焼け焦げた紙の人形《ひとがた》が、ひらひらとその場に舞い落ちた。

第一話　洛中《らくちゅう》の桜とお忍《しの》びの神使

古賀大《こがまさる》の制服の肩に、何かが舞い降りる。摘《つま》んでみると、桜の花びらだった。

指先でそれを愛《め》でた大は、

(こんな小さくて薄いのに、何でこんなに、大切にしたいと思えるんやろ)

と一人微笑《ほほえ》み、春の空気を目一杯吸い込んだ。

今、京都は春である。

冬の間、溜《た》め込まれていた命の活力が一斉に芽吹き、柔らかくて暖かな風のもと、草木は茂り、鳥は歌い、あらゆる花は香りと共に美しく咲く。空は澄んで、吸い込まれそうなほどの青一色となる。

さらに、京都は神社仏閣だけでなく、町中の、それこそ小さな公園にまで桜が植えられている。加えて桜色の、とりわけ枝垂《しだ》れ桜の印象が強かった。

京都府を象徴する花も枝垂れ桜と定められており、山紫水明《さんしすいめい》と謳《うた》われる東山《ひがしやま》と桜を一緒に眺《なが》めれば、誰もが幽玄《ゆうげん》なる京都の美、永久かとも思う日本画のような世界に彷徨《さまよ》いたくなる。まさしく、極上の季節だと言えた。

ゆえに、春の京都は、文字通り「桜の町」なのである。

京都に生まれ育っていれば、他府県の人から「おすすめの桜スポットは?」と訊《き》かれる事があり、平野神社《ひらのじんじゃ》、二条城《にじょうじょう》、円山公園《まるやまこうえん》、哲学の道、仁和寺《にんなじ》……と枚挙《まいきょ》に暇《いとま》がなく、どこも魅力的である。

　しかし、大の脳裏《のうり》に真っ先に浮かぶのは、そういった桜の名所ではなく、鴨川《かもがわ》の両岸。

　北山大橋《きたやまおおはし》と北大路橋《きたおおじばし》の間にある「半木《なからぎ》の道」は有名だが、鴨川の両岸には、七条《しちじょう》に至るまで沢山の桜が植えられている。

　大が今いる丸太町《まるたまち》通りと二条通り間の川岸も例外ではなく、四月になれば、桜の全《すべ》てが満開となる。歩くだけで、ソメイヨシノ、八重桜《やえざくら》、そして絹糸《きぬいと》に花をつけたような枝垂れ桜などを楽しめるのだった。

　今日の天気は心地よい晴れで、顔を上げてみれば、鴨川の南も北も、そして遥《はる》か彼方《かなた》まで、川の両岸を桜で縁取《ふちど》っているかのよう。耳を澄ませば、川の流れる音がした。

　水の匂《にお》いを風が運んだかと思えば、後から降ってきた桜の花びらがまた一枚ふわっと、今度は大の鼻に乗る。

　それを見て笑ったのは、隣に座っている山上琴子《やまがみことこ》だった。

「大ちゃん、鼻についてるわ」

　琴子は、持っていたペットボトルをレジャーシートの上に置き、手を伸ばして花びらを取る。その後、自分の制服の襷掛《たすきが》けを直す琴子に、大はちょこんと頭を下げた。

「ありがとうございます。けど、琴子さんの髪にも花びらが……」

「あら、ほんまに？」

今度は大が花びらを取ろうとした刹那《せつな》、北東から強い風が吹く。桜の花びらが大量に散って、遊歩道脇の芝生《しばふ》で重箱《じゅうばこ》を広げている大達の体や、「喫茶ちとせ」と書かれたレジャーシートを覆《おお》い始めた。

花びら自体は風流でも、これでは重箱の中にも入ってしまう。大達の傍《かたわ》らで、坂《さか》本塔《もとと》太郎《うたろう》と御宮《みや》玉木《たまき》が、扇子《せんす》を振って花びらを吹き飛ばしていた。

彼らは重箱を守る事に集中しているらしく、

「やばい、入る入る」

「もういっそ、こうします？」

などと言いながら、やがて扇《あお》ぐのをやめて、風が止《や》むまで扇子を屋根のようにしている。

彼らが使っている扇子は、玉木が普段任務で使用している武器なので扇面が大きく、八坂神社《やさかじんじゃ》のお札《ふだ》が貼られた扇子の上に、花びらが乗るのは何とも風雅だった。

「あ、それ、雰囲気あってええなぁ」

と琴子が呟《つぶや》き、

「私らが食べ終わるまで、ずっとそうしてぇな」

と、ショートカットの髪を風で膨《ふく》らませながら、箸《はし》を出す。途端に塔太郎が、

「えーっ」と口を尖《とが》らせた。

「ほな、俺《おれ》ら、いつ食べるんすか？」

「扇子を持ちながら、片手で？」

「もう片方痺《しび》れますやん」

という会話が続いたあたりで、それまで中央に座ったまま動かなかった深津勲義《ふかづいさよし》が、大袈裟《おおげさ》に「うん」と頷《うなず》き、

「ほな、そろそろ。お花見兼、古賀さんの誕生日会を始めまーす」

と、間延《まの》びした声で宣言した。

深津だけでなく、玉木、琴子、塔太郎の視線が、一斉に大へと注《そそ》がれる。大は、スピーチのような短い挨拶《あいさつ》の最後に、この場を設《もう》けてくれた深津と、お弁当を作ってくれた琴子にお礼を言った。

桜の絵があしらわれている蒔絵《まきえ》風の重箱に詰められたお弁当は、おにぎりやサンドイッチといった食べやすいものが中心で、その端を、出汁巻《だしま》き卵や唐揚げ、花見団子《だんご》等が彩っている。大達五人は乾杯し、さぁ食べようとなった時、上空から、複数の鋭い気配がした。

空を見渡すと、遠く北西、真上、南西から、六羽の鳶《とび》が猛然と、一直線にこちら

へと飛んでくる。急降下の仕方が、まるでミサイルのようだった。

風を切る鳶よりも早く、深津が重箱の蓋《ふた》をばん、と閉めた。

「はい！　一斉確保ーっ！」

深津の号令を受けて、全員が素早く腰を上げた。

大と琴子はレジャーシートの下に隠してあった武器を取り出し、玉木が呪文《じゅもん》を唱《とな》えて扇子を振る。

「洛東《らくとう》を守護する祇園社《ぎおんしゃ》よ、何卒《なにとぞ》、おん力を我に与えたまえ！」

扇子から放たれた柔らかい箱状の結界《けっかい》が真上の鳶を捕《と》らえ、そのまま地面に落ちる。薙刀《なぎなた》を持った琴子も、八相《はっそう》の構えから一瞬で踏み込んで発声し、南西から来た鳶の側面を鋭く、そして激しく打った。

北西の鳶を担《にな》った大は、一旦は相手の鋭い爪《つめ》を刀で受け止めた後、鳶が身を離した一瞬に魔除《まよ》けの刀で追撃し、それが胴に入る。こうして、結界の中の鳶は玉木に回収され、面や胴をやられた鳶達は、気絶してぽとんと芝生に転がった。

この時、既に塔太郎は二羽を一挙に捕《つか》まえており、ぐえー、ぐえーという鳴き声や、羽をばたつかせる激しい音が塔太郎の方から聞こえていた。

後から聞いた話によると、塔太郎は左手で一羽を振り下ろすように掴まえ、ほぼ同時に、旋回《せんかい》して背後から襲ってきた一羽も、右半身を後ろに向けて右手を伸ばし、鳶の首根っこを正確に鷲掴《わしづか》みしたらしい。そのまましばらく鳶達は抵抗していたが、腕力のある塔太郎に押さえられたので、やがて大人しくなった。

大達によって、五羽の鳶があっという間に捕らえられる。今なお上空を飛んでいるのが、リーダー格の鳶らしい。彼らが大達のお弁当を狙《ねら》っていたというのは、春になってからの怒濤《どとう》の通報、およびその捜査で承知済みだった。

つまり、大達が鴨川でレジャーシートを広げていたのは、お花見かつ大の誕生日会と見せかけた、食料強奪犯の囮《おとり》捜査だったのである。

今回の犯人は、霊力があって人語が話せる鳶のグループだった。鴨川で花見客から食料を奪い、抵抗されたり片付けられそうになった場合は、鋭い爪や鳴き声で人間を脅《おど》し、差し出すように仕向ける手口らしい。

今、敏《さと》いリーダーの鳶だけが囮捜査に気づいて再浮上し、捕まるのを何とか免《まぬか》れていた。

しかし、深津の銃口は真っすぐその鳶に向けられており、結局は彼も逃げられない。悔《くや》し紛《まぎ》れに上空から嘴《くちばし》を目一杯開いて、

「バーカ、バァーカ！　食いもんぐらい寄越《よこ》せやボケェ！　税金貰《もら》ってんにゃから、お前らが買って献上したらどやねんカスゥ！　そしたらなぁ、盗《と》んの止めたんぞカスゥ！」

と悪態をつくので、深津は青筋を立て、塔太郎にわざとらしく訊いていた。

「あれは撃ち落としてもええやつ？」

「いや深津さん駄目《だめ》ですって。逮捕ですから。退治じゃないですから。——おーい、そこの鳶の兄ちゃん！　もうええやろ⁉　体に穴開けたなかったら下りてこい！　お前らがずっとやらかしてんの、全部分かってんねんぞ！　被害者から写真や動画も貰って、証拠も上がってんねんから！」

仲間達を摑んだままの塔太郎に言われて、ようやくリーダーの鳶も地上に下りてくる。

鳶達は皆騒いでいたが、度重《たびかさ》なる通報でストレスの溜まっていた深津が、無表情で拳銃《けんじゅう》の撃鉄《げきてつ》を起こす。すると皆一斉に、

「すいませんでしたーっ！」

と両翼を広げて十字のように伏せ、全面降伏したのだった。

鴨川では、暖かさに誘われて川岸で物を食べようとすると、途端に鳥達が目を付ける。

とりわけ鳶は厄介《やっかい》で、どこからともなく飛んできたかと思えば、全体重をかけて猛スピードで急降下し、一瞬で、人間の手から食べ物を奪ってしまうのである。

あっという間に取られて泣くだけならまだよいが、鳶の鋭い爪が手を掠《かす》るなどし

て怪我人《けがにん》が出る事もあり、喫茶ちとせに大量の被害届が出ていたのである。

業《ごう》を煮やした深津が囮捜査に踏み切り、今回、大達自《みずか》らが鴨川で重箱を広げた結果、彼らはめでたく現行犯逮捕……という訳である。

玉木と琴子が重箱やレジャーシートを片付けて、大と塔太郎、深津が手分けして鳶達を縄で縛《しば》っていく。そのうちの一羽が、縛り方がキツイと深津に不満を漏《も》らし、

「パトカー乗れるん？　やったー」

とふざければ、

「これ焼き鳥にしてもええやつ？」

「だから駄目ですって」

と、塔太郎が深津を止めるのだった。

その後、鳶達全員を車に乗せて喫茶ちとせに帰還し、玉木と、留守番をしていた天堂竹男《てんどうちくお》によって取り調べが始まる。元々は深津が担当する予定だったのを、竹男が、

「いやアカンアカン、アカン！　今のお前がやったら、皆ケンタッキーになる！」

と言って交代したので、深津も大達と共に、一階で待機となった。

これで事件解決、と、厨房《ちゅうぼう》で深津と琴子がコーヒーを飲みながら、持ち帰った

重箱を開けておかずを摘んでいる。それを眺めていると、後ろから塔太郎に声をかけられた。

「大ちゃん、お疲れ。あと、誕生日おめでとう」

「ありがとうございます。囮捜査、上手《うま》い事いってよかったですね！　――ほんまの誕生日に頂いたカップ、ちゃんと大事に使ってますよ。お気に入りです」

「そっか。よかったわ」

「あと、三月に頂いた花束も押し花にして……。塔太郎さんからは、沢山頂いちゃってますね。まとめて全部、ありがとうございます！」

大が笑うと、塔太郎も「別にええねん」と嬉《うれ》しそうに微笑み、

「まぁ……。ホワイトデーと、全快祝いと、誕生日が続いてた訳やしな。何か、俺が貢《みつ》いでるみたいやけど、もうないで？」

と、悪戯《いたずら》っぽく口角《こうかく》を上げる。そんな彼に、大は「わ、分かってます！」と、顔を真っ赤にして、慌《あわ》てて俯《うつむ》いていた。

囮捜査の数日前、本当の誕生日である四月一日にも、大は喫茶ちとせの皆からお祝いをしてもらっている。美味《おい》しい食事やデザートはもとより、可愛《かわい》いハンカチや桃の入浴剤、便利な文房具、ゼンマイ式でマラカスを振る猿のぬいぐるみなど、各々《それぞれ》の個性があふれるプレゼントを貰った。

中でも、大の片思いの相手・塔太郎がくれたのは、京漆器《きょうしっき》の老舗《しにせ》・象彦《ぞうひこ》の蕾《つぼみ》カップ。朱色《しゅいろ》の無地で派手さはない代わりに、美術品のような雰囲気をたたえる逸品《いっぴん》だった。

大が化粧箱から出して手に取ってみると、両手にすっぽり収まるような可愛い丸みに、内側は白漆《しろうるし》。横で見ていた竹男が、「おー、象彦か。ええもんもうたやんけ」と感心したものだった。

大の前で塔太郎は照れ臭《くさ》そうにしており、

「大ちゃんのために選んでたはずが、俺自身も気に入ってもうて……。即決やったわ。他の漆器よりは遥かにええもんやし。好きなもん入れて使って」

と化粧箱に蓋をして、改めて大に手渡した。その時の大の嬉しさといったら心臓が波打つほどで、お礼を言う瞬間も、少しでも気を抜けばその場で飛び跳《は》ねてしまいそうだった。

それ以来大の朝は、キンシ正宗堀野記念館《まさむねほりのきねんかん》から汲《く》んでいる名水・桃《もも》の井《い》を、この蕾カップで飲むというのが新たな日課となっている。

冷たく、癖《くせ》のない名水で喉《のど》を潤《うるお》し、蕾カップを眺めては塔太郎を想う。するど、胸の内がほんのり熱くなる。心の中に花が咲いたような気がして、その花を枯らさないためにも、今日一日頑張ろう、と思えるのだった。

京都府警察人外特別警戒隊《じんがいとくべつけいかいたい》、通称「あやかし課」。

その支部の一つ、八坂神社氏子《うじこ》区域事務所。表向きの顔は「喫茶ちとせ」。

昨年四月にここへ配属された大は、初日から喫茶店業務やあやかし課の任務、「まさる部」という名の修行を、時に難なくこなし、時に満身創痍《まんしんそうい》になりながら春夏秋冬を駆《か》け抜け、今日に至っている。

大は、自分がどこまで成長できたのかは分からないが、もう一人の自分ともいえる身《み》の丈六尺《たけろくしゃく》（約百八十センチ）の美丈夫《びじょうぶ》「まさる」とは、今やほぼ完全に共存出来ている。

猿ヶ辻《さるがつじ》や日吉大社《ひよしたいしゃ》の神猿《まさる》・杉子《すぎこ》から教わっている剣術「神猿《しんえん》の剣」が日々上達しているのも、何となく感じていた。

三月に山科《やましな》での事件を解決してからは、魔除けの力の使い方にも一層の興味が出ており、その力をさらに伸ばしていきたいと、猿ヶ辻に願い出ている最中である。

今の大は、猿ヶ辻から魔除けの力を授かった当初はもとより、配属初日と比べても相当よい方向に成長し、高みを目指しつつあった。

とはいえ、喫茶ちとせのエース・塔太郎には、まさる部の練習試合等でもまだ手加減されているのが分かるし、戦闘力・生活力共に安定している琴子に比べれば、大は剣術修行だけで手一杯。炊事等の生活力は、遥かに及ばない。

玉木の事務作業の速さ、扇子で作り出す結界や炎の汎用性《はんようせい》にはいつも感心し、竹男の感知能力や深津の采配《さいはい》の上手さには、あやかし課隊員として憧《あこが》れている。

要するに、大はまだまだひよっ子で、成長途上なのである。一年目を無事に終えたからといって自慢できるはずもなく、猿ヶ辻からも、それは繰り返し言われていた。

「初心忘るべからず。時を経て変わりつつも、根っこの部分は、変わったらあかんで。それが、生きていくうえで大切な事や」

神妙に語る猿ヶ辻に、大は素直に「はい」と手をついて頭を下げ、一つ一つ、自分に出来る事を増やしていくのだった。

祇園・円山公園の中にある長楽館《ちょうらくかん》と言えば、京都の近代建築を語るうえで欠かせない存在である。明治四十二年（一九〇九年）、煙草《タバコ》王と呼ばれた実業家・村井吉《むらいきち》兵衛《べえ》によって迎賓館《げいひんかん》として建築された洋館で、外観も内装も当時の面影《おもかげ》が残っていた。今では、喫茶店やゲストハウス等としても利用されている。

昭和六十一年（一九八六年）には、家具調度品も含めて京都市有形文化財の指定を受けており、大の高校時代の友人・高遠梨沙子《たかとおりさこ》は、和服好き、お出かけ好きが高じて、この長楽館に足繁《あししげ》く通っているらしい。

外観はフランス宮殿を思わせるルネッサンス、扉《とびら》を開けて中に入ると、各階、各窓、各部屋が、ロココ、ネオ・クラシック、アールヌーボーといったように様式が所々違っており、さらには、中国風や書院造《しょいんづくり》の和室まである。

一つの建物の中にあらゆる芸術様式が詰まっているので、学術的にも、大変価値のある建築物だった。

特に枝垂れ桜が満開の季節に足を運ぶと、円山公園や東山の借景《しゃっけい》も相まって、現実など忘れてしまいそうになる。そんな非日常な空間が、長楽館の大きな魅力となっていた。

今、青々とした東山が見える「接遇の間」で、お洒落《しゃれ》な洋服を着た大は、テーブルを挟んで付け下げの着物姿の梨沙子と向かい合っている。梨沙子は、長楽館全体が醸《かも》し出す雰囲気に浸《ひた》りながら、両手でティーカップを持って紅茶を啜《すす》っており、洋室の中の和服美人は、それだけで絵になりそうだった。

右手でカップの取手を持ち、左手で側面を支える白い両手首が、付け下げの袖《そで》から見えている。ふとした拍子に見えるそういう上品さが、梨沙子の魅力の一つと大は思っていて、思わず梨沙子に見とれてしまった。

それに気づいた彼女に、

「何で、私の手元ばっかり見んのー？」

と笑われてしまった。

大が、今思っていた事に「梨沙子は綺麗《きれい》」と付け加えて伝えると、梨沙子はカップを置きながら流し目となり、

「今から、綺麗な人を沢山見るやん。私なんか前座にもならへんわ」

と謙遜《けんそん》しつつも、満更《まんざら》でもない表情だった。

綺麗な人というのは、ここ長楽館でのお茶の後に見に行く、祇園甲部歌舞練場《ぎおんこうぶかぶれんじょう》で行われる「都をどり」に出演する芸舞妓《げいまいこ》達を指している。

年に一度、祇園甲部の美しい踊りを鑑賞できるこの機会は、先週梨沙子に誘われた時から、大も楽しみにしていた。

その都をどりや、今いる長楽館の素晴らしさ、先日病気療養から復帰した人気俳優の話といった世間話で、大と梨沙子はしばらく盛り上がる。

その後純愛映画の話をしながら、梨沙子は、待ち合わせ直後に聞いた大の近況を思い出したらしい。

「まーちゃん。これ、掘り返すように聞いて申し訳ないんやけど……。ほんまに、

坂本さんとは、まだ付き合ってへんの？」

ティーカップを置いて、身を乗り出すようにして訊いてくる。大は、やっぱり驚いてるなぁと思いつつ、悟ったような笑《え》みを浮かべて、

「うん。付き合ってへん。塔太郎さんは先輩で、私は後輩。それだけやで」

と、努めて淡白に答えた。

「ほんまに？　私に内緒にして、実は付き合ってます、とかない？　怒らへんし言うて？」

「ないで。ほんまに」

「えー、意味分からん！」

「ちょっと梨沙子、声が……」

梨沙子の口から、それなりに大きな声が出る。この場に相応《ふさわ》しくなかったと彼女自身も反省したらしい。咄嗟《とっさ》に口をつぐみ、恥ずかしそうに周りへ頭を下げていた。

梨沙子は昨年、錦市場《にしきいちば》の中にある「冨美家《ふみや》」で大から恋の相談を受けた際、「まだ早い」と言って、大が告白しようとするのを引き留めていた。

しかしその後、大と一緒に清水寺《きよみずでら》のライトアップを訪れた際に偶然にも塔太郎と会い、二人の距離の近さを実際に見て、考えを変えていたらしい。大の恋心を知っ

ていた梨沙子は、さっさと自分だけ清水寺の門前町《もんぜんまち》へと去り、大と塔太郎を二人きりにしてくれたのである。

自分がアシストすれば大達は勝手に結ばれると思っていたらしく、その予想が外《はず》れた今は、逆に進展の遅さを歯噛《はが》みしている。

ここ長楽館に来てお茶をして、ある程度落ち着いた今も、不思議も不思議といった表情で、掌《てのひら》を頬《ほお》に当てていた。

「私、あの清水寺の時、絶対に二人は付き合うと思っててんで？　お祝い、する気まんまんやったもん」

「ごめんな、期待さして。あの時はありがとう。もし塔太郎さんと付き合えたら、私かって死ぬほど舞い上がって、いの一番に梨沙子に言うてるで」

「……確かに、半年は早いって言うたんは私やけども。それでもなぁ。あんなに仲良さげなんを見たら……。やっぱり塔太郎さん、どんなに仲が良くても、まーちゃんを妹みたいに見てる感じなんやろか。恋愛対象からは、きっちり外したはんの？」

この問いに、大は胸が痛んで答えられず、首を傾《かし》げるだけで精一杯。敏《さと》い梨沙子はそれだけで何かを察したらしく、それ以上は何も訊かなかった。

「まぁ、恋愛は難しいもんな。明確に振られた訳じゃないんやったら、変にいじらん方がええかもしれんね。——とにかく、私はまーちゃんの味方やしな。何かあったら言うてな」

「うん。ありがとう」

「あぁ、それにしても惜しい。私が塔太郎さんと入れ替わって、まーちゃんの彼氏になってあげたい」

梨沙子がさも残念というように、今度は両手を口元に当てる。袖がすべり落ちて手首が露《あらわ》になったので彼女はそっと両袖口を引き上げ、淑《しと》やかに腿《もも》の上へ戻した。

梨沙子の友情に心を打たれ、大は、今までの経緯を彼女に説明したくなる。

だが、大と塔太郎が乗り越えたすれ違いと、その原因である塔太郎の抱《かか》えている事情は、とても梨沙子に言えるものではない。そもそも、霊力のない梨沙子には理解出来ない話も多かった。

また、梨沙子には話していないが、塔太郎が自分の事をどう思っているのかを、大は既に聞いてしまっている。

(――大ちゃんが誰と付き合うとかは、そんなん、俺はどうこう言うつもりはない。言うのは、仕事に関係する事だけや。ただの後輩やしな)

大が思いを告白した訳ではなく、偶然聞こえてきたものだけに、他人へ言いふらすのも憚《はばか》られ、今は心の傷として、そっと奥に仕舞《しま》い込んでいる。

そういう訳で、大は心中で梨沙子に詫《わ》びつつも、今は黙って微笑み、紅茶を飲むしかなかった。

大と塔太郎は、配属初日からずっと、先輩・後輩という関係である。

塔太郎は、大の教育係を買って出た日から、いつだって大に優しく接し、助けて、見守ってきた。

大の方も、彼に感謝し、尊敬し、素直に従いつつ、秘《ひそ》かに男性としても愛しつつ、実力を伸ばしてきた。「まさる」ともども、大があやかし課隊員として成長する姿を見せると、塔太郎も喜んでくれた。

傍《はた》から見れば、仲の良い二人。大が心の奥底で願い、梨沙子が期待していたように、大と塔太郎がいつかは男女の仲となり、結ばれる可能性は、少なからずあったように思えた。

しかし今年の二月、大は、塔太郎が過去のトラウマに震《ふる》えているところを見てしまった。この件と、塔太郎が一人で悩みを抱えていた事もあって二人の間にはすれ違いが生じ、それに追い打ちをかけるかのように、塔太郎が大を恋愛対象として見ていない事、それを塔太郎自身が、大の同期の総代和樹《そうしろかずき》にはっきり伝えているのを、大は物陰から聞いてしまったのである。

大は悲しみのあまり泣き崩れ、それが引き金となって、「まさる」に変身したまま元に戻れなくなった。

幼子《おさなご》のように純粋なまさるは、大が精神の奥底で眠っていた間、塔太郎をはじめ周りに助けてもらいながら生活し、人間的成長を果たしてくれた。

結果的に良かったとはいえ、大は今でも、「まさる」に感謝すると同時に、申し訳ない気持ちを抱いている。

しかし、そういう非常事態の中、いつも傍《そば》にいてくれたのが、他ならぬ塔太郎だった。

その後に起こった事件を解決し、大が無事に元の姿へ戻れた事から、大と塔太郎は関係を修復した。塔太郎が、大を信頼して自分の過去を話してくれた事もあって、今の二人は一層強い絆《きずな》で結ばれている。

心の距離だけで言えば、配属初日よりも遥かに近くなっている。どちらかが艱難《かんなん》辛苦《しんく》していれば、互いに、必ず、真っ先に、助け合うのは間違いなかった。

ただそれは、塔太郎が大を恋愛対象として見ていない以上、どこまでいっても仕事仲間としての話である。自分が後輩だからこそ、塔太郎も先輩として助けてくれているのだと思えば、嬉しくも辛《つら》いというのが大の複雑で、正直な気持ちだった。

今、大の方から告白出来ないのは、自ら動けば玉砕《ぎょくさい》するのが目に見えているからで、加えて、実父および「京都信奉会《きようとしんぽうかい》」の事情を抱えている塔太郎に、後輩が告白するという面倒事を投げ入れて困らせたくないからだった。

塔太郎との関係は、一度壊れかけただけに、大も慎重になっている。彼の傍にいられるだけで幸せなのだと、今は理解している。

そういう訳で結局、二人の関係は回り回って原点に戻ったかのように、どんなに絆が強くとも、先輩・後輩という関係に落ち着いているのだった。

それでいいと、今の大は思っていた。

「……ちゃん。まーちゃん」

「えっ？　あっ。ごめん。どうしたん？」

「どうしたんって、さっきからずっと上《うわ》の空やったやん。――ひょっとして、塔太郎さんの事を考えてた？」

「うん」

大が顔を赤らめて素直に頷くと、梨沙子はニンマリしたかと思えば「はぁーあ」と茶化《ちやか》すように溜息《ためいき》をつき、再び両手を口元にやった。

「いいなー。私も恋したい。まーちゃん、誰かええ人おったら紹介してな？」

「うん、いたら……」

呟くと同時に、大は総代や玉木、塔太郎の同期である栗山圭佑《くりやまけいすけ》など、職場の男性を思い浮かべる。しかし、いずれもあやかし課隊員なだけに、梨沙子に紹介していいものだろうか、と悩むのだった。

長楽館を出て都をどりを堪能《たんのう》し、四条大橋《しじょうおおはし》の東詰《ひがしづめ》で、梨沙子と別れる。

スマートフォンを見ると着信が一件入っており、深津からの急な呼び出しと察して、大は頭を切り替えた。

橋の袂《たもと》に寄って電話をかけると、三コールほどで深津が出る。

「お疲れー。ごめんなぁ、休みの時に。ちょっと今から時間ある？　店に来てくれたら助かるんやけど」

という声は穏《おだ》やかであり、事件でないと分かった大は、ほっと息をついた。

「大丈夫です、了解しました！　今、四条大橋にいるので、少し時間かかりますけど……。タクシー使った方がいいですか？」

「ええ、ええ！　普通にゆっくり来てもうて大丈夫！　今、店に変わったお客さんが来てて、古賀さんにも会わしたいだけやから。面倒やったら明日でもええよ」

「いえ、今からそっちへ向かいます！　お客さんって……、あやかしの方ですか？」

「うん、そう。詳しい事情はこっちに来てくれてから話すし。気ぃ付けて来てなー。ほんならー」

電話が切れ、大はスマートフォンを鞄《かばん》に仕舞った。

鴨川からの風を前髪で受けながら、はて、お客さんとは誰だろうと気になってしまう。大は三条《さんじょう》大橋まで歩いて京都市営地下鉄に乗り、二条城前駅で降りて、喫茶ちとせへ向かった。

「お疲れ様です。古賀です」

店のドアを開けると、大の耳に、ドアベルの軽《かろ》やかな音が響く。

と同時に、大の目に映ったのは、

「おっ！　お疲れ、大ちゃん。来てもらって悪いなぁ」

と手を振る塔太郎と、

「塔太郎！　この人も『あやかし課』か⁉　綺麗な人じゃのう！」

と言って塔太郎の肩によじ登り、肩車してもらう五、六歳ぐらいの少年だった。

大は反射的に目をぱちくりさせ、その少年を凝視《ぎょうし》する。

「あの……？　その子は……？」

大が初めて見る少年は、切り揃《そろ》えられたおかっぱ頭に、黒くて小さな猫耳が生《は》えている。子供用の水干《すいかん》を着ており、裸足《はだし》での怪我を防ぐためか、今時のスニーカーを履《は》いていた。顔立ちは、綺麗な人間の子そのまま。白い頬は柔らかそうで、丸っこい輪郭《りんかく》と目が印象的だった。

「どうじゃ！　こうしたら、わしが誰よりも高いぞ！」

少年は塔太郎に肩車されたまま、天井が近くなった事にはしゃいでいる。彼の口調は時代劇のように古風だが、ほんのり関西弁の響きもあった。

大は訳が分からぬまま口走り、

「まさか……塔太郎さんの隠し子」

「何でやねん」

と、本人に突っ込まれてしまった。

「この子が俺の子やったら、生まれた時の俺は二十歳《はたち》……ぐらいやな。自然やな？　そうか、見た目だけやったら計算は合うんか」

「ほな、やっぱり隠し子じゃないですか⁉」

「やから、ちゃうっちゅうねん！　猫耳もあるやんけ⁉」

「母親の方が黒猫とか」

「まだ疑う⁉　――この子、見た目はこうでも、何年生きてるか分からへんらしいで。本人も覚えてへんぐらいやから、五百年以上はあるんちゃうかって、竹男さんが言うてた」

「えっ……。ほな、神仏のお方なんですか？」

「神様のお世話をする眷属《けんぞく》らしい。八坂神社の狛犬《こまいぬ》、鴻恩《こうおん》さんや魏然《ぎぜん》さんとか、稲荷神社《いなりじんじゃ》の狐《きつね》の、ひよりさん、つかささんみたいな。いわゆる神様のお使いやな」

「この子がですか？」

大が少年を見上げると、少年も、にっこりと笑顔で大を見返している。やがて、塔太郎の肩から下りて、ペコリと頭を下げた。

「どうも初めまして。わしは、辰巳大明神《たつみだいみようじん》様の紹介でここへ来た者じゃ。すまんが、素性は明かせぬ。今回、わしはしばらく、ここへ逗留《とうりゆう》すると決まった。よろしく頼む！」

「あ、はい。よろしくお願いします」

大も頭を下げると、厨房から竹男が顔を出し、二階から、深津と玉木も下りてくる。彼らが代わる代わる「お疲れー」と言う中で、深津が大に手を挙げた。

「おっ。古賀さん来たんやな。ごめんなぁ、いきなりの事で。その子、見てびっくりしたやろ。事情を話したげるし、まぁ座りぃな」

穏やかに微笑みながら、深津は大をテーブル席へと促《うなが》す。その傍らで、すっかり塔太郎に懐《なつ》いたらしい少年は、塔太郎の裁着袴《たつつけばかま》を引っ張っては、

「わしも抹茶《まつちや》オレが飲みたいぞ！　塔太郎も一緒に座れ！」

と可愛らしく命令している。直後、少年はわくわくした表情で別のテーブルの椅《い》子《す》を引き、ぴょんと飛び跳ねるように座っていた。

続いて竹男に、

「抹茶オレじゃ！　一番美味《うま》いやつを頼む！」

と注文する。竹男が「へいへーい」と軽く受け、塔太郎が代わりに淹《い》れようと立ち上がる。すると、少年がまた、

「塔太郎はここじゃ！　一緒に待つのじゃ！」

と言って引き留めていた。

「塔太郎は座っといたれ。俺が淹れたるし」

「すみません。ありがとうございます」

竹男に言われて塔太郎は座り直し、少年が話しかけるのに笑顔で付き合っている。横目でそれを見ていた大は、竹男と仕事を代わろうとしたり、子供に優しい塔太郎の姿を微笑ましく思いつつ、深津に向き直った。

口を開いた深津は、割合のんびりした様子で説明し、

「今朝《けさ》な、辰巳の旦那《だんな》様から連絡があってん。俺が行ってみると、はいお願いって渡されたんや。あの子を」

と、祇園・白川《しらかわ》に祀《まつ》られている辰巳神社の神様、辰巳大明神の名を出した。

「今日いきなりですか？　確かに、さっきもあの子自身が、辰巳の旦那様からって言うたはりましたけど。何で旦那様から……？　まさか隠し子」

「俺もそれ疑った」

笑って同調する深津に、耳に挟んだらしい塔太郎が茶化した。

「大ちゃん、隠し子ネタ好きなん？」

「いえ、そういう訳では！　でも、旦那様やとあり得るというか……、その……」

「え、ほなさっき言われた俺もあり得そうなん？　隠し子いそう？」

「あっ、あれは勢いですって！　塔太郎さんに隠し子がいたら、私はショックで死んでます！」

辰巳大明神は、あやかしの世界では「辰巳の旦那様」と呼ばれて親しまれており、遊び好きで通っている。以前、事件に巻き込まれた鬼の娘に祇園の治安事情を説明し、自身も化《ば》けて悪戯をしては、お目付け役のカラスから怒られるところを、大も見た事がある。

大達が隠し子云々《うんぬん》で盛り上がっていると、少年が腰を浮かせて反論した。

「さっきも言おうと思ったが、わしは隠し子ではないぞ！　わしはれっきとした……」

言いかけて何かを思い出し、照れ臭そうに自分の口を両手で塞ぐ。その反動なのか、黒い猫耳がぴこんと動いたのが愛らしい。大は両手を振りつつ謝った。

「ごめんなさい。つい、変な事を言うてしまって。でもそれは冗談で、ほんまに、隠し子なんて思ってませんよ」

「うむ！　ならよい！」

少年は、そう言った後はもうすっかり忘れたように、塔太郎にスマートフォンを出せとせがんでいる。

懐《ふところ》からそれを出した塔太郎が画面を横にして動画を見せると、少年は目をキラキラとさせて画面に見入っていた。大からは見えないが、台詞《せりふ》が聞こえるのでアニメらしい。

こんな可愛い神様のお使い、京都にいはったやろか、と大は小首を傾げつつ少年を眺める。

それに、神使であれば神様に準ずる目上の存在なのに、塔太郎をはじめ、皆が少年に親しすぎるのも気になった。

「古賀さん、俺らが何で、この子にフランクなんやろって思ったやろ？　まぁ、それも訳があんねん」

大が色々疑問に思っていると、深津が説明してくれた。

それによると、辰巳大明神から託《たく》された少年は、とある神社の眷属だが、肝心《かんじん》の神社名や自分の名前は、事情があって伏せられているらしい。半年以上前から洛中に滞在しているが、少年は、まだしばらくは洛中にいるという。

滞在という事は、つまり彼の本来の居場所は、近いところでは京都市郊外、ひょっとすれば府外という事になる。

単なる旅行ではなく、訳あって洛中に長逗留しており、「ほんでもまぁ修学旅行に来た子供のノリで考えたらええ」というのが、預けた辰巳大明神の言葉らしい。

今日の午前中、辰巳大明神は少年の手を引いて深津に引き合わせたという。

「いきなりで悪いけども、ちょっとこの子預かったって！　名は明かせへんけども、由緒《ゆいしょ》ある神社の、神さんのお世話をしたはる子やで。ああ、そや言うても、緊張して畏《かしこ》まらんでもええしな。この子は昔っから、人に慣れててさっぱりした子やさかい。修学旅行の子を泊まらすみたいな感覚でええし、色々遊んだって！　一時の呼び名は……、そやな、カンちゃんにしとき」

と、笑顔で少年の背中を押し、少年の方も、

「せっかくの物見遊山《ものみゆさん》、畏まられるのは嫌じゃから、敬語も要《い》らぬぞ！　様なども付けては駄目じゃ！　わしは『カンちゃん』じゃ！　よろしく頼む！」

と太陽のように無邪気に笑い、礼儀正しく頭を下げたという。

預かるのはいいとしても、自分さえも少年の正体を知らないのは困る、と深津は申

し出て、それを受けた辰巳大明神は、深津だけにはカンちゃんの正体を話してくれた。

しかし、途端にしゅんとするカンちゃんを辰巳大明神は心配そうに見て、

「この子も、長逗留で少し羽を伸ばしたくて、お忍びにしようとしてる訳やしなぁ。深津君以外の、他の皆には黙っといたって。その方が、この子も気が楽や。頼んだで！」

と重ねた言葉には神勅《しんちょく》めいたものがあり、さすがの深津も、これは受け入れざるを得なかったという。

こうして、深津はカンちゃんを連れてちとせに戻り、まず玉木、竹男、そして塔太郎と対面させた。

最初は全員が神使として接していたが、カンちゃん本人が強く希望した事もあって、数時間経《た》った今では、すっかり敬語も取れている。

どうせなら、と深津が大にも連絡を入れると運よく繋《つな》がったので、本日中の対面が叶《かな》った……という訳だった。

ここまで話した後、深津は「まぁつまり」と話をまとめ、

「これはカンちゃんの修学旅行……という事にしとこか。まぁ、その面倒を見るって任務やね。カンちゃんの身元については、旦那様のご意向もあって喋《しゃべ》られへんけど、悪い子じゃないっていうんは、俺も保証するから」

と言って、穏やかな顔でコーヒーを飲んだ。

一応、ひと通りの話を聞いた大は、再度目をぱちくりとさせた。

事情が分かったような、分からないような、とにかくカンちゃんを預かる事だけははっきりしたので、

「……期間は、どれぐらいですか？」

と訊いた。

「旦那様は、とりあえず一週間ぐらいって言うたはったわ。遊んだって、とも言われたし、まぁ……京都のどっか一つや二つは、お出かけさしたげた方がええかもなぁ。あんな風にアニメも好きな子やし、太秦《うずまさ》の映画村とか？　昔やったら、伏見《ふしみ》のキャッスルランドもあってんけど、今はもうないしなぁ」

伏見のキャッスルランドとは、伏見桃山城《ももやまじょう》キャッスルランドの事で、かつて近《きん》鉄《てつ》グループが運営していた遊園地である。

復元された伏見城の天守閣《てんしゅかく》をはじめ、ジェットコースターなどがあったらしく、大も名前ぐらいは知っているが、物心ついた時には既に閉園していた。

ただ、現在でもその天守閣だけは残っていて外から眺める事が出来、近鉄線に乗って伏見を通れば、車窓からも小さく見えるという。

「遠くにお出かけするんやったら、俺が申請書を書いて、本部に出さなあかん。ま

あ、行き先とかその辺は、追って皆で考えよ」

喫茶ちとせに現れた、珍妙な小さなお客さん。受け入れるのは全く構わないにしても、大はつい、

「……旦那様、雑な投げ方……。いえ、平和な任務ですね？」

と苦笑《にがわら》いし、深津も、

「やろ？」

と、さも面白いという表情と、面倒だという表情が半々の、困ったような笑みを見せた。

塔太郎も、同様の表情を見せている。

「いきなり預かるっていうんはびっくりするけど、嫌な傷害事件とかを扱うよりは、よっぽどええわな。竹男さん、もう喫茶店と警察やめて、民泊と遊園地やります？」

塔太郎が言うと、いつの間にかカンちゃんと一緒に動画を見ていた竹男が、

「ええやんけー！　やる？　ちとせ二条城キャッスルランド作ろ！」

と尻馬に乗るのを、深津が即座に却下した。

昨年の陸奥聡志《むつさとし》、弁慶《べんけい》に続いて、ちとせに誰かが泊まるという話になるのは、大があやかし課隊員となってから三度目である。

「まぁそういう訳やし。古賀さんも、明日から頼むわ」

「はい、了解です」

という大の返事で話が終わると、それを聞きつけたカンちゃんが椅子から降り、大の方へと駆け寄ってきた。

「終わったかの⁉　わしは、ここでの生活が今から楽しみでならん！　期待しておるぞ！　先ほど聞きそびれたが……おぬし、名前は何という？　深津から聞いた話だと、ここには六人おって、おぬしと、あと女性が一人おるそうじゃな？　食事を作るのが上手いとか……」

「はい。その方は琴子さんっていうんです。明日、出勤しはりますよ。私は古賀大といいます。大文字山《だいもんじやま》の大と書いて、まさるです。名前も、そこからきています」

「なるほど！　京都らしくてよい名じゃのう」

「ありがとうございます。それ、塔太郎さんも、初めて会った日に言うてくれました」

ちょうど昨年の春、大の初出勤日。塔太郎から名前を褒《ほ》められた事が懐かしい。当時を思い出していると、カンちゃんも、塔太郎と同じ発言をしたのが嬉しいようだった。

「そうなのか！　塔太郎も同じ事を言うたか！　では、わしと塔太郎は似た者同士じゃ！」

と言って塔太郎にハイタッチを求めると、塔太郎も「ほんまやなぁ。いえーい」と笑顔で応《こた》えている。その様子は歳の差がありすぎて兄弟には見えず、歳の離れた従兄弟《いとこ》、あるいはやはり、親子のように見えてしまう。

大がそう思っていると、深津と竹男が茶化していた。

「やっぱり隠し子？」

「ようパパー」

「やから、ちゃいますってば！　やめて二人とも！　大ちゃん、責任取ってやコレ!?」

眉《まゆ》をハの字に下げて笑う塔太郎に、大も「すみません……」と肩をすくめて苦笑した。

こうして、ちとせに滞在する事になったカンちゃんは、その日の夜はちとせの仮眠室で眠り、翌日からは、朝から晩まで笑みを絶やさず、あれこれに興味を持って動き回った。

持参していた自分の荷物から別の水干に着替え、朝食を済ませた後は、

「これは何じゃ？　これは？　これは？」

と厨房の調理器具やコーヒー道具を触ろうとする。塔太郎や竹男から、

「店のもんやし触らんときや」

と言われれば、「うむ」と素直に頷いて、塔太郎達の開店準備をじっと眺めていたり、大の掃除を手伝ったりした。

この日、カンちゃんと初めて対面した琴子は、ひと目で彼の愛くるしい容貌《ようぼう》、そして言動を気に入り、

「カンちゃんめっちゃ可愛い！　もう、うちの子になり!?　宇治《うじ》やから、抹茶飲み放題やで」

と誘っては、ぬいぐるみを抱くようにギュッと抱きしめる。

カンちゃんも、「すまん！　わしは人の子にはなれん！」とばっさり断りつつ、

「けれど抹茶は飲みたいぞ！」と嬉しそうに琴子を抱き返した。

その後、琴子がカステラで作った即席のパフェを食べると、

「美味い！　琴子は天才じゃ！　おやつの女神じゃ！」

と褒め称《たた》え、パフェのお代わりを頼んでいた。

今回は、聡志や弁慶の時のように事件性がある訳でもなく、まさるの時のように非常事態という訳でもない。一週間ほど子供を世話するだけ。特に警戒する必要もないので、大達も気が楽だった。

カンちゃんは誰とでもすぐに打ち解け、とりわけ、大と塔太郎にくっついて回

る。精悍《せいかん》な体つきで遊びやすいのか、まず塔太郎、続いて大が変身した「まさる」にもよく懐いていたが、不思議と玉木には苦手意識があるようで、

「昔、わしの村を蔑《さげす》んだ、憎ったらしい役人に似とる」

という、玉木にとっては全くのとばっちりな理由で、顔を合わす度にアッカンベエをしていた。

「何で僕だけ⁉」

と、玉木は嘆いており、大や塔太郎も慌ててカンちゃんを諫《いさ》める。

しかし実際は、玉木が本当に嫌いという訳ではなく、

「玉木、眼鏡《めがね》を外したらどうじゃ？　さすれば、あの役人には似なくなる」

「眼鏡は僕の命です。この身が裂かれようとも外せません」

「ならば力ずくじゃ」

「あっ、こら！」

と、カンちゃんに飛びつかれ、玉木も扇子で防御する程度には仲良くなっていた。

カンちゃんは、日中は喫茶店の厨房から大達の仕事ぶりを眺め、通報で大達が出動すれば、大人しく留守番をして帰りを待つ。お客の少ない時間帯には、大と塔太郎の同伴で、近くの三条会商店街《さんじょうかいしょうてんがい》や神泉苑《しんせんえん》、二条城にも足を運んだ。

以前、まさるが気に入ったように、カンちゃんの目にも、賑《にぎ》やかな三条会が遊園

地のように映ったらしい。笑顔で店から店へと訪ね歩いては自分の財布を出し、あれもこれもと買い込んでいる。大達はそれを微笑ましく思い、荷物持ちとして、ひたすらついて回った。

三条会の賑やかさとは対照的に、神泉苑は静かである。朱塗りも鮮やかな法成《ほうじょう》橋《ばし》に、広い水鏡のような法成就池《ほうじょうじゅいけ》。その周辺に、枝垂れ桜をはじめとした花々が上品に咲いて風に揺れ、境内《けいだい》全体が見事な調和を成していた。

元々が平安時代、大内裏《だいだいり》の南東に造営された禁苑《きんえん》である。弘仁《こうにん》三年（八一二年）に嵯峨《さが》天皇が行幸《ぎょうこう》して桜を愛でたという歴史もあって、その際「花宴《かえん》の節《せち》」を催した事が、それまで花見と言えば梅だったのを、桜へと変える契機になったのだという。神泉苑が「祇園祭発祥《はっしょう》の地」と謳われるのに加えて、「花見発祥の地」ともされる由縁《ゆえん》だった。

カンちゃんは、元々あまり外へ出歩かなかったらしく、今回入洛《にゅうらく》してちとせへ来る前も、ある事情によって、滞在先からほとんど出なかったらしい。

なので今回、お忍びで町中へ出られた事が、相当に嬉しいようだった。

「凄《すご》いのう、凄いのう！　きっとこれは、千年前の景色そのままじゃ！」

と言って橋を何回も渡っては池を覗《のぞ》き、鯉《こい》や亀《かめ》に餌《えさ》をやり、潑溂《はつらつ》とした笑顔で善《ぜん》女龍王《にょりゅうおう》や本尊・聖観音《しょうかんのん》に挨拶するのだった。

大と塔太郎は、出入口近くのベンチに並んで腰かけ、遊んでいるカンちゃんを遠くから見守っていた。

「カンちゃん、喜んでくれてよかったですね」

「ほんまにな。三条会でも楽しそうやったし、やっぱ、地元を気に入ってくれんのは嬉しいわ。——俺の中学の同級生がな、旅行会社のガイドやってんねん。そいつが言うには、自分の京都案内でお客さんが喜んでくれて、京都を好きになってくれんのが一番嬉しいねんて。その気持ち、今よう分かった気がする」

「素敵なお友達ですね。塔太郎さんも、ガイドさんをやったら人気が出そう」

「俺かー？　この辺しか案内出来ひんで」

腕を組んで笑う塔太郎に、大は「またまた」と首を振る。

「去年の宵山《よいやま》で色々教えてくれたん、私、よう覚えてますよ？　塔太郎さんのガイドツアーなんてあったら、私、一番に予約します」

「大勢の前で話すんは恥ずかしいし、まぁ……大ちゃんぐらいにさして」

塔太郎の隣に座って話しながら、何気ない幸せを噛みしめる。自分は元より塔太郎までが嬉しそうなのは、きっとお日様が暖かいから、と大は自分に言い聞かせ、舞い上がりそうになるのを隠すかのように両手の指を組んだ。

いつの間にか、幽霊のお爺《じい》ちゃんがベンチに寄ってきている。大達と、遠くで遊

んでいるカンちゃんを交互に見ては、

「あっこのボクちゃん、可愛いお子さんやな。自分らの子か。一人目か」

と挨拶がてら、声をかけてくる。夫婦に間違われた大は思わず顔を赤らめ、塔太郎も恥ずかしそうに笑い、手を横に振っていた。

「いや、ちゃいますって！　ゼロ人目です。店で預かってる子なんですよ」

一瞬、塔太郎と自分の子供を想像してしまったのは、大だけの秘密である。


カンちゃんの面倒を見つつ、一日が終わる。喫茶店を閉めた後は、夜勤を担当する者がカンちゃんと一緒に夕食を摂り、近くの銭湯《せんとう》へ連れていく段取りとなっていた。

しかし、今日は「まさる部」の日という事で、深津が思い付いたように顔を上げた。

「古賀さん、今日も御所《ごしょ》行くやろ？　カンちゃんに、まさる部を見してあげたらどうや？　猿ケ辻さんらも、きっと歓迎してくれるやろ」

二階の事務所で、積んであるファイルに触りたくて机によじ登ろうとするカンちゃんを、深津が両手でひょいと下ろす。カンちゃんは深津の提案を聞いて、読みたがっていたファイルの事などすっかり忘れて興奮し出した。

「まさる部とは何だ、わしも行きたい。……何、大の修行⁉　塔太郎とも試合をするのか⁉　行く、絶対に行く！」

深津が「まさる部」の説明をすると、カンちゃんは表情を弾《はじ》けさせる。その場にいた大と塔太郎に駆け寄り、二人の手を同時に引っ張っていた。

「私は全然いいんやけど、今は……」

と大が言いかけたところで、塔太郎がカンちゃんの手を優しく放し、すまなさそうに頭を撫《な》でた。

「ごめんなぁ、カンちゃん。俺は今、まさる部を無期限で欠席してんねん。やし、もうちょっとしばらくは、向こうには行かへんと思う」

「何と」

途端、カンちゃんが唇《くちびる》を尖らせる。傍らにいた大も寂しいと思ったが、これは塔太郎のためでもあったので、小さく微笑んで黙っていた。

「残念じゃのう。塔太郎の本気の雷や格闘技、この目で見たかった」

「ほんまごめんな。その代わり、まさる部には別の人がおるし、その人も凄いねんで。その人……総代くんと大ちゃんが稽古《けいこ》すんのを、見物したらええわ」

配属されてすぐから続けている大の修行「まさる部」は、主に猿ヶ辻と時折やって来る杉子が指南役《しなんやく》となり、魔除けの力の使い方、精神修養、実戦というあらゆる方向から、塔太郎がその練習相手となって大を鍛え上げている。

ところが今年の四月から、一つだけ大きな変化が起こっていた。

今のまさる部は、猿ヶ辻と杉子ともう一人、塔太郎の代わりとして、総代和樹が大の練習相手を務めているのである。

これは、大や塔太郎の上司である深津と、大に力を与えた猿ヶ辻も了解済みの話で、四月になってからの大は、この新しい態勢のもとで修行を続けていた。

塔太郎が抱える事情を知らないカンちゃんは、ふうんと唸《うな》っている。

「その総代という男が、塔太郎の代わりという訳じゃな。あやかし課の奴《やつ》か？」

「そう、大ちゃんの同期の子や。いつもは、うちと管轄が隣り合ってる事務所の、変化庵《へんげあん》っていう店で働いてんねん」

「なるほど……。それにしても、総代とは変わった名じゃの。けれど、お洒落な名じゃの」

「せやろ？　その名の通り、お洒落な奴で、代々絵描きの家柄で、凄い能力を持ってんで。今の大ちゃんの練習相手としては、むしろ、俺より適任やと思う。な？　大ちゃん」

塔太郎がこちらを見たので、大は「はい」と頷いて同意する。

総代和樹の整った顔立ちを思い浮かべながら、大もカンちゃんに説明した。

「総代くんってな、描いた絵を本物にする力があって、狐でも足軽《あしがる》でも、何でも描かはんねんで。本人も楽しい性格やし、カンちゃんもきっと気に入ると思う。――さぁ、『まさる部』へ行こう！　多分もう、猿ヶ辻さんや総代くんも待ったはるわ。今日は杉子さんも来はる日やし、いつもより色んな稽古が出来るはず！」

話を聞いたカンちゃんは早速、階段をバタバタと下りては犬を呼ぶ。犬は、竹男や琴子にも挨拶し、カンちゃんに引っ張られるようにして店を出る直前、見送りに来た塔太郎へと振り返った。

「――塔太郎さん、お疲れ様でした！　また明日」

「うん、お疲れ。頑張ってきいや。猿ヶ辻さんや杉子さん、総代くんにもよろしく言うといて。怪我はつきもんかもしれんけど、無理しんようにな。何かあったら連絡しいや」

「はい！　塔太郎さんも今日、ご自分の修行をされるんですよね。頑張って下さいね」

「まかしとけ」

以前のように一緒ではないが、お互い笑顔で手を振り合う。

今の塔太郎は自身の修行に集中しており、そのために、自ら深津や猿ヶ辻に申し出て、まさる部から離れているのだった。

竹男が取り付けてくれた自転車の後部座席にカンちゃんを乗せ、大はまさるに変身して自転車を漕《こ》ぎ、京都御苑《ぎょえん》を目指した。

京都御苑は、明治二年（一八六九年）に天皇が東京へ移るまで、宮家や公家《くげ》の邸宅が集まっていた、いわゆる御所の外苑《がいえん》にあたる。

現在は大規模な公園として整備されており、「まさる部」の修行をする場所も、その広大な芝生の一角だった。

桜も沢山植えられており、レジャーシートを広げて花見をしたい場合は、

「円山公園か鴨川か、御所の芝生で」

とすぐに名前が挙がるほど、花見の名所の一つとしても知られていた。

中でも、近衛邸跡《このえていあと》の枝垂れ桜は糸桜《いとざくら》と呼ばれ、京都市内でいち早く満開になる早咲きの桜として名高い。室町時代には、足利義満《あしかがよしみつ》も眺めた事があるという。

御苑の中に入ると、金色めいた春の西日を薄衣《うすごろも》にして、うっすらと霞《かすみ》がかった満開の桜が、あちこちに見える。

目的地の芝生では、既に総代、猿ヶ辻、そして杉子が待っており、総代が、カンちゃんの手を引いたまさるへ手を振った。

「お疲れー！　今日は、まさる君なんだね？」

まさるは頷いて微笑み返し、元の大へと戻った。

「——総代くん、お疲れ様。遅なってごめんな」

「いいよ、いいよ。僕、人を待ってるのも好きだから。——その子が、電話で言ってた『カンちゃん』だよね。初めまして。総代和樹です」

「うむ！　今日は見学に来たぞ！　よろしく頼む！」

カンちゃんはそのまま、猿ヶ辻や杉子へ丁寧《ていねい》に挨拶し、続いて大が、カンちゃんがちとせに来た経緯を簡単に説明した。

カンちゃんはお忍びということになっているが、カンちゃんから漂う気配や、あるいは神猿ならではの勘《かん》で、猿ヶ辻と杉子はその正体をすぐに見抜いたらしい。

「ん？　君は……」

「村の姫様はお元気か。私も、最後にお会いしたんはいつやったか……」

と言い出したので、カンちゃんは慌てて「しー！　しー！」と言いながら、人差し指を口につけた。

「すまんが、大達には素性を明かしておらんのじゃ。猿ヶ辻様と杉子様には申し訳ないが、しばらくの間、黙っててくれんかの」

と頼むと、猿ヶ辻は、

「うん。まぁそれは構へんけども」

と頷きつつも不思議そうにし、杉子も、カンちゃんの意思を尊重して「ふぅん、分かった」と言ったきり、それ以上何も言わなかった。

話が終わると、猿ヶ辻が鞄からプリントの挟んであるバインダーを出し、達筆で書かれた内容を大達に見せた。

「さ、これが今日の稽古メニューや。今日は特別コーチの杉子さんがいる日やし、試合を多めにしといたで」

大と総代の間から覗き込んだカンちゃんが、これを音読する。

「比叡山拝礼《ひえいざんはいれい》、ストレッチ、素振り、型演武、杉子さんとの練習試合、総代くんとの練習試合。ただし、総代くんとの試合は『眠り大文字』を使う事……。これ全部、大の稽古なのか？　見た目は細い女の子でも、結構激しいんじゃのう」

彼が大を見上げて感心していると、そらそうや、と言ったのは猿ヶ辻だった。

「古賀さんかって、京都を守る化け物退治専門家の一人や。女の子というのを言い訳にして、あるいは『まさる』がいるからと胡坐《あぐら》をかいて、いつまでも簡単な事だけをダラダラやってられへん。最近では、古賀さん自ら、魔除けの力の使い方を学びたいと言うてくれてる。稽古かって、そら高度で激しくなるわなぁ」

中でも難しい稽古というのが、「神猿の剣　第十一番　眠り大文字」である。

突けば相手が気絶する捕縛《ほばく》技であると同時に、魔除けの力によって、気絶した相手の怪我や疲れをも癒《いや》す効果がある。大が最近教えられた話では、柄頭《つかがしら》で味方を突けば、回復技としても使えるらしい。

反面、突いたと同時に魔除けの力を上手く相手に流し込めなければ、相手の邪気や悪が自分に入り込み、体を壊すというリスクの高い技でもある。実際、山科の事件では相手の執念が大の体を蝕《むしば》み、ひどく苦しんだ経験があった。

「ま、そういう訳で、より繊細な魔除けの力の使い方、より多彩な戦い方を習得してもらおうと、監督の僕かて色々考えてる訳や。まぁ主に、坂本くんの進言やけども。——その一つとして今、坂本くんに代わって、色んなタイプの敵を次々に出せる総代くんに、練習相手をお願いしてる訳やね。まぁ、これも坂本くんの手配やけども。頼むで、優秀な絵描きさん」

猿ヶ辻が総代の背後に回り込み、彼の背中をぽんと叩《たた》く。

大も、

「総代くん、私からもお願いな」

と笑いかけると、総代は照れ臭そうに頭を掻《か》いた。

新しい年度が始まった、四月一日の事である。大は塔太郎から、まさる部へ行くのをしばらくやめると伝えられた。既に、深津や猿ヶ辻に相談した後の事で、大にとっては、事後承諾のようなものだった。

やめると聞けば、何やら不穏で恐ろしさもある。が、実際は、時には顔を出して練習相手にもなってくれるとの事で、要は、猿ヶ辻の言葉でいう「コーチ」の役から、一時的に降りるというものだった。

大は最初、驚いて理由を問うた。しかし以前のように、塔太郎が大と距離を置きたい訳でないのは優しい表情ですぐ分かり、

「俺もそろそろ、自分の修行に集中しよう思うねん。せやし、今のまさる部の時間を、自分の時間に充《あ》てさしてほしい。これからのためにも」

という塔太郎のひと言と真剣な表情で、大は全てを察し、頷いていた。

塔太郎は、いつか起こるであろう「事態」に備えて、エースとして実力を上げたいのである。

その事態というのは、塔太郎の実父・神崎武則《かんざきたけのり》が束《たば》ねる「京都信奉会」が、いつか京都で事件を起こすかもしれない、というものだった。

手下や怪しげな力を使って京都の至宝を狙い、逮捕・収監《しゅうかん》された後も、分身を残して一般人に禁術を行わせようとした渡会《わたらい》は、この京都信奉会の一員である。

さらに、小学生の女の子・武田詩音《たけだしおん》を言葉巧《たく》みに取り込み、清水寺の戦いを起こ

した成瀬《なるせ》もその一員で、こちらも非常に厄介だった。

これらは、塔太郎による渡会への取り調べで分かった事であり、渡会の供述から、彼らの拠点が「理想京」という名で呼ばれている事も、一応は判明している。

今、渡会は京都府警本部の地下に収監されており、成瀬は大が退治して消滅したので、京都の平和は守られていた。しかし、起こった事件は逐一《ちくいち》解決出来ても、京都信奉会そのものについては、まだ謎が多い。

この件に関しての各捜査や会議、情報の共有は慎重に行われているらしく、「京都信奉会」は、京都府警あやかし課の、いわゆる極秘案件だった。

今のところ、この件を知っているのは、渡会を山寺から本部の地下に移すことを決めたあやかし課上層部と、八坂神社氏子区域事務所の所長である深津、喫茶ちとせ店長の竹男、そして、渡会を取り調べた塔太郎と、書記を務めた大だけらしい。

水面下で得体の知れぬものが蠢《うごめ》く中、生まれ育った町を守るという塔太郎の一方《ひとかた》ならぬ想いは大にも伝わり、大自身もまた、同じ気持ちを抱いている。

「まさる部の事は、気にしんといて下さいね。私には、猿ヶ辻さんも杉子さんもいらっしゃいますから！」

と大は元気よく答え、少しでも彼の助けになりたいと、自分は自分の修行に励もうと誓っていた。

「塔太郎さんの修行って、お師匠さんはいはるんですか？」

「いるよ。鴻恩さんと魏然さんや。正式な師弟関係を結んでる訳ちゃうけど、小さい頃から俺の監視役と雷の指導をしてくれてるから、その流れやな。まぁ、格闘技だけで言うたら、もう一人いるんやけど……。その人は普通の人やしな。あやかし関連でいうたら、やっぱり、あの狛犬狛獅子《こまじし》のお二人になるな。今回の俺の修行に関しても、また見てくれるって言うてくれはった。二人とも厳しいから大変やろうけど、楽しみやわ」

「そうなんですね。私も頑張らんと……！　ちょっと目を離した隙《すき》に強くなってたからって、びっくりしんといて下さいよ？　ご褒美《ほうび》のフルコース、楽しみにしてますからね！」

　二月末に結んだ約束を持ち出すと、塔太郎も不敵な笑みを見せて、大の挑発に乗ってくれた。

「言うようになったなぁ？　とはいえ……フルコースは、まだまだ食べさせる訳にはいかへんな。練習試合で一本取ったらっていう約束やけど、俺も修行して、強くなる訳やしな？　ま、後輩が強くなってくれたら、俺も心強いわ。期待してんで」

「はい。待ってて下さいね。でも……ほんまに、塔太郎さんも無理しんといて下さいね？　色々大変みたいですし。何かあったら言うて下さい」

「分かってるよ。ありがとう」

という事で、大と塔太郎は修行において別々の道を行く事となり、塔太郎の代わりの練習相手として、塔太郎自身が猿ヶ辻に総代を推挙し、手配してくれたのだった。

総代の戦闘力自体は塔太郎に劣るものの、描けば大抵のものを実体化出来る多彩さは、塔太郎にはない特質である。

昨年の秋に一度、総代は岡崎公園で大の練習相手を務めた事があり、その時に大は初めて、猿ヶ辻から「神猿の剣」を教わり、実際に稽古で使用した。

つまり総代は、大の新しい剣術修行の、最初の練習相手だったのである。

猿ヶ辻とも面識があり、神猿の剣や稽古の流れが大まかに分かっている点も、塔太郎が総代を推《お》した理由の一つらしい。

加えて、「眠り大文字」は生身の塔太郎とでは稽古しづらく、代わりに総代が出現させる相手であれば、総代自身を気絶させる事なく何回でも、眠り大文字の稽古が出来るという利点もあった。

以上が塔太郎の進言であり、それを聞いた猿ヶ辻は、

「坂本くんの言う通りや。眠り大文字の稽古ももちろん大事やし、総代くんがいた

ら、鎧武者《よろいむしゃ》、狐の群れといった、色んな状況を古賀さんにぶつけられる。坂本くんが外れるのは惜しいけど、今の古賀さんには、こっちの方が必要やね」

と賛同し、総代をまさる部に迎え入れたのだった。

カンちゃんが見守る中、大は修行を開始し、神猿の剣の型演武や、杉子との練習試合をこなしてゆく。

試合が終わると杉子が大に欠点を指摘し、

「古賀さん。あんたもうちょっと、体の重心を下丹田《しもたんでん》に置いとかなあかんわ。何かの拍子にふと重心が浮くさかい、体がふらつき、私、つまり敵に付け込まれるんやで。あと、斬《き》りっぱなしにならない事。すぐに切《き》っ先《さき》を上げなさい。これらは、演武でも実戦でも変わらん。演武で出来る事を、実戦でも出来るようにならなあかん。ええな」

「はい。ありがとうございます」

と大がしっかり吸収するのを、パイプ椅子に座っているカンちゃんはじっと眺めていた。

興味津々《しんしん》で、隣の猿ヶ辻へ尋ねている。代わりに総代が、

「下丹田とは何じゃ？」

「下腹部のあたりだよ。武道用語なんだって」

と説明して図を描けば、カンちゃんは「ほう、ここか」と言いながら、指で下腹を撫でていた。

続く総代との試合では、彼の筆によって数十種類の化け物が次々出現し、大、ないしはまさるが「神猿の剣」を振るって、一体一体を倒していく。

こちらの試合は「第十一番　眠り大文字」の稽古も兼ねており、まさるから元の大へ戻った瞬間、刀を逆手に持ち替えて柄頭で相手を突き、魔除けの力を流し込んで気絶させるのである。

最初は、まさるでも試したが上手くいかず、結局今は、魔除けの力を思い通りに流せる大だけの技となっていた。

効能とリスクとが表裏一体の技なだけに、この時ばかりは普段優しい猿ヶ辻も、椅子から降りては御幣《ごへい》を振るって自ら手本を示し、熱心に声を飛ばして教え込むのだった。

「あかん、あかん、あかん！　魔除けの力を流すんが遅い！　もっとこう、相手を突いた瞬間に！　お腹や四肢《しし》から、一気にがーっと！　霊力をばねに魔除けの力を湧《わ》き上がらせるイメージや。それこそ、天上天下へ己が命を捧げるかのように！自分の体から柄頭、そして相手へと魔除けの力を流すんや！　宵山で、赤ちゃんを助けた時を思い出してみ。あの時、自分は余計な事を考えてたか？　自分の身を惜しいと思てたか？　そういう事や。真の魔除けの力とはそういうもんや。さぁ、もっぺん！」

「はい！」

「総代くん。悪いけど、自分も付き合ったげてや。今度は、虎《とら》やなしに邪悪な鬼とかを描いてほしい。邪悪という表現が大変で、つい描き慣れてる虎を描いたんやろうけど……僕はその辺も気づいとるで。ま、嫌やったら、自分の好きなもんを描いたらええわ」

「うっ、ばれてた。さすがです……。そこまで言われたら、僕も後には引けません！　古賀さんに負けないように、描きまくります！」

杉子が、大の欠点を理論的に指導するのに対し、猿ヶ辻は、愛情ゆえに厳しさを剝《む》き出しにする。大の実力だけでなく、その練習相手を描く総代の実力さえも引っ張り上げていた。

そうなれば、大の稽古にもつい熱が入り、総代も気合を入れて、絵に瞳の鋭さや陰影をつける。表現の差異で性格が明確になった化け物は、いつもより数段強くて恐ろしく、大のいい練習相手となっていた。

試合の終盤には、大は膝《ひざ》をついたまま立てなくなり、総代の肩を借りる事もしょっちゅうだった。カンちゃんは、まさる部の内容全てに感動したのか、椅子から立ち上がって拍手までしていた。

修行が終われば、猿ケ辻も笑顔に戻ってお茶の準備をし、休憩時間は和気藹々《わきあいあい》とした雰囲気に戻る。

今日も、杉子はひと仕事を終えたような満足げな顔でお茶とお菓子を楽しんでいるし、カンちゃんは、総代に描いてもらったアニメのキャラクターの絵を、大事そうに袂へ入れていた。

「和樹の絵は素晴らしいのう。ほれ次、これを描いてくりゃれ」

「はいはい」

カンちゃんが総代のスマートフォンを操作して人気キャラの画像を出し、総代が快《こころよ》く模写している。

大が横で見ていると総代と目が合い、

「古賀さんも、何か好きなの描いてあげようか?」

と、にっこり笑って尋ねられた。

「ほんまに？　ありがとう！」

とは言ったものの、漫画やアニメのキャラクターを色々思い浮かべてみたが、迷ってこれとは決められない。

無難に、「総代くんの、好きなもんでええよ」と答えると、

「それなら……、古賀さんにしようかな」

と言われて、大は驚いた。

「何で？　私なんか、描いてもつまらへんやん」

「そんな事ないよ。古賀さんは、格好いいと可愛いの両方を持ってる。だから僕、描きたいって、前からずっと思ってるんだ」

「そうなん？」

「うん。――簪《かんざし》で、袴姿で、刀を持った女の子って、滅多《めった》にいないからね？　萌《も》え系キャラクターの、いい参考になるんだよねー」

「全くもう！　それって私じゃなしに、『和風の女の子』が描きたいだけやろ？　前にモデル料貰うって言うたん、忘れたん？」

「モデルの貴重さと、ネットにアップした時の反響の期待値を考えると、多少のモデル料は全然アリだけど……」

「別のにするっ！」

結局、突き詰めて考えると総代自身の絵が見たいのであり、人物画で和風の女の子で……と考えると、脳裏に梨沙子の姿が思い浮かんだ。

「ほな、私以外の、着物の女の子の絵。それやったら、似たようなもんやろ？　私、総代くんのオリジナルの絵、一度じっくり見たいと思っててん」

「本当に？　嬉しいなぁ。ちょっと待っててね！」

と大は頼み、総代は筆を走らせるのだった。


ちとせに泊まるようになって数日が経つと、カンちゃんも大達も互いに慣れて気が緩《ゆる》み、特にカンちゃんの方は、徐々に素《す》が出ているようだった。

食事で嫌いな物が出ると「要らぬ」と言って小皿をそっと押し戻したり、竹男の脇腹を突然くすぐって奇声を上げさせたりと、子供ならではのやんちゃを始める。

そしてこの頃から、時折溜息をついたり、ぼんやりする事も多くなった。ひどい時は、食欲がなさそうな時もある。

大達が不安を感じて訊いても、

「案ずるな。何でもない」

と答えるだけ。その返事自体も元気がないので気になったが、彼が自分の正体を秘密にしている以上、詮索《せんさく》も出来なかった。

翌朝、ちとせのメンバー全員が出勤の日、深津が、カンちゃんの気分転換にと遠出の許可を出した。

「府外はさすがにあかんけど、タクシーですぐ帰れる範囲やったら、どこでもええよ。カンちゃんかって、ずっと店の中とか、近くの公園ばっかりは飽きたやろ。何やったら、映画村でも行く？」

と、カンちゃん本人に打診した後で、誰が付き添いに行くかを大達に尋ねた。竹男や塔太郎と遊んでいたカンちゃんは、ぱっと顔を上げ、

「本当か⁉　どこがいいかのう」

と腕を組んで考え出す。

大はてっきり、太秦映画村か京都鉄道博物館、府外は駄目と言われたにもかかわらず、大阪のユニバーサル・スタジオ・ジャパンか、などと思っていたが、

「……それならば、洛中の桜を見て回りたい。二条城にも、もう一度行きたい」

と、やんちゃな彼にしては、珍しく大人っぽい答えだった。

深津も、

「そんなんでええの？」

と念を押したが、カンちゃんはうんと頷いて要望を変えず、

「皆の知っているところを教えてくれ。なるべく、有名な場所がいい」

と、笑顔で大達に訊ねた。

京都の桜の名所、と言われて、今度は大達が考え込む。竹男が顎《あご》に手を当てて、

「桜、いうたら、俺はまず仁和寺が浮かぶけどなぁ。ただ、あそこは遅咲きやし、

まだちょっと早いか？ っていうか、京都の名所イコール桜の名所やし、どこ行ってもええ感じするわな」

と言うと、次に塔太郎が、

「桜やと、よく観光のパンフレットに載ってんのは『平野さん』ですけどね」

と、平野神社の名を挙げる。

この時点で二条城へ行く事は決まっていたので、地元の二条通りを思い浮かべた大が、

「高瀬川《たかせがわ》べりを歩くのって、どうでしょうか。舟入《ふないり》のところ、綺麗ですよ」

と、二条通りのすぐ南にある高瀬川の一之舟入付近を提案する。

すると玉木が、

「歩くんだったら、蹴上《けあげ》のインクライン辺りの方がいいんじゃないの。そのまま北へ行けば、岡崎疏水《おかざきそすい》とか平安神宮《へいあんじんぐう》、南禅寺《なんぜんじ》とかも行けるし」

と言うのに琴子も被《かぶ》せて、

「ほんなら、祇園や円山公園かって綺麗やし。っていうか、宇治川とか平等院《びょうどういん》の桜も綺麗やから！」

と話はどんどん広がっていく。

挙げれば挙げるほど、もうどこへ行けばいいか分からない。考えるのに疲れた竹

男が、

「もうどこでもオッケーやって！　桜と食いもんと、酒があれば最高！　神泉苑のすぐ隣にある、ちっちゃい公園あるやろ。あそこの枝垂れ桜めっちゃ綺麗やんけ。もう今からそこで飲も！」

と、カンちゃんが毎日見ている枝垂れ桜を挙げて仕事放棄を提案し、深津に頭をはたかれていた。

結局、深津が幾つかをピックアップして道順を考え、カンちゃんのための桜観光コースが出来上がる。早速、大、塔太郎、玉木が、一応は腕章や武器を携帯しての付き添いとなり、カンちゃんを連れていく事になった。

「頼むぞ三人とも！　京都の桜は楽しみじゃ！　……三人？　玉木もおるのか。嫌じゃのー。わしが逃げぬよう、役人の眼を光らせるつもりかもしれん」

「僕だってやだよ。っていうか、じゃあ逃げなきゃいいじゃん」

互いにそう言いつつも、茶化し合っているだけである。仲良いなぁ、と大は思い、刀の入った肩掛け式の刀袋を、よいしょと肩にかけるのだった。

大達が最初に訪れたのは、やはり近場の二条城である。城内の北にある清流園《せいりゅうえん》沿いの桜並木や南にある桜の園には、約五十種、約三百本の桜があるという。

ここには一度、喫茶店業務の合間に訪れており、既に来たことがある場所でも、カンちゃんは再び感動していた。

桜を見上げる観光客の間をすり抜けるように、両側に連なる桜並木の周りを小走りに駆け回っては、のびやかな城内の桜を楽しんでいた。

「ここの庭園は、広くて気持ちがよい。ゆえに、桜の持つのんびりとした雰囲気を楽しめる。昔の、刀を差した侍達も、ここの景色を愛でたかの。そうして、何を思ったろうか……」

二条城の次は、タクシーで平野神社へ向かい、貴重種も含めた六十種、約四百本の桜に囲まれた本殿《ほんでん》にお参りする。こちらも多くの観光客で賑わっており、境内の南側では、桜苑の桜に混じって屋台や緋傘《ひがさ》も並んでいた。

本殿の前に立ち、大達は手を合わせて参拝する。直後、どこからともなく桜の甘酸っぱい香りが漂って、周囲を包み込んだ。

「ようこそ」

「おいでやす」

といった声が本殿から次々と聞こえ、平野神社の祭神《さいじん》四柱《はしら》が、大達に返事をしてくれたのだった。

源気新生・活力生成の神である今木皇大神《いまきすめおおかみ》、竈《かまど》や生活安泰の神・久度大神《くどのおおかみ》、邪気を振り開く平安の神と謳われる古開大神《ふるあきのおおかみ》、そして、生産力を司《つかさど》る比賣大神《ひめのおおかみ》。これらの神々が、平野神社の神紋《しんもん》である桜の香りでもって、歓迎してくれたのである。

祭神達は、猿ヶ辻や杉子と同じく、すぐにカンちゃんの正体を見抜いたらしいが、カンちゃんが先回りして手を合わせると、お忍びと察したようである。

本殿から、一瞬でふわっと大達の前に現れた今木皇大神は、大達と同じように「カンちゃん」と呼んで手を軽く叩き、春風を境内に呼び込んでいた。

「当社の満開の桜達、どうぞ見ておくれやす。カンちゃんも来てくれたのやし、のんびり屋さんでまだ咲いてへんお花も、今だけ頼んで咲いてもらいます」

今木皇大神の優しい息吹《いぶき》を合図に、春風が柔らかい旋風《せんぷう》となり、桜の花びらが宙《ちゅう》に舞う。それが極小の精霊《せいれい》達のように木から木へと移り、大達の案内役となった。

その時、今木皇大神がカンちゃんにこっそり声をかけ、

「カンちゃん。最近、あんたとこの里、よう頑張ったはりますな」

と言ったのが偶然大にだけは聞こえ、ますます、カンちゃんの正体が気にかかるのだった。

『続日本紀《しょくにほんぎ》』によれば、平野さんこと平野神社は、平城京の宮中で祀られており、平安京遷都と同時に、今の地へ遷座《せんざ》したという。

生命力を高めるという桜が平安時代中期から数多く植えられ、桜の名所として知

られていた。古くは、花山《かざん》天皇が自らお手植えしたものが始まりだという。

臣籍降下《しんせきこうか》の流れを汲む各名家も平野神社を崇拝《すうはい》し、家の標《しるし》として珍しい桜の品種を奉納した。江戸時代には当時の京の庶民達も、「平野の夜桜」と呼んで親しんだという。

境内の半分以上が桜苑であり、その全域にわたって植えられているせいか、見上げると、平野神社の空は一面が桜で覆われていた。

「別世界というのは、まさに平野さんの事じゃのう。大、おぬしもそう思わぬか」

「そうやねぇ。桜と人との距離も近いし……。自分が春に見つめられて、愛されてるみたい。そやしかなぁ？　何か、胸もきゅんとする」

「よい表現じゃのう。――これ、塔太郎、玉木。今のを聞いておったか？　姫君が愛を感じておるぞ」

「えっ、何？」

「すいません、聞いてませんでした」

呼ばれた二人は、別の桜を眺めていたので今振り向き、カンちゃんが「駄目な奴らじゃ」と呆《あき》れている。その横で大は、恥ずかしい事を聞かれなくてよかった、と肩にかけている刀袋の紐《ひも》を両手できゅっと握り、顔を赤くしていた。

再び顔を上げれば、やはり、どこを見回しても桜色である。

全て桜、けれども異なる品種一本一本から落ちる花びらをはらはらと浴びながら、カンちゃんはもちろん、大達も終始感動の溜息をついていた。

この圧巻さこそが平野神社の見所であり、境内の至る所に植えられている桜の木の傍には、それぞれ雅《みやび》な名前の看板が設置されていた。

これが咲けば、都の花見が始まるとされる「魁《さきがけ》」。

花びらの切れ込みが撫子《なでしこ》に似ている「平野撫子」。

大輪の花の形が、蝶《ちょう》が飛んでいるように見える事から名付けられた「胡蝶《こちょう》」。

他にも、関山《かんざん》、麒麟《きりん》、妹背《いもせ》、大内山《おおうちやま》、手毬《てまり》、突羽根《つくばね》など、甲乙《こうおつ》つけがたい、文字通り桜の饗宴《きょうえん》だった。

カンちゃんは気分が高揚したのか、今度は塔太郎を連れてくるくると桜苑の中を巡り、屋台を覗き込んでいる。

「お昼は予約取ってあるし、我慢しいや」

と塔太郎に言われて、残念そうに頰を膨らませていた。

本殿前まで戻って挨拶しようとした大達だったが、参拝客の行列があって、なかなか近づけない。

少しだけ待つ事にして、周辺の桜を愛で直す。大は、南側の桜を見ている塔太郎やカンちゃんを確認した後、眼前の桜「胡蝶」と「衣笠《きぬがさ》」に目線を戻した。

乙女《おとめ》が頬に差すような、淡い薄紅色《うすべにいろ》を楽しむ。同時に、満開の桜の力強さも感じていると、隣に立っていた玉木がふと呟いた。

「配属から一年も過ぎたし、当然と言えば当然かもしれませんが……、古賀さん、いい顔つきになったよね」

「い、いい顔つきとは？　もしかして、目つき悪かったですか？」

そんな険《けわ》しい目で桜を見ていただろうか、と思い、大は目元をくるくるとほぐしてみる。玉木は深読みを笑って一蹴《いっしゅう》し、

「違いますよ。まぁ、その真剣な目も含めてですけど、全体的に迷いがなくて、余裕が出てきたねって事。実力がつくとそうなるんだよ」

と言って、扇子を開いた。その扇子には、いつも通り八坂神社のお札が貼られている。

「――実力と言えば僕も、扇子の改良や、使える術を増やそうと考えてましてね。古賀さんがまさる部で頑張るように、僕も、色々試してるんですよ。ですから、このお札も頂いて、取り入れてみようかなと思うんです。僕の欠点は、霊力の馬力に欠けるところですから……、桜のご加護があれば活力も加わって、もう少しよくなるかも、ってね」

玉木が自分の能力、それも欠点まで詳しく話すのは珍しい。玉木が両手の扇子、

そこに貼ったお札から結界や炎が出せるのは知っていたが、馬力の問題など、詳しい事は初めて聞いた。

興味を持った大は改めて、玉木に術の仕組みを訊いてみた。

「扇子にお札を貼ると、ご利益《りやく》が扇子に充満します。それを、僕が借りるんです。自作の呪文を唱えて扇子を振る事で、僕の霊力とご利益とが一時的に混ざり、僕が欲する通りの術……結界や炎になる訳です。つまり、僕の本来の能力は、『ご神徳をお借りする』なんですよ。総代くんみたいに代々伝わる能力じゃなくて、僕固有の能力になります」

「そう聞くと、正統派の退魔師《たいまし》みたいで格好いいですね。ほな、お札さえあれば、扇子がなくても術は出せるんですか？」

「そこが、繊細で難しいところでね……。スポーツ選手やクリエイターでも、これがないと駄目っていう愛用の道具があったりするでしょ。僕も、わざわざ扇子に貼って振らないと、どういう訳か何も出なくなるんです。そういうところが、霊力の不思議議じゃんね。

それに、僕の術は、見た目は華やかだけど、実際は結構面倒だよ。扇子に貼れるお札の枚数には限りがあるし、お札が違えば、唱える呪文も変えなきゃいけない。噛まずに唱える練習も要る。霊力の馬力自体が低いから、あんまり手数を増やしすぎると、普段使っている結界まで弱くなる。多芸は無芸って言うけど、そもそも、僕自身の才能が乏しい。この歳になってようやく、結界に加えて炎が使えるようになったぐらいです。一度、塔太郎さんに憧れて、北野天満宮《きたのてんまんぐう》のお札で雷にも挑戦した事があるんですが……、静電気すら出ませんでした。もっと、工夫や修行をすれば、そういうのも改善されるんだろうけど……。毎日の仕事があったり、人命がかかってたりすると、結局慣れたお札に頼っちゃうよね。難しいもんだよ」

玉木は扇子を閉じ、ふうんと唸って口元にそれを当てていた。

彼も、今の大と同様、自分の力を伸ばそうと模索しているらしい。塔太郎は雷と格闘技、大は魔除けの力と剣術、玉木は扇子でご神徳を借りる……というふうに、ここにいる三人だけでも、三者三様である。

(同じ霊力やのに、こんなふうに違うのはここの桜みたいや)

大は玉木の話に耳を傾けながら、霊力の一端を摑みかけていた。

ひとしきり話し終えた大と玉木は、カンちゃんと塔太郎の方へ移動してみる。

彼らは「御衣黄《ぎょいこう》」という桜をずっと愛でていたが、これは約六十種類ある桜の中でも、特に珍しい淡緑色の桜だった。

授与所で頂いた「平野神社　桜のしおり」によると、既に明治時代にはその名があって、古くから咲いているという。

カンちゃんの横に並んでいた塔太郎が、

「凄いなぁ。緑色の桜って、滅多に見れへんで」

と指差すと、カンちゃんは御衣黄から目を離さず「うむ」と静かに頷き、

「桜色ではないが、立派な花じゃ。わしは、この色が大好きじゃ。……世界で一番好きじゃ」

と、地面に落ちていた御衣黄の花びらを数枚拾っては、大事そうに袂へと入れていた。

その後も、しばらくカンちゃんは御衣黄を見上げていたが、やがて啜り泣く声が聞こえる。塔太郎はもとより、大と玉木も駆け寄って覗き込むと、カンちゃんは大粒の涙を流していた。

さっきまで元気だったのに何故、と大が思った頃には、

「塔太郎」

と、か細い声で塔太郎を呼んで裁着袴にしがみつき、カンちゃんはいよいよ泣き出してしまう。

あれよあれよという間にカンちゃんの体が衣服ごと縮み出し、子供の姿から黒猫に、それも、例えば弁慶が掬《すく》えば両手にすっぽり収まるような、小さい子猫になってしまった。

「カンちゃん⁉　どうしたんや」

　塔太郎が慌てて抱き上げるも、子猫となったカンちゃんはにゃーと鳴くだけ。その鳴き声はどこか切なく、何者かの敵襲かと警戒した大と玉木は、刀袋や扇子を開いて、いつでも戦える態勢に入った。

「ひょっとして、悪いもんが境内に……」

「と、僕も一瞬思った。けど……平野神社は力のある神社で、境内の桜も満開。周りの人達も健康そのもの……だよね。だから違うと思う。感知能力も働かせてるけど、高貴な気配しか感じない。外的要因じゃなくて、多分……」

　塔太郎の腕の中で、カンちゃんはまだ子猫のままである。塔太郎が子猫を心配そうに撫でていると、小さな子猫の口が「ひめさま」と言うようにわずかに動き、続いて、

「シコブチさん」

という声が聞こえる。その時、子猫の体がより一層丸まった。

　大には何の事か分からなかったが、その名を知っているらしい塔太郎が何かに気づき、

「シコブチさんって、久多《くた》のか？」

と訊くと、子猫ははっと頭を上げて、耳をぴんと張った。

　何かに目覚めたかのように、塔太郎の腕から飛び降りる。着地と同時に、カンち

ゃんは水干を着た子供の姿に戻っていた。

「カンちゃん、大丈夫なん⁉」

大が慌てて訊くと、カンちゃんはゆっくり顔を上げる。

「――すまぬ。心配をかけた。ちょっと地元が恋しくなってな……。いわゆるホームシックじゃ。泣いたら霊力が揺らいでしもうて、つい」

照れ臭そうに頰を掻くところを見ると、本人に異常はないらしい。やがて祭神の一柱、比賣大神も本殿から来てくれて、

「カンちゃん、もう大丈夫なん。本殿から見てたけど、うちらも心配したんえ。具合悪かったら、本殿《いえ》の中で休んでいきよし」

と勧めたが、カンちゃんは大人びた確かな口調で、

「すみません、ご迷惑をおかけして。もうよくなりましたので、このままお暇《いとま》します」

と丁重《ていちょう》に礼を言った。比賣大神は、そうかと言ってにっこり微笑み、カンちゃんに小さなスプレーボトルを渡してくれた。

「ほな、これ持ってお帰り。今木皇大神様から、カンちゃんへのお土産《みやげ》どす。お参りのお人沢山いはりますし、お見送り出来んで堪忍《かんにん》してや、って言うたはりました」

ボトルには「お清めお祓《はら》いスプレー」と書かれてあり、神社で行われている「塩《えん》湯《とう》の儀」というお祓いが、自宅でも出来るようにと作られたものだった。授与所で

も売られており、清々《すがすが》しい木々の香りで浄化《じょうか》が期待出来るという。

喜んで受け取ったカンちゃんは、早速説明書きの通りに左、右、左と三度空中に吹きかけては、すう、と大きく深呼吸した。

「よい香りじゃ。わしの地元でも、似たような香りがする。これがあれば、いつでも村に帰った気になれる。比賣大神様、まことにありがとうございます」

「いいえ。どういたしまして。――ほな、気ぃつけてな」

比賣大神が戻った後、大達はカンちゃんの事が心配になり、今からちとせへ帰るのはもちろん、カンちゃんのうわ言に出た「ひめさま」と「シコブチさん」がいる地元へ帰してあげようかと考えた。

しかし、大達の手を焼かせた恥ずかしさもあるのか、当の本人は強がるように、

「もう大丈夫じゃ！　桜観光の続きをしようぞ！」

と言って聞かない。

大達は相談した結果、以後の予定は、昼食が済んだら近くの北野天満宮にお参りして一旦ちとせに帰り、高瀬川や平安神宮をはじめとした、午後の予定は改めて深津に相談しようと提案する。

さすがのカンちゃんも、桜観光はしたくてもそこまで我儘を言うのは憚られたのか、「うむ。仕方あるまい」と分別し、玉木が深津に連絡する間、塔太郎がカンち

ゃんを肩車した。

「お昼を予約してるとこな、上七軒《かみしちけん》やねん。北野さんって呼ばれてる北野天満宮がすぐ近くにあって、そっからすぐの花街《はなまち》が、上七軒や。竹男さんが予約してくれたお薦《すす》めのランチらしいし、楽しみにしときや。その後、北野天満宮へお参りして、菅原《すがわら》先生にもご挨拶しよか」

「何と、菅原道真《みちざね》様に！」

カンちゃんの目が、再び輝き出した。

北野天満宮の祭神は、知る人ぞ知る学問の神様、「北野天満大自在天神《きたのてんまんだいじざいてんじん》」の神号で日本屈指の天神と名高い、菅原道真である。

北野天満宮は、全国約一万二千社の天満宮・天神社の総本社で、京都では「北野さん」「北野の天神さん」と呼ばれ、親しまれていた。

あやかしや霊力を持つ人間達は、菅原道真を「菅原先生」と呼んで崇敬しており、以前、大達がお世話になった錦天満宮《にしきてんまんぐう》の祭神・菅原道真も、神社が違うだけで同一の存在だった。

カンちゃんは、塔太郎の頭に両腕を置き、塔太郎の顔を上から覆うようにして覗き込んだ。ホームシックはどこかに吹き飛んだらしい。

「それは、絶対行かねばならんぞ！ 花街というのも、舞妓さんがおるところじゃろ⁉　――ゆくぞ塔太郎！　まずは『北野さん』まで走れぃ！」

「御意《ぎょい》！」

塔太郎はそのまま小走りし、カンちゃんが「きゃー」と笑う。

「カンちゃん、落ちちゃいますよ！」

と声をかけながら、大と玉木も慌てて追いかけた。

平野神社を出て再びタクシーに乗り、今出川《いまでがわ》通りから上七軒通りに入って、予定通り上七軒で昼食を済ませる。その頃にはカンちゃんもすっかり元気になっており、気持ちよい青空の下、ランチの美味しさを思い出しながら、少々狭い石畳《いしだたみ》の道を歩く。両側は電線がなく、二階建ての京町家《きょうまちや》が並ぶ昔ながらの風景を見渡せた。

上七軒は、芸舞妓のいる五花街《ごかがい》と、太夫《たゆう》がいる島原《しまばら》を含めても京都最古の花街であり、その歴史は室町時代まで遡《さかのぼ》れるという。そんな上七軒を含む近隣一帯は、全て北野天満宮の氏子だった。

大達は、北野天満宮へ向かいながら牛歩《ぎゅうほ》の散歩を楽しんでいたが、上七軒通りも半ばに来た時、カンちゃんが俄《にわか》にしおらしくなった。

「平野神社では、迷惑をかけてすまなかった」

小さな声で謝罪する。子猫になってしまった事を、今でも気に病《や》んでいるらしい。

大も塔太郎も、何てことないと伝えて励まそうとしたが、意外にも先に声をかけ

たのは玉木で、

「ホームシックだったんでしょ。気にしなくていいよ。僕も、京都で暮らし始めた頃は、町の雰囲気が地元と全然違うからびっくりしました。ですから、気持ちは分かります。京都が好きでも、やっぱり、山梨が恋しい時もあったしね」

と大も初めて聞く自身の過去を、カンちゃんに打ち明けていた。

カンちゃんも、ほう、と顔を上げて驚いている。

「玉木にも、そういう時期があったのか。というか、おぬし、甲斐《かい》の出身じゃったか」

「そうだよ。上神内川《かみかのがわ》の、桃農家の息子。山梨学院大学を卒業して、京都府の警察学校を出て、あやかし課に配属されて……すぐの事だったかな。今以上に弱い結界しか出せなくて、仕事にも慣れなくて、結構辛かった。晴明神社《せいめいじんじゃ》の鶴田《つるた》……僕と同い年で、優秀な陰陽師《おんみょうじ》と比べられた事もあったから、尚更《なおさら》ね。京都が楽しい町でも、塔太郎さんがいなかったら……僕は挫折《ざせつ》して、退職してたかもしれない」

「玉木さん、そこまで思い詰めてたんですか？　それを救ったのが、塔太郎さん？」

目を丸くしたのは大で、思わず口を挟んでしまう。

塔太郎は、玉木が配属された当時のことを思い出しており、「鶴田くんなぁ。元気やろか」と呟いて、近くの町家を眺めていた。

玉木は、大の問いに対して穏やかに微笑んでいる。

「塔太郎さんは、僕の恩人ですよ。あと、河原町《かわらまち》や四条の楽しさと、名所の美しさもね。休日に、色んな所へ足を運んでは悠久《ゆうきゅう》の歴史を感じて、仕事のモチベーションを上げていました。だけど、塔太郎さんが仕事終わりに毎日居酒屋で励ましてくれたのが、今思えば一番の気分転換でしたね」

玉木が塔太郎をベタ褒めしているのに、当の本人は首を傾げて、

「俺、何か言うてたっけ？」

と、励ました事を忘れている。さすがの玉木も「えぇ⁉」と眉間《みけん》に皺《しわ》を寄せ、

「嘘《うそ》だ、覚えてないんですか？　あれだけ四条に連れ出して、自信を持てって言ってくれたじゃないですか」

と詰め寄っていた。

「いや、お前が悩んでて、よう飲みに誘ったんは覚えてるよ。けど、そこまで励ましてたかは……、どやったかなぁ？　深津さんの方が励ましてたんちゃうん。直属の上司な訳やし」

「深津さんにも、確かにお世話になりましたよ。もちろん今も。ですが、穏やかそうに見えても、一番厳しい人ですからね。怒られて鍛えられたようなもので、当時

は緊張しっぱなしでした。その頃に塔太郎さんに言われた、『結界を出せる奴は、それだけで凄いと思うけどな。だって俺は出せへんし』という言葉と、『お前が、弱いしすぐに消えるって嘆く結界に、俺はだいぶ助けられてる。これからも頼むわ』という言葉、真剣な表情や強い瞳《ひとみ》と共に、今でも覚えています。それ以降ですね。自分が塔太郎さんや、皆の補佐役になろうと思ったのは。すると、余裕が出てきたのかだんだん自分の実力も伸びてきて、仕事にも慣れて、今に至る訳です。

――だから去年の今頃、塔太郎さんが古賀さんを励ましているのを見て、『あぁ、この人変わらないな』って、思ってたんですよ」

「細かい事を、よう覚えてるやっちゃな」

「一生忘れません」

玉木と塔太郎のやり取りを聞きながら、カンちゃんはうんうんと頷いている。

大も、出会う前から変わらない塔太郎の魅力に惚《ほ》れ直し、玉木が心の中に秘める『皆の補佐役』という明確な目標にも、胸を打たれていた。

カンちゃんは再び笑顔となり、玉木に話しかける。

「ホームシックも伸び悩みも、誰かの励ましや、ちょっとした気づきで乗り越えられる訳じゃな。――うん、よい勉強になった。礼を言うぞ、玉木」

「どういたしまして。また寂しくなったら、いつでも泣いていいんだよ。塔太郎さんも、古賀さんも、僕もいるからね」

「いや、もうわしは負けないぞ。案ずるな！　……おぬしは、最初は憎き役人に似ておると思ったが、実際はほんに優しい奴なんじゃの。眼鏡を取ればなおよいのに」

「まだ言ってるよ、それ」

並んで先を進む二人の背中を追いながら、大と塔太郎も、ゆっくり歩き出す。

大は、先ほどの話が気になり、

「……玉木さんを励ました事、ほんまに忘れてたんですか？」

と訊くと、塔太郎は恥ずかしそうに肩をすくめていた。

「俺が覚えてるって言うたら、俺が育てたみたいな流れになるし、そんなん、恩着せがましくて嫌やんけ」

「ふふっ。塔太郎さんらしいですね。もっと、堂々と言うてもええのに」

「考えとくわ」

こちらはこちらで笑い合っていると、カンちゃんが振り向く。玉木も立ち止まると、カンちゃんは大達に頭を下げて、謝意を述べた。

「今日は楽しかったぞ。付き合ってくれて礼を言う。二条城に平野神社、上七軒……。他にも、これまで洛中の色んな場所を見て、とても勉強になった。いつか、糸姫《いとひめ》へ帰ってから、町の再生事業に精を出すのが楽しみじゃ」

「糸姫？」

聞きなれぬ地名だった。カンちゃんが突然「勉強」と言い出したことも気になって、大と玉木は首を傾げる。

塔太郎だけがその地名を知っていたらしく、

「糸姫町の事やな。やっぱり。――カンちゃん。お忍びやし、嫌やったら答えへんでもええねんけど……、さっき言うてたシコブチさんっていうのは、糸姫町の隣の、久多の志古淵大明神《しこぶちだいみょうじん》様か？　それを思い出してたんか」

と、問いながら片膝をつき、カンちゃんの頭を撫でた。カンちゃんは塔太郎の手の感触に微笑みつつ、滑《なめ》らかに答えた。

「塔太郎の言ったことの、半分は当たっておるの。わしゃ糸姫町は今、久多の志古淵大明神様のお世話になり、久多と一緒に守護して頂いている。糸姫の産土神《うぶすながみ》……糸姫大明神様が、わし以外の神使ごと不在でのう……。もう半分は、志古淵さんという苗字の一般人で、少し前に亡くなった、糸姫の町を盛り上げようと生涯を捧げたおじさんの事じゃ。わしも、随分可愛がってもろうた。思い出していた『シコブチさん』とは、その二つの意味じゃ」

「なるほどな。――同じ京都市とはいえ、久多と糸姫かぁ。この辺まで来《く》んのは、ちょっと遠かったやろ」

「確かに。じゃが、最近は車もある。片道一時間くらいじゃ！」

地理が分かる二人の傍らで、大と玉木は話が見えずに悩んでしまう。首を傾げて、お互い顔を見合わせていた。

「あの、すみません塔太郎さん。久多と糸姫って……？」

「僕も、何となく地名というぐらいしか……」

「あぁ、悪い悪い。左京《さきょう》区の最北端や。久多と糸姫町は隣り合ってるから、両方とも最北端やな。あそこら辺は駐在さんしかいいひんし、玉木もまだ知らんかったんやな。――玉木には、滋賀との県境って言うたら分かるか？　大ちゃんは……せやな、小学校や中学校の行事で、『花背山《はなせやま》の家』って行った事あるやろ？　あそこより更に北や。厳密には北東やな」

「なるほど」

「ほな、だいぶ山の中ですね……！　カンちゃんは、そこから来はったんですか」

ようやく、大や玉木にも場所が分かり、カンちゃんの正体が朧気《おぼろげ》に摑めてきた。

まず、花背というのは、鞍馬《くらま》のほぼ真北にあたる地域の事である。さらに、塔太郎がカンちゃんの地元と指摘した久多と糸姫町は、花背から更に北東、滋賀との県境にある京都市の最北端である。

いずれも京都市左京区だが、自然豊かな山里だった。

花背には、京都市の小学校や中学校が林間学校として利用する野外活動施設「花背山の家」があり、久多は、美しい北山友禅菊《きたやまゆうぜんぎく》という花で有名である。

加えて、国の重要無形民俗文化財に指定されている「久多花笠踊《はながさおどり》」も伝わっている。これは、五月に五穀豊穣《ごこくほうじょう》を祈り、八月に踊りを奉納《ほうのう》する志古淵神社の行事だった。

祭神の志古淵大明神へ奉納する花笠は、和紙を主な原料とした精巧なもので、これを持って踊る光景は幻想的、かつ、中世の面影《おもかげ》を残していて、大変貴重だという。

次に糸姫町の事を塔太郎が説明しようとした時、カンちゃんが先回りして、

「ホームシックで迷惑をかけたお詫《わ》びじゃ。最後まで隠し通すつもりだった身元を、今ここで正式に教えよう。――わしは、その久多の隣で文化もよく似た、糸姫町から来た神使じゃ。京都市左京区糸姫町。その産土神であらせられる糸姫神社、糸姫大明神様の狛猫《こまねこ》・かんか丸《まる》じゃ。遠い昔より、神社に奉納された品々を守る役目を担っておる。わしは今回、その奉納品と一緒に、ここ洛中へ来た」

と、自分の正体をはっきり伝えた。

狛犬ではなく、狛猫。伏見稲荷大社が狐、北野天満宮が牛であるように、糸姫神社の神使は猫なのだという。カンちゃんの頭に猫耳があって、平野神社で子猫に戻ったのはそのためだった。

狛猫である理由は、糸姫町の特産品だった「糸姫天蚕糸《いとひめてんさんし》」を守るため。天蚕糸、すなわち、ヤママユから取れる淡緑色の美しい絹糸やその織物を食い荒らさんとするネズミを追い払うために、神が猫を選んだと伝わっている。

今は、人々の着物離れに拍車がかかり、町の過疎化《かそか》、天蚕糸のコスト等の事情で糸姫天蚕糸は廃絶状態だが、平安時代から近世までは、この天蚕糸で村が栄えた時期もあった。

そもそも糸姫という地名も、上古《じょうこ》より以前、神が同地の娘に糸作りを命じた逸《いつ》話《わ》からきているという。

やがて、その娘も糸姫大明神として崇拝されるようになったが、元が、神々のために糸を作るという奉仕的な存在である。そのため、糸姫大明神は、定期的に製糸の仕事でカンちゃん以外の狛猫を連れて、神々の世界へ行っては多忙で帰れなくなるという。

向こうとこちらとでは時間の流れが違うのか、糸姫大明神達が一旦町を離れれば、その不在期間はおおむね百年といわれる。産土神が長期間留守になるという、おそらく日本でも数ヶ所あるかないかの、変わった地域が糸姫町だった。

祭神が不在の間、糸姫町は、隣町の久多の志古淵神社へ身を寄せる。そんなことが何百年も繰り返された結果、糸姫町の文化は久多とほぼ同じになった――と、現在の糸姫町に伝わっている。

　そのため、今では地元の老人でも、糸姫町の氏神はもはや志古淵神社だと考える人もいるという。

「わしも、糸姫に住んでいる人達も、それでよいと思っている。久多の人達と志古淵大明神様は優しいいし、いつも仲良くしてくれるからの。糸姫様も、帰れない事を申し訳なく思うておるのか、お手紙にて構わぬと言うてくれた。――そんな中で数十年前、カメラマンだった志古淵元太《しこぶちげんた》さんが、糸姫や久多にやってきたのじゃ。

　あの人は、自分の苗字が神様と同じ事に縁を感じただけでなく、豊かな自然の残る久多や糸姫自体も気に入ってくれた。廃《すた》れた糸姫天蚕糸にも興味を持った。霊感のある人じゃったから、わしとも仲良くなったんじゃ。

　狭い町での、長い付き合いじゃ。わしと町の人達、そして志古淵さんは、敬語も使わず、たまに口喧嘩《くちげんか》もするような、家族みたいな仲じゃった。

　わしが、奉納品を守るために境内から出にくく、糸姫様や仲間の狛猫もおらんで寂しいと言うたら、志古淵さんが励ましてくれた。『よしきた！　ご一行がお帰りなさるまでに、この地を再興してみせよう！　ここで天蚕糸が作れるようになったら、もう糸姫様達も、わざわざ向こうへ行く必要もあるまい。そしたらかんか丸様も寂しくないだろう？　まずはこの地に人を呼んで、天蚕糸復興のための力を蓄えよう。町長さんもご一緒に！』とな……。町の人達と一緒になって、廃れていた糸姫天蚕糸の復活、ひいては、糸姫に人を呼ぼうと頑張ってくれた。いわゆる観光事業、再生事業という訳じゃな。――最近、それがようやく実りつつあるが、まだ天蚕糸は難しくて復活しておらぬ。それに、少し前に、志古淵さんは志半ばで亡くなってしもうた。亡くなるまでに、療養の里として注目され始めた今の糸姫ぐらいは、見せてあげたかったのぅ」

カンちゃんはつと顔を上げ、この世を去った志古淵さんを想っているらしい。上七軒の屋根の向こうに広がる青空を、じっと見つめていた。

カンちゃんの話では、糸姫町は、志古淵さんや町の人達が桜や花を植え続けた結果、今では四季折々の花が咲いて写真映えする景色がようやく整い、最近は、人気俳優が糸姫町で療養した事もあって、医療関係者からも注目され始めているという。

大は、梨沙子と長楽館で話した事を思い出し、あっと手を叩いた。

「私、友達とその話してました！　糸姫で休んだはったんですね」

「そうじゃ。本人は内緒にして、テレビ等では言うとらんようじゃが……、医療関係者の間では、話が伝わっとるみたいでの。今ではたまに、病院から町役場に問い合わせが来るのじゃ。それで、最近わしや町の人達は、糸姫の地を療養の里として宣伝してみては、という話もしておる。そうやって人を呼んで資金を蓄え、町を整備し、いつか糸姫天蚕糸を復活、ひいては糸姫町を盛り上げていきたい。それを、いつか帰ってくる糸姫様や、仲間の狛猫達に見せたい。それが、亡くなった志古淵さんやわし、そして町の人達の夢なのじゃ。今では、その努力が神仏の耳にまで届き、褒めてもらえる事もある。平野神社で、今木皇大神様が言ってくれたようにの。

今日、わしが桜の名所を見たいとねだった理由は……世界随一の観光地、そして桜の町と名高い洛中をつぶさに見て勉強し、糸姫に活かそうと思ったからじゃ。もっとも、今回洛中に来たのには別の理由もあって、そっちが大本命じゃがの。――辰巳大明神様は、今回のわしの滞在を修学旅行と言うとったが、正確には、研修旅行じゃな」

春の風におかっぱの髪をなびかせながら、カンちゃんが、腕を組んでにっと笑う。大達がスマートフォンで糸姫天蚕糸を検索してみると、糸姫天蚕糸そのものは見つからなかったが、代わりに、長野県安曇野《あづみの》市の特産品として知られる「穂高《ほたか》天蚕糸」の画像が見つかった。

その色と、平野神社で見た「御衣黄」の色は、ほぼ同じ淡緑色。カンちゃんいわく、廃れた糸姫天蚕糸も、もちろん同色との事だった。

大は、カンちゃんのホームシックの理由を理解し、カンちゃんの横に膝を揃えてそっとしゃがんだ。

「あの桜の色と、天蚕糸の色が同じやったから、カンちゃんは思い出して泣いたんやね」

「うむ。あれを見ると、天蚕糸を思い出す。天蚕糸を思い出せば、志古淵さんや町の人達、久多の人達や志古淵大明神様、何より糸姫様を思い出して寂しくなる……。無意識のうちに子猫になって、わしも、まだまだ未熟じゃの。——洛中に来て半年以上も経っておるし、わしが不在でも、糸姫は志古淵大明神様が守って下さるから大丈夫。ちとせに来る前は、辰巳大明神様のもとへも身を寄せていた。何の心配もない。もうホームシックもないと思っていたが……」

顎を撫でるカンちゃんは、見た目は少年でも、立派な青年のように見える。

ひょっとしたら、カンちゃんは元々子供ではないのかと大が勘づいた時には、塔太郎も玉木も、同じ事を考えていたらしい。塔太郎がまず、両膝をついてカンちゃんと目線を合わせた。

「なぁ、カンちゃん。いえ、かんか丸様。……ひょっとして、元のお姿は大人でしたか？」

「うむ。本当はの。さらに恥ずかしい話なんじゃが、その……洛中に滞在し始めの頃は、今よりももっとホームシックが激しくてな。緊張もあったのじゃろう。だんだん縮んで、こんな子供になってしもうた。狛猫として悪と対峙《たいじ》する力も、だいぶ弱まっとる。今のわしなぞ、只の猫と同じじゃ。それで、辰巳大明神様が一時的に引き取ってくれて、数日ののち、ちとせでの滞在を提案してくれたのじゃ。楽しい奴らが揃ってるからと……。あれはまさに、辰巳大明神様の名案じゃった。おぬし達はほんに楽しい者達で、わしの気も紛れた。それに実は……、塔太郎と志古淵さんが、結構似ておる。あの人が若かったら、塔太郎みたいな感じかもしれんのぅ」

「そうでしたか。志古淵さんと似ているなんて、光栄です」

カンちゃんが塔太郎に懐いていた本当の理由も分かり、塔太郎は嬉しそうに笑っている。

続いて玉木が同じようにしゃがもうとしたので、カンちゃんは「畏まらんでいいと言うたじゃろう！　おぬしら頭が固いのう！」と笑って玉木の腕に飛びつき、肩によじ登っていた。

今度は玉木が、肩車したままカンちゃんに問いかける。

「君の正体や糸姫町の事、桜観光の理由はよく分かりました。けど……、そこまでホームシックになるんなら、一旦、糸姫町へ帰ればいいんじゃないの？　というか、そこまでして研修旅行する必要ある？　沖縄や北海道ならともかく、いや、それらでも飛行機で帰れますよ。ましてや同じ京都市内だったら、洛中には通いでも来れるでしょ」

もっともな意見に、大も塔太郎もうんうんと頷く。カンちゃん本人すら、「確かにそうなんじゃがなぁ……」と下唇を嚙んで唸ったが、何か事情があるらしい。

「まず、通いは無理じゃ」

と、言葉を選ぶように答えた。

「わし一人なら、いかようにでも通える。しかし奉納品がのぅ。通いの道中で傷つくかもしれん。かといって、わし一人洛中を離れて糸姫に帰るというのも……。もしその間、洛中に置いたままの奉納品に何かあったら、駆け付けるのに時間がかかる。辰巳神社とちとせぐらいの距離ならともかく、糸姫と洛中では、車で片道一時間以上じゃ。あまり遅れては、狛猫の名折れというもの。糸姫様や仲間の狛猫達に、顔向け出来ん。……今の弱いわしが言うても、あんまり説得力はないがの」

「その辺も、気になってたんです。洛中に来るのに、何で神社の奉納品まで持ってくるの？　奉納品も、糸姫町と同じように志古淵大明神様にお願いすればいい話でしょ。じゃあ、その奉納品は、今どこにあるの。ちとせには持ってきませんでしたよね。辰巳神社？」

「いや。奉納品は、最初の滞在先から動かしておらぬ。そこに置いておかんと駄目なのじゃ。もうしばらくの間、置かねばならんと思う。それまでは、わしも糸姫へは帰れん」

「話が、研修旅行云々じゃなくなってきましたね。……という事から考えると……、つまり……、そもそも今回の話は、君が洛中に来たって話じゃなくて、奉納品が洛中に運ばれてきたって話なんじゃないの。カンちゃんは、その奉納品の付き添いとして洛中に来て、ついでに、洛中の観光も学ぼうとした……。そういう事ですよね。それなのにホームシックになっちゃって、ちとせへ来た訳だ」

玉木がそこまで一気に話すと、カンちゃんが目を丸くして大と塔太郎を見た。

「こやつ、名探偵じゃ！」

玉木を指差して喜び、手をぱちぱちと叩いている。その表情から玉木の推理が当たっていると分かり、大や塔太郎も思わず拍手した。

「玉木よ、あっぱれご明察！　おぬしの言う通り、わしが洛中へ来るのに奉納品を持ってきたのではない。洛中のさるところから、神社の奉納品が招かれたのじゃ。そこで、狛猫のわしも同行した。それが今回、奉納品とわしが洛中に来た本当の理由なんじゃが――」

カンちゃんが玉木の肩から下りて歩き出し、いよいよ核心を話そうとする。

その時、狭い路地から着物姿の女性が小股《こまた》で走って来て、後ろにいた大とぶつかってしまった。大は咄嗟に腰を落として転ばずに済んだが、女性の方は反動で、跳ね返った棒のように石畳へ倒れてしまった。

大は慌ててその場にしゃがみ、刀袋を石畳に置いた後、彼女の手を取ろうとした。

「す、すみません！　お怪我はないです……か……」

大が女性の顔を覗き込むと、彼女の目は黄色くぎらついている。

あっという間に牙《きば》を生やした鬼女《きじょ》となり、大に飛びかかってきた。

突然の事で、今度は大が石畳に倒される。背中の痛みを感じる暇もなく、鬼女は大の首に噛みつこうとする。大も両手に力を込めて、迫る相手の肩を必死に押し返した。

両手が使えないため、置いた刀袋を取るどころか、簪を抜く事も出来ない。カンちゃんが「大から離れろ！」と叫ぶと同時に、塔太郎が鬼女の頬を貫かんばかりに蹴った。鬼女は喉が裂けたような悲鳴を上げながら、顎を押さえて転げ回った。

「大ちゃん、大丈夫か⁉」

「はい！　ありがとうございます！　今のは……⁉」

雷の蹴りだったので鬼女の顎は焦《こ》げており、やがて火がついたかと思うと、一瞬で消える。直後、焼け焦げた紙の人形《ひとかた》が、ひらひらとその場に舞い落ちた。

人形は、千代紙を切って作ったと分かる鮮やかな和柄で、玉木がそれを素早く回収する。大も、急いで刀袋を取った。

顔を上げると、既に周囲は恐ろしい気配が渦巻《うずま》いている。塔太郎も玉木も、カンちゃんを両側から守りつつ、じりじりと動いて周りを見回した。

上七軒の路地や、町家の屋根の上には、先の鬼女と同じような目と牙を持った巫女《みこ》、平安時代の武官、あるいは十二単《じゆうにひとえ》や着物姿の女性やらが何人もいる。

ふらふらと上体を揺らしながら、大達を舐《な》めるように見つめ、明らかに襲う機会を窺《うかが》っていた。

その顔色は、生気のない白だったり、土くれ色だったりと違いはあるが、全員、ろくな考えを持たぬ化け物だった。

「走れ！　北野さんの方や！」

「ここは僕に任せて、カンちゃんも早く！」

張り詰めた糸をぱっと切るように、塔太郎や玉木の声が交差する。全員、北野天満宮の東門に向かって走り出し、殿《しんがり》の玉木が扇子を振った。

「洛東を守護する祇園社よ、何卒、おん力を我に与えたまえ！」

道路を塞ぐように壁状の結界が貼られたのと、数人の十二単の鬼女達が両袖を広げて鳥のように突進し、武官達が太刀《たち》を抜いて飛び降りてきたのは全くの同時だった。

鬼女や武官が結界にぶつかり、太刀が弾かれる不快な音を背に、大達は北西へと走り続ける。

屋根の上にいる武官達が矢を射かけてきたらしく、気づいたカンちゃんが咄嗟に伏せる。玉木がもう一度扇子を振って、大達を結界で守った。

塔太郎が片手でカンちゃんを抱え上げ、もう片方で大の手を握り、再び走り出す。

「カンちゃん、大ちゃん！　摑まれ！　龍《りゅう》になる！」

「了解です！」

「りゅ、龍⁉」

カンちゃんの驚く声に反応する暇もなく、塔太郎は叫んだと同時に体を変化させている。光が塔太郎を包んだかと思えば、人一人が乗れるほどの青い龍となった。

塔太郎が抱えていたカンちゃんは、龍の背にしがみつくように跨《また》がり、手をしっかりと握られていた大は、龍の胸元へと引き寄せられていた。

そのまま龍の両前脚で抱えられた大と、カンちゃん、そして青龍の塔太郎は、上七軒の上空を風のように飛んでいく。

この青龍は、塔太郎の奥の手とも言える変身である。体力を使い果たすのを承知のうえで一直線に飛び、北野天満宮へ駆け込むのが最善と判断したらしい。

「玉木、すまん！　カンちゃんの安全を確保して、令状を貰ったら絶対戻る！」

龍の塔太郎が、眼下で戦う玉木に向かって叫ぶ。大も遠ざかる現場を見下ろすと、玉木は扇子の結界と鉄扇《てっせん》の炎を駆使して、湧き出てくる大量の敵を一人で引き受けていた。

玉木は振り向かず、

「心配ありません。一人一人は弱い式神《しきがみ》です！」

と勇ましく叫び、戦いながら敵の様子をこちらへ伝えてくれた。

しかしその瞬間にも、玉木の結界を破る者があり、鉄扇の炎から逃げ回りつつ反撃の機会を狙う者もあり、玉木がやられるのは時間の問題である。

「塔太郎さん、下ろして下さい！　私は玉木さんの援護に戻ります！　塔太郎さんはこのまま、カンちゃんを連れて菅原先生のもとへ行って下さい！」

大は自分のなすべき事を判断し、風を切る音にも負けぬ大声で塔太郎へ呼びかけた。

持っていた刀袋から刀を出し、空中で何とか腰に差す。そんな大を見て、塔太郎は、二年目に入った大の判断や実力を全面的に信頼していた。

「行けるか⁉」

「はい！」

「気ぃつけろよ！」

言葉短くそう言った後は、一瞬だけ高度を屋根ぎりぎりに下げて、大を手放す。右手と片膝をついて着地した大は、瓦《かわら》を蹴って走り出す。屋根から屋根へと飛び移り、玉木の奮戦する場所へと急いだ。

その間に、大は簪を如才《じょさい》なく抜いており、なびく黒髪がふわりと揺れて体が光《こう》明《みょう》に包まれ、身の丈六尺の美丈夫・まさるとなる。

精悍《せいかん》な手足と体力を存分に発揮し、俊足とも言える速さで玉木のもとへ駆け付けたのは、まさに瀬戸際《せとぎわ》だった。玉木が武官の太刀を鉄扇で防ぎながら町家の格子《こうし》に押し付けられているところへ、まさるはかっと目を見開いて飛び降り、助太刀《すけだち》に入った。

武官の背中を、「神猿の剣　第二十番　粟田烈火《あわたれっか》」で一太刀に斬り伏せる。まさるの得意技を浴びた武官は小さく呻《うめ》いてのけ反るように倒れ、両断された人形へと変わった。

人形はそれぞれ反対方向へと落ちていき、既に事切れたのか、動く気配もなかった。

「まさる君、助かりました！」

玉木の言葉にまさるは頷く暇もなく、両側から次々と飛びかかってくる十二単の鬼女達を躱《かわ》して、玉木もまさるも、道路の真ん中へと躍り出る。

そのまま足に霊力を込めつつ、自販機や庇《ひさし》などに足をかけて跳躍し、上七軒の屋根の連なりの上へと飛び上がった。

屋根の上に出れば、四方八方に建物が連なっていて、こちらの方が戦いやすい。

武官が射かけてくる矢を玉木の結界が防ぎ、突進してくる十二単や着物姿の鬼女達を、まさるが斬り伏せていく。玉木の言う通り一人一人はさほど強くはなく、倒せば紙製の人形になるところから、どうやら誰かの操る手下、主に陰陽師が使う事で知られる「式神」らしかった。

紙製ゆえに弱いのか、縦一文字、横一文字と刀を振るって当たりさえすれば、化け物は真っ二つになって人形に戻る。玉木の出す炎でも同様で、

「伏見稲荷の狐火よ、何卒、おん力で全てを祓いたまえ！」

と叫んで鉄扇を振り、炎が化け物達まで届けば、あとは放っておいても焦げた人形になる、あるいは、完全に焼失して消えた。

思いのほか厄介だったのは巫女の姿をした式神達で、彼女達は、武官や十二単の鬼女達を盾にして屋根の上を逃げ回り、五芒星《ごぼうせい》と思われる位置に五人揃うと、手を合わせて呪文を小さく唱え出す。

その中心にうっかり入ってしまうと体が微妙に動きづらくなり、巫女達は、より声色《こわいろ》高く呪文を唱えて、玉木やまさるを捕らえようとする。

敵を倒す事に一生懸命で、どちらかと言えば単純な性格のまさるは、この策に何回か嵌《はま》って危《あや》うい目にあった。そういう時は玉木が咄嗟に、巫女のうちの誰か一人を炎で倒してくれたので、あとは簡単に術から脱出出来た。敵を倒す事しか頭にないまさるは、玉木に感謝しきりだった。

戦いながら、玉木は戦況を読んだらしい。

「巫女の方は僕に任せて、他の敵に集中して下さい！　あと、近くに式神達を操る術者がいる可能性もあります。他と少しでも違うものを感じる奴がいたら、真っ先にそいつを倒して下さい！」

玉木の言葉にまさるは頷いて、引き続き式神達を倒していく。玉木ももちろん奮戦していたが、武官や十二単の鬼女達が減っても巫女達は逃げるのが上手く、武官達に邪魔されるのもあって、思った以上に時間を要した。

ひょっとすれば、その巫女達の中に術者本人が紛れているのでは、と玉木もまさるも考えたが、巫女を倒す機会は呪文を唱えるために立ち止まっている時ぐらいしかなく、その瞬間さえも、十二単の鬼女達が飛来して噛み付いてくる。

それ自体は、まさるが片手で横薙《よこな》ぎする程度で倒せるが、その隙に巫女が逃げたり、自分が術中に嵌ったりしてしまうので、式神か術者かを見分ける事が出来ない。

もちろん、武官達は斬りかかったり矢を射かけてくるし、十二単の鬼女達も依然飛びかかってくる。下の道路にも武官が数人いるので、うっかり屋根から落ちても危なかった。

　矢を避《よ》けているうちに、通りの北側の屋根に玉木、南側の屋根にまさると分断されてしまう。焦《あせ》ったらしい玉木は無意識に口を開き、

「塔太郎さんの雷線があれば――」

　と口走ったが、それは今、ないものねだりだった。

　まさるもこの状況をどう打破すればいいかと自分なりに考えていたが、それが致命的な隙となったらしい。気づけば、斜め後ろに回り込んでいた武官が太刀を振り上げ、まさるの頭を割ろうとしていた。

「危ない！」

　と玉木が叫び、まさるも相手の太刀を防ごうとして刀を頭上に構える。大のように上手くはないけれど、と覚悟して凶刃《きょうじん》を受け流そうとした時、下の路地から、薙刀を持った巫女が武官の背後に飛び出してきた。

「脛《すね》ェ！」

　一歩踏み込んで勇ましい声と共に、武官の脛を打って転ばせる。そのまま、巫女は鋭く面《めん》を打って武官を消し、ハーフアップの黒髪をさっと左右に振っては、周囲の状況を確認した。

一瞬、まさるは彼女を式神かと思ったが、よく見ると、彼女の袴は濃い桃色である。何より、その左腕には紫の西陣織《にしじんおり》の腕章があり、「京都府警察　人外特別警戒隊」という白の刺繍《ししゅう》が施《ほどこ》されていた。

彼女は玉木が訊く前に、

「お疲れ様です！　北野天満宮の北条《ほうじょう》です！　遅なってすいません！」

と早口に名乗りながら、式神の何人かを倒した。

北条の武器は薙刀かと思ったが、意外にも玉木と同じ、結界を出す事らしい。太刀の武官や十二単の鬼女達を複数引き付けては、薙刀を真っすぐに突き出し、

「傘！」

と叫んだ瞬間、薙刀を柄《え》に見立てての、広げた傘のような結界が出る。結界には強い反発力があるのか、式神達はぶつかった瞬間に人形へと戻り、次の瞬間には千切《ちぎ》れていた。

「傘の結界なんで、薙刀の周りにしか出せへんのですけどね！」

と北条は戦いながら言ったが、それでも十分頼もしく、まさるは感動して口をすぼませていた。

北条は、上七軒を含む周辺地域を管轄する、北野天満宮氏子区域事務所の隊員である。霊力を持つ住民か、あやかしのどちらかが、あやかし課に通報してくれたら

しい。

北条によれば、すぐに他の隊員も援護にかけつけるという。事実、まさるが目の端で路地を見下ろすと、北条の上司や同僚と思われる二人が、警棒やジュラルミンの盾を手に武官達と戦っていた。

これで形勢逆転と思った時、今度は玉木が、十二単の鬼女に側面から襲われそうになる。しかしこれは駆け付けた塔太郎が、その背後から打ち落とすような雷の拳《こぶし》で倒していた。

「塔太郎さん！」

「すまん、遅なった！」

玉木と塔太郎の声が重なる。人間に戻った塔太郎は、敵に応じて突きや飛び蹴りで倒しつつ、玉木と北条に状況を訊いていた。

龍になった後なのに大丈夫だろうかとまさるは心配し、玉木もそれを尋ねていたが、

「俺が、何のために修行してると思てんねん！　ただ、結構ぎりぎりやし、期待はすんなよ！」

と塔太郎が返事する。どうやら「まさる部」を離れて修行していたのは、「龍に変身した後、人間に戻っても動けるようになるため」だったらしい。

塔太郎を含めた四人が加わった事で、あれだけ湧いて出てきていた式神の数もぐんと減る。

ただ、巫女達はまだ何人もいるし、術者の特定や、そもそも術者がいるのかどうかさえも分からない。

「全部を倒すん時間かかりそう」と北条が呟いた時、塔太郎が大きく後方に飛び下がり、懐から一枚の紙を出した。

「時間かかんにゃったら、一気に炙《あぶ》り出す！　これはそのための令状や！」

塔太郎が持っていたのは、神仏が書いて発行する「交戦退治許可状」。通称、逮捕状ならぬ退治状だった。

北野天満宮の祭神・菅原道真の達筆な署名が入ったそれは、いかなる戦いをしても一般の人達は傷つかず、建物は再生するという効果を持った書状である。

場合によっては、ご神徳の一部を借りて任務を遂行する事も可能である。あやかし課にとって、重要な令状の一つだった。

塔太郎は、玉木やまさる、北条に自分より後方へ移動するよう指示し、北条の呼びかけを受けた他の隊員二人も、屋根まで飛び上がって塔太郎の後ろへ回る。

まさる達が一ヵ所に集まる形となり、それを見た式神達が、道路から上空から、一気に攻めかかってきた。

塔太郎はその瞬間、令状を持ちつつ腰についている四個の鈴を左手で取り、その全てを正面に向かって投げた。

四つの鈴は、塔太郎の「雷線」という技に必要なものであり、投げられた鈴に向けて塔太郎が雷を撃てば、鈴に込めた塔太郎の霊力が反応して、雷を放出する爆弾のようなものだった。

周囲の安全など条件が揃えば集団戦に利用出来、先ほど玉木が呟いたように、雷線は、複数の敵を一気に倒す事が出来た。

金色の四個の鈴が高く弧《こ》を描き、春の澄んだ日射しに光る。以前、清水寺の戦いでまさるが見た雷線は、塔太郎が左手を支えにして右腕を伸ばして雷を撃ち、鈴を発動させていた。

しかし今回の塔太郎は、

「皆、耳塞いで！」

と、その時は言わなかった事を指示し、即座に、両手で広げた退治状を真っすぐに突き出していた。

以前とは明らかに違う、未知の雷線である。

「雷線、総鈴《そうりん》――天神招来っ！」

塔太郎が叫んだその瞬間、退治状から戦艦の主砲とも思えるような特大の雷が射出され、轟音《ごうおん》が響き渡った。

塔太郎の雷ではなく、令状を書いた「天神さん」、つまり、菅原道真の雷である。その反動が強すぎたのか、撃った塔太郎は堪《た》え切れずに吹き飛ばされ、後方に五回ほど転がっていった。

その威力は、文字通り天下に比類なきもの。放たれた雷は、一瞬で上七軒の地面を破壊せんばかりに打ち、そのまま跳弾《ちょうだん》して道路や路地を全て走り、さらに、噴《ふ》き上がるように上空へも飛び出していく。強すぎる閃光《せんこう》と衝撃で、上七軒全体が大爆発したかのようだった。

ただ、退治状の効果で、上七軒の建物は全て無事。住民や観光客も、もちろん無傷である。霊感のない人は、雷にも音にも気づいていない。違和感にさえ気づいていない人がほとんどだった。

令状に退治の対象として書かれていた式神達、および術者だけは、逃げる間もなく全て雷に打たれたらしい。閃光で目が眩《くら》んだまさる達が、ようやく上七軒を見渡せるようになった頃には、何事もなかったかのように町は平和そのもの。焼け焦げた紙片が、花吹雪《はなふぶき》のように宙を舞うだけだった。

日本随一ともいえる天神様の力を目の当《ま》たりにし、まさるはおろか、玉木も北条も、彼女の上司でさえも、唖然《あぜん》とした表情で立ち尽くしてしまう。

そんな中、上七軒通りの先、上七軒交差点に近い建物の屋根の上で、白小袖と緋袴を焦がした巫女が一人、「うぅ……」と唸りながら倒れていた。

どうやらこの巫女こそが、式神を操っていた術者らしい。北野天満宮氏子区域事務所の隊員二人がただちに走って術者へ近づき、術者は気絶した状態のまま拘束《こうそく》された。

最上の主砲によって一件落着、とまさるが一息ついた瞬間、魔除けの子としての使命を終えて、元の犬へと戻る。

記憶を引き継いだ後、犬ははっと気づいて振り向き、すっかり脱力して仰向《あおむ》けになっている塔太郎へと駆け寄った。

「塔太郎さん、大丈夫ですか⁉」

「うん、何とか。……俺の腕、ついてる？」

「はい。焦げた臭《にお》いもしません！」

「そうか。よかったぁ……。一応と思って、俺の鈴も投げたんやけど……俺の、絶対に要らんかったよな……？」

犬も苦笑して、はい、としか答えようがなかった。

気絶したままの術者は、隊員二人によって北野天満宮氏子区域事務所へと運ばれていった。大達は、北条を加えた四人で北野天満宮へと向かい、東門から境内へと入った。

東門をくぐって数歩進んだ瞬間、目の前がふっと白くなって意識が遠のく。気がつくと、大達は事務室のような部屋のソファーに座っていた。

その場には、北野天満宮の神官が、部屋の隅に置いてあったポットから急須《きゅうす》にお湯を注いで、労《ねぎら》うようにお茶を淹れてくれた。

「皆様、ようお疲れ様でございました。菅原先生も、大層お喜びでしたよ」

神官の話によると、菅原先生が帰還した大達を転送し、ここ、社務所の一室まで招いてくれたらしい。

やがて、ドアノブを回す音が聞こえたかと思えば、事件が解決して安堵《あんど》いっぱい、といった表情のカンちゃんが部屋に飛び込んでくる。

その後ろから神々《こうごう》しい気配がして、黒の袍《ほう》をまとった束帯《そくたい》姿に、笏《しゃく》を手にした菅原先生も、満足気な笑顔で入ってきた。

大を上七軒に残して北野天満宮へ向かった塔太郎は、その後本殿へと駆け込んで、菅原先生にカンちゃんの保護をお願いし、令状を頂いた後、現場へ戻ったという。

それが功を奏して、今のカンちゃんは元気いっぱいである。

菅原先生は、カンちゃんの安全を最優先した大達を褒め、カンちゃんも、守ってくれた事に感謝していた。

「皆さん、ご苦労様でした。カンちゃんを含めて、少しの被害も出ませんでしたね。よく頑張りましたね」

「塔太郎！　玉木！　大！　大儀であった！　菅原先生のお鏡から、おぬしらの戦いを見ておったぞ！　狛猫だというのに、力になれずすまなかった。わしを守ってくれて、心からの礼を言う。本当にありがとう！」

カンちゃんは突進するように一直線にソファーに走り寄り、菅原先生へ挨拶するために立ち上がった塔太郎にしがみつく。その横の玉木にも称賛《しょうさん》を伝え、

「どうなるかと手に汗握って見ていたが、まことに天晴《あっぱ》れじゃった！　特に玉木！　一時はたった一人じゃったのに、ほんによう頑張ったの！　結界も炎も、小回りが利《き》いて見事じゃった。誰じゃ、弱いとか言うておったのは」

と両拳を握り、ヒーローを見る目で玉木を見上げていた。

玉木の奮戦ぶりは、大も塔太郎も強く印象に残っており、

「私、まさるを通してですけど……玉木さんの本気を見て、めっちゃ感動しました！」

と大は瞳をキラキラさせ、

「玉木は、今回のＭＶＰやな」

と玉木の肩を叩いた塔太郎は、成長した今の玉木のみならず、これまでの過去の玉木にも声をかけているようだった。

本人はというと、そこまで褒められるとは思っていなかったのか、頭を掻いて照れ臭そうである。

「今日まで、あやかし課隊員を続けていてよかったです」

と、嬉しそうに答えていた。

再会を喜び合った後、菅原先生と神官、北条を交えて休息となる。北条は改めて大達に自己紹介し、北条みやび、二十一歳と名乗ったまでは普通だったが、

「私、実は、そちらの琴子さん姉さんに憧れて、薙刀を始めたんですよ！　っていうか、十五の時に琴子さん姉さんに助けて頂いて……！　もう、そん時の琴子さん姉さんというたら、女神ですよ。女神！　ほんまは私、結界の力が本来なんですけども、琴子さん姉さんにお近づきになるためやったら、薙刀でも何でもやったろ！　って思って……。姉さんの薙刀、知ってます？　八相から面を打つ時なんか、綺麗やし鋭いし豪快やしで、完璧ですよね？　もうほんま、姉さんと常に一緒の皆さんが羨《うらや》まし……、いや、姉さんと常に一緒やったら、多分私は死にますね」

と、琴子を「琴子さん姉さん」と花街での呼び方で琴子への愛を一気に披露し、大を驚かせた。

塔太郎と玉木は既に知っているのか、「それ百回ぐらい聞いた」「今度伝えておきますね。百回目ですけど」とそつなく流し、最後は菅原先生が、

「北条くんは、今の若者風で言う『ぶっ飛んだ子』なのかな」

と言って、周囲の笑いを誘っていた。

やがて、菅原先生がお茶を飲む大達のために、神官に頼んで梅干しを持ってこさせる。お皿に載せられた沢山の梅干しは、菅原先生のご神徳を込めて、授与所で頂ける「ゆかりの梅」だった。

「好きなだけ食べて下さいね。特に坂本くんは、龍にもなって、私の雷まで撃ってくれましたから、だいぶお疲れじゃないのかな。酸っぱさや旨味《うまみ》と同時に、私の神徳も摂取出来ますから、体にいいと思いますよ」

「お気遣い、ありがとうございます。ぜひ頂きます」

塔太郎に続いて、大達も艶《つや》があって柔らかい梅干しを頂くと、口の中で優しい酸っぱさが広がってゆく。体の疲れが一気に取れるうえ、白ご飯と抜群に合いそうだった。

菅原先生は、雷を撃った塔太郎を気にかけており、

「特に、火傷《やけど》もないようで何よりです。令状を通してとはいえ、生身で撃てたのは大したものですね。……え？　腰の鈴が焼けて、全部なくなっちゃったの。あぁ、

それは悪かったですね。今度、私が注文して差し上げましょうね。深津君には、私からお話ししておきますよ」

と提案したので、塔太郎は深々と頭を下げて、心からのお礼を述べた。

「塔太郎さん、よかったですね」

大が声をかけると、塔太郎は少年のような笑顔で頷き、

「菅原先生の雷、ほんま凄かったなぁ」

と、大だけに聞こえるようにぽつりと呟いては、憧れの眼差《まなざ》しを、菅原先生に向けていた。

ある程度体が休まると、再び事件の話に戻る。全員で状況を振り返った結果、術者と式神達の狙いは、カンちゃんではなく「あやかし課隊員」だったのでは、という推測が立った。最も長く式神と戦っていた玉木も頷いており、口元に手を当てて考え込んでいた。

「その仮説は、当たってるかもしれませんね。今にして思えば、僕が一人で戦っていた時、ほとんどの式神が僕を攻撃してきました。カンちゃんが狙いだったら、結界を破って北野天満宮の方へ進もうとするはずですし……」

北条がこれに続いて、

「一応、術者は捕まえて、うちの人らが連れてってますから……。取り調べで、目

的は分かると思うんですけどね。吐《は》いてくれたらいいんですけど」

と懸念を漏らし、祈るように顔を上向けていた。

術者の正体はまだ分からない。単独犯なのか他に仲間がいるのか、あれだけの式神を使って大達を襲撃した目的は何なのか、謎は深まるばかりである。

玉木が深津に報告するため席を立ち、一旦、部屋から出ていった。カンちゃんもやはり気を揉《も》んでいる。

「わしのせいかのう。わしに、何か出来る事はあるかのう」

と俯いていたが、大と塔太郎が励ますと、笑顔に戻ってくれた。

やがて、電話を終えた玉木が、真っ青な顔で戻ってくる。

「塔太郎さん、古賀さん。深津さんから緊急の呼び出しです。今すぐ戻ってくれとの事です」

玉木は困惑してカンちゃんを一瞬だけ見た後、すぐに目線を大達へ戻した。

これを見たカンちゃんは、瞬時に自分に関する事だと察したらしい。さらに、狛猫としての勘も働いて何かに思い当たったのか、これでもかと目を見開き、黒猫の耳をピンと立てた。

玉木が説明を始める前に、カンちゃんが玉木のスラックスを強く引っ張り、

「わしに関する事か。――まさか、奉納品に何かあったのか」

と、真剣な声で尋ねた。

只《ただ》ならぬ雰囲気に、北条や神官は驚いており、菅原先生も黙っている。

玉木は腹を括《くく》ってカンちゃんをしっかりと見据え、彼の前にそっとしゃがんだ。

「カンちゃん、落ち着いて聞いて下さいね。糸姫神社の奉納品は、今は文博——京都文化財博物館にあるそうですね。そこに、奉納品を盗むという予告状が届いたそうです。これから、僕達は喫茶ちとせではなく文博へ行き、深津さんと合流します。そして、そこの館長も交えて、今後の対応を協議するそうです」

「何と」

カンちゃんは眉間に皺を寄せて目を剝き、「何と、何と」と繰り返してはおののいている。大も少なからず衝撃を受けてはいたが、自分の大切なものが狙われているカンちゃんの心境を考えると、それを守らんとする気持ちが強くなった。

咄嗟に、大と塔太郎は、両側からカンちゃんを支えるようにして声をかけ、力強く励ました。

「カンちゃん、大丈夫。私らがついてるから」

「せやで。あやかし課の強さは、今日ので十分見たやろ?」

それを受けてカンちゃんも心を落ち着かせ、

「すまぬ、皆。——また迷惑をかけてしまうが、よろしく頼む。今回ばかりはわしも、たとえ子猫になろうとも、決して奉納品から離れぬ」

と宣言した。

菅原先生が威儀を正し、激励した。

「今時、予告状とは大胆ですね。単なる愉快犯だといいのですが……。あやかし課の皆さん。しっかり、逮捕して下さい」

幕間　一

平野神社《ひらのじんじゃ》に来た時の事。

カンちゃんの後ろについてゆきながら、桜を見上げる古賀大《こがまさる》。

小さな体にたおやかな背中、綺麗《きれい》に括《くく》られた髪や簪《かんざし》を見て、坂本塔太郎《さかもととうたろう》はすっかり目が離せなくなっていた。

（大ちゃんは小柄やから、周りで散ってる桜の花びらがよう似合ってる。もっともっと小さくなって、例えば掌《てのひら》なんかに乗せてみたら……、より一層、可愛《かわい》いかもしれん）

柄《がら》にもなく変な事を考えてしまい、何言うてんねやと自分でも思った。これを、例えば同期の栗山圭佑《くりやまけいすけ》が聞いたなら、「お医者さん紹介したろか⁉」と爆笑するに違いない。

けれど、仕方ないと塔太郎は思った。今更《いまさら》の初体験みたいで恥ずかしいが、恋とはそういうものらしい。

一旦、彼女への想いを自覚すると、あとは転がり落ちるように彼女のどこもかしこも愛《いと》しく思え、普段、先輩として彼女に接している自分が、よう平然と耐えられるなぁと不思議に思えるほどである。

一旦、先輩という仮面を外《はず》して男として彼女を遠くから眺《なが》めれば、幼いカンちゃんと話す大の高めの声や笑顔が、温かく、そして切なく、塔太郎の胸を締め付けてくる。

（そら、総代《そうしろ》くんも惚《ほ》れるわな）

大の同期・総代和樹《かずき》も自分と同じ気持ちであり、大に片思いをしているという。塔太郎は、諸事情もあって総代に協力すると約束し、それは今も継続中だった。

自分が不在となる「まさる部」に総代の加入を進言したのも、第一はもちろん大の実力向上のためだが、それと同時に、総代との約束を果たすという意味合いもあった。

そうなった事を、塔太郎は後悔している訳ではない。総代は容姿端麗《ようしたんれい》で家柄もよく、あやかし課隊員としても将来有望である。もし総代と大が結ばれた場合、大はきっと幸せになるだろうと、塔太郎は思っている。

そうなれば、自分は先輩という立場だけに留《とど》めて、身を引かざるを得ない。しかし男として、遠くから彼女を見つめる事ぐらいは許されるだろうと希《こいねが》うような気持ちで、桜苑を歩く大を、塔太郎は観光客に紛《まぎ》れてそっと眺め続けるのだった。

そんな折、

「――自分が春に見つめられて、愛されてるみたい。そやしかなぁ？　何か、胸もきゅんとする」

と彼女がカンちゃんに言ったので、塔太郎は慌てて目線を外した。熱い視線を注《そそ》いでいたのがばれたかと焦《あせ》ってしまい、別の桜や屋台を凝視《ぎょうし》する。

「これ、塔太郎、玉木。今のを聞いておったか？　姫君が愛を感じておるぞ」

カンちゃんの呼びかけにも、

「えっ、何？」

と、実は胸の内が熱くなっているのを一生懸命に隠して、たった今気づきましたよ、と素知《そし》らぬ振りをするしかなかった。

第二話

芸術集団・可憐座《かれんざ》と三条《さんじょう》高倉《たかくら》の籠城戦《ろうじょうせん》

北野天満宮《きたのてんまんぐう》を出て大達《まさる》が移動した先は、三条通りと高倉通りの交差点・三条高倉。そこに建っている、京都文化財博物館だった。

糸姫神社《いとひめじんじゃ》の奉納品が収蔵されているらしく、予告状が届いた場所でもある。

この博物館は、文博《ぶんぱく》の略称で親しまれており、「京都の歴史と文化を総合的に、分かりやすく発信し、府民の教育に貢献する」という理念のもと、昭和六十三年（一九八八年）に開館、平成二十三年（二〇一一年）にリニューアルされた。

文博は、鉄筋コンクリートの本館と別館とに分かれており、とりわけ目を引くのが三条通り沿いの別館である。赤煉瓦《あかれんが》で建てられた西洋建築で、明治三十九年（一九〇六年）、日本の近代建築の大家・辰野金吾《たつのきんご》とその弟子・長野宇平次《ながのうへいじ》が設計し、日本銀行京都支店として昭和四十年（一九六五年）まで使われていた。

内部の保存状態もよく、現在は国の重要文化財に指定され、ホールは演奏会や講演会等でも利用されている。

大達は、高倉通り沿いの本館の前でタクシーを降りた後、中庭で繋《つな》がっている南側の別館をちらりと見た。

カンちゃんは、タクシーから飛び出して本館の前に立つと固く目を閉じ、しばらく動かない。心配のあまり、この場で奉納品の気配を窺《うかが》っているらしい。やがて、館内に収蔵されているのを感じ取ったのか、

「——よかった。まだ無事じゃ」

とカンちゃんが呟《つぶや》くと、大達も安堵《あんど》した。

本館へ入った大達は、ロビーで館長の小川達郎《おがわたつろう》と対面し、そのままエレベーターで学芸課と応接室のある七階へ上がる。

上七軒《かみしちけん》でも言っていた通り、カンちゃんは糸姫町から洛中《らくちゅう》へ来た当初、奉納品と一緒に、ここ文博で寝泊まりしていたらしい。

当然、館長とも知り合いで、

「館長。色々と迷惑をかけてすまぬ。また、ここへ戻ってきた」

とカンちゃんが詫《わ》びると、館長は微笑《ほほえ》んで首を振った。

「お帰りなさいませ。奉納品は、地下の収蔵庫にちゃんとありますよ。予告状が届いた後、すぐに確認しました。かんか丸《まる》様も、ご無事で何よりです」

文博には、霊力《れいりょく》のある職員とない職員が半々いるという。館長は前者だが、彼を含む霊力持ちの職員も、あやかしを見る事は出来ても、戦うまでの力は持っていないらしい。それでも、館長は落ち着いており、

「当館としても、出来る事は全《すべ》て致しますし、それこそ、来館者や職員、文化財の安全を最優先にして、今日から閉館する事も厭《いと》いません。その辺も含めて、京都府警の皆さんとお話しさせて頂ければと思います。あやかしが相手だと、どんな術や

手段を使われるか分かりませんしね……。どうか、よろしくお願いします」

とエレベーター内で話し、大達を頼りにしていた。


応接室に入ると、横長のソファーの上座から、カンちゃん、塔太郎《とうたろう》、玉木《たまき》、そして大が座り、館長も席につく。

やがて、廊下の方から声がして、深津《ふかづ》も到着したと分かった。

それにしては複数の声がする、と大が思っていると、まず応接室に入ってきたのは深津で、続いて、伏見稲荷大社氏子《ふしみいなりたいしゃうじこ》区域事務所の栗山《くりやま》、さらに、所長である女性警部補・絹川《きぬかわ》、そして最後が総代《そうしろ》だった。

「栗山？　何でここに」

「総代くんまで」

と、大と塔太郎は思わず声を上げた。しかし、考えてみれば、今回の事件は戦闘を伴う可能性がある。文博が管轄内の喫茶ちとせだけでなく、管轄区域が隣接する伏見稲荷大社氏子区域事務所にも協力を要請したのだろう、と察しがついた。

委細《いさい》承知しているらしい館長は、深津や絹川達に挨拶《あいさつ》して席につくよう促《うなが》す。栗山と総代も、大まかな話は聞いているらしい。

「坂本《さかもと》。何か今回、面倒な奴《やつ》らが出るっぽいで」

と栗山はため息交じりに言い、総代は大に、

「凄《すご》い事件になるかもだけど、古賀《こが》さん達が一緒だと、安心かな」

と小さく呟いて、大に微笑みかけた。

全員が席についたところで、「それでは」と深津が口火を切る。

「館長。予告状の現物を見せて頂き、それが届いた経緯を伺ってもよろしいでしょうか」

「もちろんです。少々お待ち下さい」

館長が席を立ち、綺麗《きれい》な書状と、それを入れていた封筒を深津に手渡す。

予告状は自筆ではなく印字されており、書状の下部と封筒には、揃《そろ》いの和柄が描かれていた。

拝啓
春の風も匂《にお》い立つこの頃となりました
京都文化財博物館の皆様におかれましては、益々ご清栄《せいえい》の事とお慶《よろこ》び申し上げます
さて先日、しがない者達からの噂《うわさ》話により、貴館に新しい文化財、糸姫神

社の奉納品（お振袖《ふりそで》一枚、毛綴織《けつづれおり》一枚）が加わりました事を伺いました
右記、新たな至宝の発見は大変喜ばしく、我々一同、心よりお祝い申し上げます
つきましては、この奉納品二点を是非とも拝見、ならびに頂戴《ちょうだい》したく、近日中にお訪ね致します事を、ここに報告申し上げます
拒否は認めません
吉凶を占い、万端《ばんたん》整えて当日の夜間、正門より参りますので、何卒《なにとぞ》貴館におかれましては、煩《わずら》わしい諸準備等はなさらず、お心安らかに譲渡《じょうと》なさいますよう、重ねてお願い申し上げます
尚《なお》、その際の破損、または負傷等の被害に遭《あ》われましても、当座はいかなる責任も負いかねますのでご承知下さいませ

敬具

××××年四月

芸術集団可憐座（朱印）

京都文化財博物館　御中

既に何度も目を通しているらしい館長を除く全員が、これを凝視《ぎょうし》し、黙り込む。

館長が困ったような顔で口を開いた。

「――これを、今日のお昼頃、女子高生ぐらいの女の子が持ってきたそうなんです。対応した受付の話によると、渡した後は逃げるように当館を出たと……。後でお見せしますけど、防犯カメラには、その子の姿だけ映ってないんです。代わりに紙製と思われる人形《ひとがた》が映っていて……、おそらく、式神《しきがみ》の類《たぐい》かなと思います」

大達はそれを聞いたうえでもう一度、テーブルの上の書状を見下ろした。

文化財発見のお祝いから始まる、一見丁寧《ていねい》な依頼状。しかしその内容は、早い話が「奉納品をよこせ」である。

終盤に至っては脅迫めいたものさえ感じられ、「諸準備をするな」というのは、文博が警察へ通報する事、あるいは、閉館して防犯体制を強化する等を指していると考えて、間違いなかった。破損や負傷についても言及している事から、強硬手段も辞さないという意思表示に他ならない。もはや、窃盗《せっとう》ではなく強盗《ごうとう》の予告状だった。

「――言うてる事は、可憐さの真逆やな」

塔太郎が呟き、カンちゃんの顔が、燃えるような怒りに染まった。

「あほかこの文は⁉　糸姫町や糸姫様を、取るに足らないものとして愚弄《ぐろう》しているのか⁉　ええい、見るのも腹が立つ！」

叫んだカンちゃんが予告状を破り捨てそうになるのを、既《すんで》のところで深津が止める。カンちゃんの手首を押さえて諫《いさ》めると、カンちゃんはようやく、肩で息をしながら手を引っ込めた。

「……すまぬ」

ごくわずかに漏《も》らして、カンちゃんはソファーに腰を沈める。

カンちゃんの気持ちは大にもよく分かり、大自身、こんなお手紙あるやろか、と行間からも漂《ただよ》う無礼極まりなさを感じ、腿《もも》の上の両拳《りようこぶし》をぐっと握り締めた。

総代が、顔を上げた。

「あの、こちらに保管されている糸姫神社の奉納品って……、この予告状に書いてある、振袖と織物の事ですよね？　そんなに凄い物なんですか」

と訊《き》くと、絹川もすっと手を挙げた。

「すいません。今回の件、そちらのかんか丸様の事も含めて大体は伺ってますけど……もういっぺん、情報整理や共有のために、これまでのことを詳しく伺ってもいいですかね」

と願い出る。塔太郎も絹川に続けて、

「私達からもお願いします。かんか丸様ご本人については既に伺っておりますが、奉納品の事や、こちらの文博に来られた経緯はまだですので……」

と、桜観光に付き添った三人を代表して頼んだ。

館長とカンちゃんは皆の希望を受け入れ、まずは、カンちゃんと奉納品が文博に来た経緯から話す事になった。

奉納品について説明する前に、カンちゃんは姿勢を正すだけでなく、腿の上に置いていた両指や両耳も、ぴんと張った。

「――わしの正体や糸姫町、糸姫神社の事は、皆知っておるからここでは省《はぶ》く。実は、糸姫神社の本殿《ほんでん》の床下には、江戸時代後期の奉納品が、ずっと仕舞ってあったのじゃ。糸姫村出身の商人が奉納してくれた名品で、わしが、狛猫《こまねこ》として守っていたのも、それじゃ。

とはいうものの、わしや他の狛猫達、糸姫町の住民達は、奉納品である床下の桐箱の中身が、振袖や織物というのは聞いておったが……実際に見た事はなかった。

糸姫大明神《いとひめだいみょうじん》様が、商人からの貢ぎ物自体を喜び、箱を開けて現物を見てまた喜んだ後、尊いものとして有難がって、箱ごと床下に仕舞われたからじゃ。糸姫様は、そういう意味では人間らしい感覚を持ち、大変真面目《まじめ》なお方じゃからのう。出すのも勿体《もったい》ないとおっしゃって開けず、そのまま神々の世界へ製糸の仕事に行ってしもうた。

そうなると、もちろん、わしらが勝手に開ける事などあり得ん。桐箱が納められた本殿ごと、雨風や夜盗《やとう》などから守るだけじゃ。そうして明治になり、戦後になり、一度糸姫様が帰ってきてもそのままで、再び糸姫様は神々の世界へ仕事へ行き、のちに志古淵《しこぶち》さんが糸姫町にやってきて……。そうやって、わしらは過ごしていた」

そんなある日、糸姫町の出張所に文博から、奉納品を拝見したいという依頼の連絡があったという。それが、今から半年以上前の事だった。

そこまで話すと、カンちゃんは一旦黙って館長を見る。

館長は、

「この度《たび》は、ご協力頂いて本当にありがとうございます」

と座ったまま深々と頭を下げた後、それ以降の話を聞かせてくれた。

文博で古文書《こもんじょ》を調査していた際、とある貴重なものが糸姫神社にあるとの推測が立った。そこで、担当していた学芸員が出張所に連絡すると、それは奉納品の事ではないか、と答えたという。そこからさらに、カンちゃんへ話が行ったらしい。

事情を聞いたカンちゃんは、神々の世界にいる糸姫大明神へ手紙を出し、糸姫大明神から、学術調査のためならば、と、開封許可の返事が届いた。

当日、霊力を持つ館長と連絡した学芸員二人が糸姫町へ赴《おもむ》き、町長や、持ち回りで神社の世話をする「神殿《こうどの》」と呼ばれる住民、そしてカンちゃんの立ち会いのもと、本殿の床下から慎重に桐箱が取り出された。

カンちゃんは緊張しつつ、ゆっくりとした手つきで蓋《ふた》を開け、長い間仕舞われていた奉納品が、いよいよ姿を現したのだった。

凄かったですよ、と館長は言う。カンちゃんも、うむと頷《うなず》いていた。

「――中に入っていた奉納品は、全てが天蚕糸《てんさんし》で織られ、肩や袖《そで》や裾《すそ》に四季の花々が刺繍《ししゅう》された豪華絢爛《ごうかけんらん》な振袖が一枚と、毛綴織の巨大なタペストリーが一枚です。結論から言うと、両方とも、ひと目見て大変貴重な美術品、または文化財であると判断しました。私や担当の学芸員はその場で、今後は当館、もしくはしかるべき機関にて保存、ならびに、調査研究をさせて頂きたいとお願いしました」

館長から、二つの奉納品がどれほど貴重かを聞いた町長やカンちゃんは、保存環境の良さや文化財の研究に貢献出来る点はもちろん、奉納品の貴重さが認められ、発表されれば、糸姫町の名を広められると判断し、これを了承した。

カンちゃんからの手紙で事情を知った糸姫大明神も、

（奉納品が、今や貴重なものと分かり、大変嬉《うれ》しく思います。仕舞い込んでいた自分の無知が、ただただお恥ずかしい限りです。どうぞ京都文化財博物館様にて大切

に保管して頂き、文化財の研究や糸姫の発展に役立てて下さいませ）

と快諾してくれたという。

貴重な文化財が発見された場合、まずは、ひと通りの調査研究を済ませ、公開する博物館施設の日程等を調整してから、各新聞社やテレビ局を呼んで記者会見を開き、一般公開するのが通常だという。

今回も、まずは、糸姫神社から奉納品を文博の収蔵庫に移して、材質や制作、奉納の経緯といった事柄を調査する。日程調整が済んだ後、マスコミ発表という予定が組まれていた。

狛猫のカンちゃんは奉納品と共に文博へ入り、学芸員達が収蔵庫にて奉納品を調査する間、常に傍《かたわ》らにいたという。

当初の予定では、マスコミ発表後に一般公開、そしてその後、奉納品が再び文博の収蔵庫に収められるまで、カンちゃんはずっと文博から離れず、逗留《とうりゅう》することになっていたという。

玉木が「ははぁ」と呟き、

「そういう予定だったけれど、体調を崩しちゃって、辰巳《たつみ》の旦那《だんな》様のもとで療養していた訳ですね」

と言ってカンちゃんを見ると、カンちゃんは恥ずかしそうに肩をすくめた。

　カンちゃんが体調を崩したのは最近の事で、奉納品のマスコミ発表を間近に控えた時だったらしい。

「糸姫町の未来のため……と、ずっと気負って文博に詰めていた疲労や緊張が、一気に出てしもうたのじゃ。本来の青年の姿から、今のような子供になった。館長ら文博の人達には、随分心配をかけてしもうた……。そんな時、文博の特別展を見に、辰巳大明神様がご来館されたのじゃ。館長が相談すると、辰巳大明神様は『よっしゃ、わしに任しとき!』と請け負ってくれた。奉納品の保管は文博にお願いし、場所を変えて祇園《ぎおん》、つまり辰巳神社で数日過ごした後、喫茶ちとせに……。その後の事は、皆の知っとる通りじゃ」

　カンちゃんが正体を隠していたのは、少しの間だけでも狛猫の責務から解放してあげようと考えた、辰巳大明神の案だったらしい。

　それが上手《うま》くいって喫茶ちとせでカンちゃんは元気を取り戻し、大や塔太郎、玉木と桜観光を楽しんでいた今日の昼に、文博に予告状が届いたという訳だった。

　当然、マスコミ発表は、事件が解決するまでは延期である。

　文博を離れている間に予告状が届いたことを、カンちゃんは自分の責任と感じているようだったが、奉納品は無事である。

　自分を責めるよりもこれからの事を、と深津と館長が言うと、カンちゃんはソフアーから立ち上がり、応接室のドアへと駆け寄った。

「——さぁ、館長！　皆に奉納品を見せてやってくれ。事前に本物を見とった方が、何かと役に立つじゃろうて」

「ええ、承知しました」

こうして、大達は七階から再びエレベーターに乗り、地下収蔵庫へと移動した。

収蔵庫は、爆弾の一つや二つでは破壊出来ない堅牢《けんろう》さだという。その中に、京都の歴史や文化を伝える大切な文化財が多数保管されており、現物を調査するための広いスペースも完備されていた。

収蔵庫に案内された大達は、館長から手渡された白衣に身を包み、マスクをし、腕時計等は外《はず》して、奉納品に臨む。

大は、簪《かんざし》が当たって文化財を傷つけないようにと、総代が描いて出した帽子を被《かぶ》り、塔太郎は、両腕の籠手《こて》はもちろん、脛当《すねあ》ても外していた。

「どうぞ、ご覧下さい。どちらも調査の結果、文化《ぶんか》年間の作品……すなわち、江戸時代後期のものと判明しました」

館長の手により、振袖と毛綴織の二点が、調査用の専用スペースに広げられる。

どちらも甲乙《こうおつ》つけがたい素晴らしい作品で、眺《なが》めるだけでごくりと唾《つば》を飲むような、あるいは、ハッとするような緊張感が生まれてくる。栗山や絹川、総代は振袖に、塔太郎は毛綴織に目を見張った。

振袖は、一般に知られる家蚕《かさん》の繭《まゆ》から作られる生糸《きいと》ではなく、野蚕《やさん》の繭による淡緑色の、天蚕糸のみで織られた絹。今は廃絶状態にある、糸姫天蚕絹《いとひめてんさんぎぬ》だという。

そこに、伝統工芸・京繡《きょうぬい》による四季の花々が目も覚《さ》めるように美しく、肩に、袖に、裾に、百花繚乱《ひゃっかりょうらん》と言わんばかりに刺繡されている。素人《しろうと》が見ても、最上と分かる豪華さだった。

今なお神の糸を作り、天蚕糸で繁栄した糸姫町の女神・糸姫大明神のお召し物に相応《ふさわ》しい一枚である。収蔵庫の光源の光を浴びて、振袖は常に艶《つや》めいている。その光沢こそが、天蚕糸のみで織られた生地の、他にはない魅力だという。

館長や調査研究に加わった呉服問屋《どんや》によれば、そもそも、天蚕糸自体が今では貴重だという。生地の一部に天蚕糸を織り込むのが普通で、このように天蚕糸だけで織られたものは極めて珍しい。今、これと同じものを作るとすれば、相当な高値になるとの事だった。

加えて、きめ細かな京繡が全体に施された江戸時代のこの振袖は、目《ま》の当たりにした瞬間、呉服問屋が恍惚《こうこつ》めいて、

「現存しているのが信じられないです。天蚕糸は糸姫村で作って、その糸で生地を織ったのは、縮緬《ちりめん》で知られる京丹後《きょうたんご》の方でしょうね。その後、洛中で仕立てて、

刺繍がなされたんやと思います。すべてが手仕事の江戸時代の、京都の職人の技量がいかに繊細で凄かったか……。それが、これ一枚で分かります。これだけで、世界中に伝える事も出来ます。まさに国宝ですよ」

と、一気に語るほどだった。

現在、この振袖に付けられている文化財としての名称は、

「総天蚕絹地百花模様総繍振袖《そうてんさんぎぬじひゃっかもようそうぬいふりそで》」

だという。表向きは変化庵《へんげあん》という着付け体験処《どころ》を営《いとな》んでいる栗山達も、普段から和装を扱っているだけに、その価値は痛いほど分かるらしい。

「俺《おれ》も、天蚕糸の生地なんて初めて見たわ。そこに、ここまで刺繍のある江戸時代の振袖って……重要美術品になる事間違いなしやん」

という栗山の意見には、館長はもとよりカンちゃんも胸を張って賛同していた。

ふと、大が横にいる総代を窺《うかが》うと、明るい彼にしては珍しく一言も喋《しゃべ》らず、周囲に人がいるのも忘れたかのように振袖を見つめている。その瞳《ひとみ》は、振袖の持つ光沢、そして京繍の美しさに対する深い敬意と感動とを湛《たた》えており、大は直感的に、

（総代くんは、あやかし課隊員であると同時に、芸術家なんやな）

と、自分もまた総代の姿に感動していた。

もう一つの毛綴織も、振袖に負けず劣らずの貴重さだという。西洋の国王や王

女、家来と思われる人達を描いた宴遊図で、まるで西洋絵画の如《ごと》く綿密に、色鮮やかに織られた巨大なタペストリーだった。

これを見た大が、

（こういう織物、どっかで……）

と思っていた矢先、塔太郎が、

「これ、油天神山《あぶらてんじんやま》の見送《みおくり》と、同じ構図じゃないですか」

と指摘した。

館長が、「ご名答です。よくお気づきになりましたね」と感嘆し、カンちゃんも、

「見ただけで分かるもんなのか!? 玉木は名探偵で、塔太郎は学芸員みたいじゃ！」

と興奮している。塔太郎は、

「たまたまです。地元が三条会《さんじょうかい》なので、祇園祭と近くて……」

と相変わらずの謙遜《けんそん》ぶりだったが、わずか数十秒で言い当てた塔太郎に驚いたのは、大も同じだった。

塔太郎の言った通り、こちらの毛綴織は祇園祭の山鉾《やまぼこ》の一つ・油天神山の背部を飾っていた見送「宮廷園遊図《きゅうていえんゆうず》毛綴織《けつづれおり》」という懸装品《けそうひん》と、ほぼ同じ大きさ、同じ構図のタペストリーらしい。

調査の結果、飾られた形跡がない事から、作られてすぐ、あるいは早い段階で、糸姫神社に奉納されたのだろうとの事だった。

祇園祭の縣装品には、江戸時代の商人を通じてと思われる西洋製の毛綴等が数多くあるが、油天神山の見送は、染織史から見ても価値のある国産の西洋風毛綴織だという。

この糸姫神社の奉納品も国産のもので、油天神山の見送と、この奉納品の毛綴織は、同じ見本を基に織られたのだろう、と館長は解説した。

「国産の毛綴織だと、どこかに西洋製の本歌があって、それを見本として制作した可能性が高いのですが、本歌は未《いま》だに見つかっていないんです。今回のように、類似の物が新たに出てくると、調査してその経路等を辿《たど》り、いつか、本歌の情報、あるいは本歌そのものに行き着く事が出来るかもしれません。この毛綴織は、先ほどの振袖と同じく、当時の職人の感性や技量の高さを示しているのはもちろん、日本の染織史・工芸史を辿る意味でも貴重なんです。祇園祭の懸装品や、京都の伝統工芸の歴史を語るうえでも、今後欠かせないものになるかもしれません」

文化財としての名称は、油天神山の見送と区別するために、

「糸姫神社神宝《しんぽう》　宮廷園遊図毛綴織」

として、頭に「糸姫神社神宝」を付けているという。

それを聞いた塔太郎は、「そうなんですね」と小さく呟く。自身が祇園祭と馴染《なじ》みが深いゆえか、家族に対するような親愛の目で、奉納品の毛綴織を愛《め》でていた。京都の伝統工芸や祭、歴史に絡《から》んだ奉納品の貴重さが分かると、予告状を出した可憐座なるものが狙《ねら》うのも分かる。しかしこれは警察の面目、あるいは京都の威信にかけても、決して渡す訳にはいかなかった。

大達はその後、深津や絹川を中心に事件への対応策について、文博と協議を進め、全館の一時的な閉鎖等を決めた後、一旦解散した。

公共施設に対する犯罪の予告状であるだけに、当日中に、京都府警本部からの通達もあった。文博には交代で誰かが詰めるようにしたうえで、喫茶ちとせと変化庵を中核にした対策本部の立ち上げも決まった。

文博側は、来館者や職員、そして何より文化財の安全を第一にして、当面の間、完全閉鎖すると発表した。

翌日から、市民を中心とした利用者達の惜しむ声、場合によってはクレーム等も予想出来たが、

「利用される方々には申し訳ないのですが、何かあってからでは遅いですからね。警察の方々と同じように、学芸員の仕事にも『守る事』は含まれていますから」

と言う館長の言葉は、後々までずっと、大の心に残っていた。

カンちゃんは、北野天満宮の社務所で話したように文博へ戻る事を決め、事件が解決するその日まで、収蔵庫で過ごすと宣言した。

大達は心配したが、カンちゃんは毅然《きぜん》とした態度で首を横に振り、深津と固く握手を交わしていた。

「わしを誰じゃと思うておる。狛猫ぞ。平時ならともかく、こんな時こそ、奉納品の傍《そば》にいなければならん。……向こうがなぜ、我が糸姫神社の奉納品を狙ったのか、実は、わしにはよく分かる。糸姫大明神様が、さしてお力のない女神様じゃと、向こうも知っとるからじゃ……。そういう神社の名品であれば、悪いあやかしなら、ちょっと頑張って奪ってやろうと思うもの。実際にそんな化《ば》け物を昔、わしが追い払った事もある。こんな事は言いたくないが……本当に言いたくはないが……、糸姫神社が、例えば八坂神社《やさかじんじゃ》や北野天満宮みたいに全国的に知られた存在であれば、向こうも手出しはせんじゃろうて。——ゆえに、わしは負けぬ。奉納品から絶対に離れぬ。じゃから、外堀は皆に任せたぞ」

この事件は、大の思っていた以上に大がかりなものとなり、まず、京都府警本部の命《めい》で立ち上がった対策本部のメンバーは、ちとせや変化庵所属の隊員だけに留《とど》まらなかった。

　他の事務所からも数名、実力ある者が選抜されて入る事となり、まずは上七軒で大達と共に戦った北条《ほうじょう》みやび、続いて、昨年の嵐山《あらしやま》で玉木に電話してきた彼の同期・松尾大社《まつおたいしゃ》氏子区域事務所の鈴木隼人《すずきはやと》という男性も、これに加わるという。

　さらに、二月の合同任務で、経験豊富な戦いを見せてくれた三十代の双子《ふたご》の男性、藤森神社《ふじのもりじんじゃ》氏子区域事務所の朝光《あさみつ》ケン、朝光ジョーが加わることになったのは、何とも心強い限りである。

　北条も朝光兄弟も、大がよく知っている実力者。鈴木とて、選抜されたのだから相応な実力なのは間違いない。これらを深津から聞かされた大は、油断は出来ないが、まずはひと安心、と胸中落ち着くものがあった。

　さらに驚いたのは、あやかし課に所属する「陰陽師《おんみょうじ》」もメンバーに加わるとの事である。今回は、対策本部入りするその陰陽師を主軸として、可憐座と対峙《たいじ》するらしい。それが、本格的な対策本部の会議を前に、ひとまず深津と絹川が組んだ作戦だった。

　大は、あやかし課隊員になってから一年が経《た》つが、陰陽師という単語を聞くのは初めてである。

「あやかし課にも、陰陽師の方っていはるんですね」

　と呟くと、深津が、あやかし課における陰陽師について説明してくれた。

「古賀さんが今、頭に思い描いてる通り、それこそ、烏帽子《えぼし》に狩衣《かりぎぬ》の人というイメージで、まぁ外れてへんよ。主に晴明神社《せいめいじんじゃ》支所、つまり……今宮神社《いまみやじんじゃ》氏子区域事務所の、支所の隊員の事を指すねん」

深津は話しながら、メモ帳の余白に落書きする。狩衣を今風にしたような制服を着た隊員のイラストと、お札《ふだ》や式神の小鬼だった。

しかし、イラストが軒並み、呪《のろ》いの絵のように気持ち悪い。大が一生懸命笑いを堪《こら》えていると、

「これでも、結構頑張ったんやで？　総代くんが羨《うらや》ましいわ」

と深津も苦笑し、余白を破って捨ててしまった。

陰陽師とは、飛鳥《あすか》時代以降に設けられた「陰陽寮」に属する官職で、平安時代に活躍した賀茂《かも》家と安倍《あべ》家が有名である。

中国大陸から伝わった陰陽五行《ごぎょう》説や密教、日本古来の神道《しんとう》等を取り入れた陰陽道を用いて、占いや儀式、時に呪法《じゅほう》を行った専門家だった。

烏帽子に狩衣、人差し指と中指を立てて刀に見立てた刀印《とういん》を結び、呪文を唱《とな》えて結界《けっかい》を張ったり、式神を駆使して戦う姿は、今では漫画やゲーム等でお馴染みである。

普段は天文を観測し、吉凶を占って行事の日取りを選定したり、全国から寄せら

れる怪異の問い合わせに回答する。主に天文観測と占いによって当時の生活基盤を支えていた、今でいう気象庁のような仕事だったらしい。

その合間を縫《ぬ》って、有力公卿《くぎょう》等の依頼で呪法を行ったり、反対に、それを打破するお祓《はら》いや祭事の遂行《すいこう》等を請け負う姿は、国宝『御堂関白記《みどうかんぱくき》』をはじめとした平安時代の貴族の日記や、説話集等でよく知られていた。

当時は、日時や方位などの吉凶が重視された時代だっただけに、貴族層を中心に、陰陽師はかなりの需要があったらしい。

十世紀には、陰陽寮に所属して朝廷に仕えた公的な陰陽師の他に、民間で活動する法師陰陽師《ほっしおんみょうじ》なる者や、時代が下《くだ》れば雑芸集団に入る者もいて、そういう多種多様な陰陽師の中で名実ともに最高とされているのが、今や陰陽師の代名詞でもある安倍晴明《せいめい》だった。

陰陽師は現在も存在し、フリーランスで占い師として活動する人の他に、市役所や警察、変わったところでは消防署で秘《ひそ》かに働いているという。

警察に所属している者であれば、それはもちろん「あやかし課」。大達と同じく「隊員」であるが、「陰陽師隊員」、あるいはそのまま「陰陽師」と呼ばれる事もあった。

対策本部にこの陰陽師隊員を入れるよう提案したのは、竹男《ちくお》と、京都府警本部の鑑識《かんしき》である。玉木が提出した上七軒襲撃事件の人形や、予告状の現物を調べた結果、陰陽師系の霊力を確認したという。

「向こう側に、絶対に一人は陰陽師がおるわ。あるいは、可憐座自体が陰陽師集団なんかもしれん。予告状の本文にも、ばっちり『吉凶を占い』て書いてあるしなぁ。自分達の吉日、あるいは文博の凶日を占いで出して、実際にその日に『お訪ね』して、力ずくで奪う気なんやと思うわ。

となると、こっちも陰陽師に頼んで同じように予告日を割り出してもうて、当日、迎え撃つしかないわなぁ。そん時も、陰陽師が文博に結界を張った方がええわ。証拠品の人形が千代紙で出来とるから、向こうは民間もええとこ、流民《りゅうみん》もええとこの、我流の陰陽師やとは思うけど……。その辺も、晴明神社にいる陰陽師の人らの方が、より確実な判断が出来るやろ」

と竹男が言うのを受けて、深津もあやかし課本部に要請を出し、今回の作戦が整ったのだった。

深津の出した要請は、晴明神社支所の陰陽師隊員に証拠品を鑑定《かんてい》して予告日を占ってもらい、隊員の一人に、対策本部へ入ってもらうというもの。

翌日、晴明神社の社務所で会議が行われる事になったので、大は、塔太郎や玉木、琴子《ことこ》と一緒に晴明神社へ向かい、栗山をはじめ他のメンバーと合流するよう深津から指示を受けた。

大の隣で同じ指示を受けた塔太郎が、深津に声をかけている。

「対策本部に入ってくれる陰陽師って、やっぱり、鶴田《つるた》くんですか」

「うん。多分、そうなると思う。向こうの晴明様や所長さんの返答次第やけどな。けど、あの子の能力が今回の事件に一番向いてるし、向こうも、同じ事言わはるやろ」

と深津が言うのを聞いて、大はもっと詳しく聞きたくなり、塔太郎の袖を軽く引いた。

「晴明神社の鶴田さんって……玉木さんが言うてはった、優秀な方ですよね」

「せやで。会ってみたら分かるわ。――大ちゃんって、陰陽師の隊員に会うんは初めてやったか？」

「はい。陰陽師自体をあんまり見いひんというか、その……」

「ハハハ、せやなぁ。京都では、神社の人やお坊さんを見る機会の方が断然多いもんな。陰陽師いうたって怖い人ちゃうし、自分の勉強や思って会ってみたらええわ。――さ、堀川《ほりかわ》上がって、晴明神社へ行こか。一条《いちじょう》の橋で、式神が待ってるかもしれへんで？」

晴明神社とは、陰陽師やオカルト好きの人なら大抵知っている神社であり、かつて日本一と謳《うた》われた陰陽師・安倍晴明を祭神として、「堀川通一条上ル《いちじょうあが》」という場所に鎮座《ちんざ》している。晴明神社も氏子区域を持ってはいるが、そこも含めて、紫野《むらさきの》にある今宮神社の氏子区域となっていた。

京都府警のあやかし課では、有力な神社の氏子区域で管轄《かんかつ》を分けている。紫野を中心に、南北に長い氏子区域を持つ今宮神社や、桂川《かつらがわ》を中心として洛西《らくさい》に広く氏子区域を持つ松尾大社といった地域には、事務所本体の他に、いくつかの支所が置かれていた。

晴明神社の隣に事務所を構えている「晴明神社支所」もこの一つで、そこの正式名称は、「今宮神社氏子区域事務所　晴明神社支所」だった。

後から聞いた総代の話によると、栗山の近頃の口癖《くちぐせ》は、「彼女が欲しいぃ」の他に、「頼むし絹川さん、うちにも支所を作って下さいぃ」らしい。

晴明神社支所の隊員達は、そのほとんどが陰陽師の能力を備えており、普段は、神社境内でお土産《みやげ》屋さんを営んでいたり、参拝者や地域の人達から寄せられる人生相談や、生まれた子供の名付け等に、宮司《ぐうじ》や巫女《みこ》らと一緒に対応しているという。

感知能力や占いにも長《た》けている事から、証拠品の鑑定や防犯対策を受け持つ事があり、もちろん、通報があれば、現場に直行して戦う事も出来るらしい。

時には結界を張り、時には式神を駆使しながら、それこそ巷《ちまた》のイメージ通りの陰陽師のやり方で、事件を解決しているのだった。

大は移動中に、塔太郎、玉木、琴子からその説明を聞き、堀川一条を少し北に上がったところで、タクシーを降りた。

顔を上げると、もう目の前が晴明神社である。綺麗に晴れた青空の下、石造りの一の鳥居に五芒星《ごぼうせい》の描かれた扁額《へんがく》が掲げられており、観光客が神社の由来を記した立て看板を読んでいたり、記念写真を撮ったりしていた。

もう少しすると、深津はもちろん栗山や総代、北条や鈴木、朝光兄弟達といった対策本部のメンバー全員が、この晴明神社に集まる予定になっている。

ふと、大が鳥居の足元を見てみると、不思議な花が一輪咲いていた。

形は明らかに桔梗《ききょう》だが、花期には早く、色も紫ではない。今の季節によく似合う桜色だった。桔梗にしては些《いささ》か大きく、まるで大達を見ているかのようだった。

可愛《かわい》いけれど珍しい花、と思った大がしゃがんで覗《のぞ》き込むと、

「わ。びっくりしたぁ」

と花から心地よい低さの、呑気《のんき》な声がする。大が驚いて尻《しり》もちをつきかけると、後ろから玉木が支え、花に声をかけていた。

「そのお声は、晴明様ですね。ご無沙汰《ぶさた》しております。八坂神社氏子区域事務所の

御宮《みや》です」

「うん。こっちからも見えてるよ。いらっしゃーい。少し待ってろ。すぐに、鶴田くんを呼んでくるからな。境内《なか》に入ってなよ」

と言ったきり、声が聞こえなくなる。それまで大達に向いていた花は、役目を終えてひと息つくかのように太陽へと向きを変え、一寸《ちょっと》も動かなくなった。

「もしかしてこのお花、安倍晴明様の術なんですか……？」

大がおっかなびっくり花を見つめると、塔太郎と玉木は微笑みながら、

「晴明様の術というよりは、ここの隊員達が設置した、インターホンみたいなもんやな」

「陰陽師の神社らしくて、いいですよね。一輪頂いて、うちでも取り入れてみます？」

と既に歩き出している。琴子の手招きで大も立ち上がって鳥居をくぐり、三人を追いかけると、

「お嬢様、落としましたよ」

と背後から声がした。

振り向けば、異形《いぎょう》の石像の小人が茂《しげ》みから走り出し、尻もちをつきかけた弾《はず》みで落としたらしい大のボールペンを、丁寧に拾っているところだった。

「あ、ありがとうございます……！　あの、ひょっとして、晴明様の式神さんですか」

「へぇへぇ、左様でございます。ほれそこ、ちょうど茂みの中に、昔の一条戻《いちじょうもどり》橋《ばし》、その一部を保存してございます。私はその管理と、今みたいな落とし物の管理を任されているのでございます。神社仏閣は落とし物が多いので——あっ、もしもしご婦人。何かの拝観券を落とされましたよ」

式神が呼び止めても、初老の女性は霊力がないので気づかない。

晴明神社の境内では、日常に溶け込むように陰陽師の術や式神が働いている。その事に大が新鮮味を感じていると、今度こそ塔太郎達に呼ばれる。大は慌《あわ》てて追いかけた。

お守りやお祓い串が売られている授与所を抜け、まずは本殿にお参りする。

通常ならば平野神社《ひらのじんじゃ》の時のように、本殿から何らかの反応が返ってくるはずだった。しかし、今回は境内北側にある社務所の障子《しょうじ》が勢いよく開き、縁側《えんがわ》から、狩衣の美しい男性が姿を見せた。

「ごめんねー、待たせてるよな？　すぐに、鶴田くんが来るから待っててくれな。——おぉーい、鶴田くーん。早くー。皆来てるよー」

大達に笑顔で手を振り、急《せ》かすような口調に反して、落ち着いた足取りで社務所の中へと引っ込んでいく。

彼こそが、ひと目見れば分かる祭神・安倍晴明である。体つきも顔立ちも儚《はかな》く見えるのに、彼の全身からは凜《りん》とした張り詰めたような気配や、大海の深淵《しんえん》を見せられているような、無尽蔵たる霊力のみなぎりがこちらにまで伝わってきた。

大達が、去っていった晴明へ頭を下げている間に、一人の青年が社務所の玄関で黒の靴を履《は》き、こちらへやってくる。

深津が描いてくれたイラストのように、幅広い袖の白シャツに黒のパンツという彼の姿は、狩衣を動きやすいように現代風に改良した制服らしい。もちろん、左袖にはあやかし課の腕章が巻かれていた。

「皆さん、お疲れ様です。刀を差された女性の方は、初対面ですよね。お世話になります。僕は、ここで働かせてもらってる鶴田優作《ゆうさく》といいます」

鶴田は如才《じょさい》なく挨拶し、晴明神社支所の陰陽師隊員だと名乗った。中性的で公達《きんだち》を思わせる美しい顔には、よく見ると左目の目元に一つ、小さな泣きボクロがあった。

上七軒の襲撃事件を前に、玉木が鶴田を「優秀な陰陽師」と言っていたのを大は明確に覚えており、挨拶しつつ、実際に会ってみてこの人が、と鶴田を興味深く見つめてしまった。

「ん？　どうかしはりました？　僕の顔に、何かついてる？」

塔太郎のそれとは少し違う、柔らかな、昔ながらの京都弁である。大は、鶴田の顔を見つめた不作法をまず詫《わ》び、

「すみません。陰陽師の方にお会いするのは初めてなので……。その、漫画や小説の中に出てくる人みたいで、強そうやなと思って」

と素直に話すと、鶴田は「強そうって」と小さく笑った。

「自分も、あやかし課の隊員やんか。既に噂《うわさ》で聞いてるけども、古賀さんかって、刀で勇敢に戦って、化け物退治しはるんでしょ？　あと、刀以外にももう一つ、とっておきのもんをお持ちやとか」

「はい。一応……！」

大が頭の簪に触れると、鶴田もその様子をちらりと見て、「うんうん」と腕を組み、簪をしげしげと眺めている。

「強そうに見えるんは、皆お互い様やね。自分がいつも一緒にいる御宮くんかって、扇子《せんす》振っての術使いやし、坂本さんなんか、雷神《らいじん》さんにも龍《りゅう》にもならはるやんか。山上《やまがみ》さんかって、陰陽師みたいな術は使わはらへんけど、巴御前《ともえごぜん》みたいってご活躍の噂は……」

鶴田はすらすらと周囲を褒《ほ》め始め、塔太郎達を照れさせる。十八歳であやかし課隊員となって晴明神社支所へ配属となり、玉木と同じ二十四歳だという鶴田は、交

友範囲も広く、隊員としての経験も浅くないようだった。

既に知り合い同士の塔太郎達三人に大を交えて、互いの近況報告が始まろうとしていたが、それを遮《さえぎ》るように、

「琴子さん姉さーん！」

と、甲高《かんだか》い声が境内に飛び込んでくる。

顔を向けると、以前と同じ濃い桃色《ももいろ》の袴《はかま》を穿《は》いた北条みやびが到着し、袋に入れた薙刀《なぎなた》を肩に担《かつ》いで、こちらへ走ってきた。

琴子の前まで来た北条は思い出したかのように、

「あっ、皆さんお疲れ様です！　今日はよろしくお願いします！」

と礼儀正しく挨拶した後は、

「姉さん、お久し振りですーっ！　お仕事ご一緒出来て、めっちゃ嬉しいですぅーっ！」

と叫んで薙刀を担いだまま、琴子の胸へ猪《いのしし》の如く飛び込んでいた。

琴子の方も、北条とのそういうじゃれ合いには慣れているのか、薙刀の袋を持っていない片手で彼女を抱き返し、

「びんちゃん、ご無沙汰ー！　ちゃんと稽古《けいこ》してる？　仕事サボってへん？」

と、変わったあだ名で呼んで北条の背中を叩《たた》き、実の姉のように接していた。

あだ名の由来は、元は「みやび」と呼ばれていたものが、「みやびん」、やがて下の「びん」だけになって「びんちゃん」となったらしい。

大が訊けば、北条は嬉々《きき》としてあだ名の由来や琴子への愛を語ってくれて、琴子を間に挟んで、歳《とし》の近い者同士、気づけば気軽に話せるようになっていた。

この直後、栗山や総代といった変化庵の隊員達もやってきて、全員半透明になっているとはいえ、境内はたちまち賑《にぎ》やかになる。

あやかし課隊員として二年目を迎えたばかりの大と総代以外は、所属の事務所は違えど、顔見知り同士だった。

北条が、

「姉さん。うち、戦いの際は姉さんの手足になりますんで！　それがうちの幸せ！　身代わりでも何でも言いつけて下さいね！」

と琴子へ異常なほど懐《なつ》いているのを誰も咎《とが》める事こそしないものの、栗山が、

「北条、相変わらずヤバい子やなー」

と茶化《ちゃか》すと、北条も冗談交じりでイヤな目をして、口を尖《とが》らせていた。

「先週もナンパに失敗した、恋愛運最悪な人に言われたくないですぅー」

「何でお前それ知ってんねん!?　放せ総代！　いっぺんアイツ、シバいたらな気が済まへんキェエーッ！」

ちょうどこの時、軍服姿の朝光兄弟も到着し、挨拶の後は真っ先にケンが栗山へ、

「ようケイティ！　彼女出来たかー⁉」

と無邪気に手を挙げ、彼の精神に追い打ちをかけた。

ケンだけかと思いきや、続いて双子の弟のジョーも、

「やぁトディ。英語出来るようになったー？」

と穏やかな口調で塔太郎の泣き所まで抉《えぐ》り、二人を「それ言わんといて下さい！」と悶絶《もんぜつ》させていた。

自然な流れで、朝光兄弟に塔太郎と栗山、北条と琴子、玉木と鶴田といった具合に、それぞれ会話が弾む。

大も、気づけば同期の総代と隣り合い、皆を見守るように立っていた。

「――改めて見ると、結構な人数やんね。清水寺《きよみずでら》の戦い以来やろか？　これに、深津さんや鈴木さんも加わる訳やし……。総代くん。何かちょっと、武者震《むしゃぶる》いしてこうへん？」

「えー、そう？　古賀さん、二年目に入ってから相当メンタル強くなってない？　僕は不安なんだけどなー」

普段明るい性格にしては珍しく、総代は困惑するように首を捻《ひね》る。

「可憐座が、得体の知れない奴らっていうのもあるんだけど……ここの人達が今占

ってる予告日って、結果次第では、明日か明後日《あさって》になるかもしれないんでしょ？　もしそうなったら、僕の新技の完成が間に合わないかもしれないんだ。せっかくだから、この戦いで使って皆の役に立ちたいんだけどなぁ。じゃないと、勿体ないじゃない」

「新技⁉　総代くん、新技って何⁉　新しい絵の描き方とか、そういうのなん？　まさる部では多分、それ、一回も見してへんやんな⁉」

総代の口にした単語に、大はぱっと反応して詰め寄る。北条にも負けぬ迫りように、総代は笑って大の両肩に手を置いた。

「落ち着きなってー。お察しの通り、古賀さんの知らない、とっておきの技だよ。ただ、まだ実体化が不安定で練習試合では使えないから、新技に関しては、うちの絹川さん達や猿ヶ辻《さるがつじ》さんにしか伝えてないんだ。というか……、まさる部では見せようがないんだけどね。だから、今までまさる部でも使わなかったし、古賀さんも知らなかったって訳」

意味深《いみしん》にふふんと微笑み、総代は内容を出し惜しみする。大は悔《くや》しさ半分、期待半分で総代に話してとせがんだが、結局、教えてもらえなかった。

「ちょっとぐらい、話してくれてもええのにー。同期同士、切磋琢磨《せっさたくま》してる仲やん」

「ごめん、ごめん。新技って言っても、本当にまだ練習中だから、ちゃんと使えるようになるかどうか……。下手したら当日の、ぶっつけ本番になるかもしれないんだよ。僕が、自分の考えてる以上に実力のない人間だったら、ぶっつけ本番さえも怪しい。新技出来ますって言いふらして、いざ当日に使えないなんて僕も嫌だし、メンバーの皆にも迷惑でしょ」

「新技って、そんなに難しいん？」

「うん。集中できるならまだしも、戦いの最中に描くとなるとね……。線に少しでも勢いが足りなかったら、多分使えない。だから新技については、絹川さんと深津さんも、今回の作戦にそれをどこまでアテにするか、悩んでるんだって。まぁ、栗山さんとか、変化庵《うち》の人達は、僕の新技の難しさはさすがに知ってるけど……。敵を倒すとなると、新技に対するハードル高くなるでしょ？　僕自身も、この新技には期待してるんだよね。だから、早く完成させなきゃと思っちゃって、つい……。最近じゃ、気持ちが先走って、手が強張《こわば》りがちなんだ」

総代は飄々《ひょうひょう》と語ってはいるが、大きな戦いが控えているのと、新技の完成への焦《あせ》りが入り混じり、内心かなり緊張しているらしい。

それは、大がいつも抱いている成長への渇望《かつぼう》の一種でもあるらしく、あの奉納品の振袖の美しさが、総代を鼓舞《こぶ》したのではあるまいか、と大は直感した。

大は、「線の勢いが命」だというその意味を是非とも知りたいと思ったが、同時に、それに囚《とら》われて手を強張らせる総代はいつもの彼らしくないと感じ、塔太郎や琴子ら先輩達が自分にくれるような励ましの言葉を、彼にもかけてあげねばと思った。

大は自らの記憶を辿り、以前、琴子にしてもらった緊張をほぐす「おまじない」を、脳内で復習しながら総代にやってみる。

突然総代の手を取り、琴子がやっていたようなリズミカルなものに加えて、自分のアレンジでツボ押しのようにグイグイ揉《も》み出したのには総代も驚いていたが、大はそのまま続行した。

「総代くんの手は、大事な武器なんやから。固まってたらあかんやろ？　新技が早く完成するのと、緊張しいひんためのおまじない。——新技が完成しても、間に合わへんでも、総代くんやったら大丈夫。一緒に頑張って、奉納品を守ろな！」

と励ましてもう一度強く、自分の応援を伝えるように、彼の掌《てのひら》を揉み続ける。

総代は一瞬顔を赤らめたが、やがて安堵したように破顔し、大の手を握り返した。

「ありがとう。君の言う通りだよね。僕にはもう、背中の白狐《びやっこ》達も描ける絵もあるんだもんね。……これ、古賀さんに、貸しを作っちゃった事になるのかなぁ？」

「またそんな、損得勘定《かんじょう》みたいな事言うて。仲間を助けんのに、貸し借りも何もないやろ？」

「うん。そうだよね。……あのね、古賀さん」

「何？」

「これはもっと、後で言おうと思ってた事なんだけど……、聞いてくれる？」

「うん……？」

総代の真剣な面持《おもも》ちに、大は不覚にもどきりとする。しかしその途端、彼は目をきゅっと瞑《つむ》って眉間《みけん》に皺《しわ》を寄せ、

「古賀さん、いつまで揉んでる気⁉　てかマッサージの才能ゼロだよね⁉　押されてるツボが痛い！　痛い痛い痛い！　そこ多分、人体の急所！　よく分かんないけど急所！」

「嘘《うそ》やん⁉　ご、ごめんな⁉」

総代を励ましたいあまり、つい力が入ってしまったらしい。身を捩《よじ》ってまで痛がる彼の姿を見て、大は慌てて手を放した。

「あー、びっくりしたぁ。古賀さんの指、怖すぎじゃない？　もはや凶器だよ、それ」

「うっ、うるさいなぁ！　要《い》らん事言うんやったら、もっかいやるで⁉」

「やーめーてー」

二人で笑い合っていると、いつもの総代に戻った気がして、大は何だかほっとする。

その光景を塔太郎がそっと見ていたが、総代との応酬《おうしゅう》に夢中だった大は、気づかなかった。

その後、京都府警本部に立ち寄るという深津や絹川、鈴木から遅れるという連絡があり、鶴田は、大達一行に社務所の中へ移動するよう促した。

会議を始める前に、支所の所長をはじめとした鶴田の上司達へ挨拶する事になり、彼らが行っていた予告日の割り出し、その占いの作業をする部屋に向かう。

「これが、陰陽師隊員の主な業務の一つ、占いの作業です。僕の勝手な意見ですけど、平安時代や鎌倉時代の陰陽師達も、こんなふうに毎日やってはったと思います」

鶴田が説明したその和室の光景は、まさにデスクワークの極致であり、学者達の主戦場のようだった。大はもちろん、朝光兄弟までもが舌を巻いた。

書物のぎっちり入った本棚が、入り口を除いた三方の壁に隙間《すきま》なく並び、中央に、頑丈《がんじょう》そうな文机《ふづくえ》が人数分並べられている。

五十代とみられる男性の所長と、ベテランの陰陽師隊員と思われる男性が一人、女性が一人。皆鶴田と同じ制服姿であり、真剣な表情で座布団《ざぶとん》に座し、文机に向き合っていた。

文机の上には、いくつもの巻物や、彼らが今この瞬間も書き込んでいるノート、紙はもちろん、「六壬式盤《りくじんしきばん》」という、小学校で使った星座盤のような、四角い板の上に重ねた円盤を回して方位や吉凶を知る道具も置かれている。

その周囲には、文博の沿革といった刊行物や過去の暦本、その他文献や古文書とみられる冊子、巻子《かんす》などが所狭しと置かれ、文机の周囲にも積み上げられている。それらの隙間から、栄養ドリンクの瓶《びん》も見えていた。

それらの中から重要な情報を書き出し、電卓を叩いたり紙上で筆算を行ったりして、年月日を算出する。彼らは時折、六壬式盤の上の円盤、鶴田いわく天盤を回して、年月日の吉凶を確認していた。

配下らしい小人の式神達が、資料を出したり片付けたりと、陰陽師隊員達を一生懸命補佐している。小鬼のような彼らを見て、大は、隊員となって間もない頃の事を思い出した。

「確か……一度、竹男さんが同じような式神を出して、割れたドアの片付けをさしてませんでした？」

大がこっそり塔太郎に訊いてみると、彼も、私語が邪魔にならぬよう声を潜《ひそ》めて、そっと教えてくれた。

「あれな、実はここの式神やってん。晴明神社支所は、あやかし課の事務所に限って式神を貸してくれてて、あの時は竹男さんが借りたはったんや」

廊下から高い唸《うな》り声がして振り向くと、式神が、大達が道を空けてくれるのを待っている。お茶のポットや湯呑《ゆの》みの入った台車を一生懸命に押しており、大達が通り道を作ると、式神は腰を入れてうんしょと台車を押し、部屋へと入っていった。

このタイミングに合わせて、

「所長、占いの最中にすいません。鶴田です。対策本部の皆様をお連れしました」

と鶴田が呼び掛けると、さすがに所長達は占い作業の手を止めて丁寧に挨拶してくれたが、

「本来ならば、我々も会議に出席すべきところを申し訳ございません。今、予告日の割り出しが佳境《かきょう》でございますので、このまま作業を続ける事をお許し下さい」

と詫びた後は一同再び文机に向かい、六壬式盤を回しては情報の書き出しや計算に没頭していた。

これほど集中しなくては駄目《だめ》なのだろうと、大達にも察しがつく。部屋を退出した後、鶴田が会議場所の座敷へ案内しつつ、所長達が行っていた占いについて説明してくれた。

「可憐座が襲撃してくる予告日は、向こうが占いを扱う以上、『自分らの最高の吉日』に設定してるやろなぁという予測はつきますよね？　とすると……」

襲撃される文博側としては、その日が「最悪の凶日」となる。

近いうちに来るその「文博の最悪の凶日」が分かれば、自《おの》ずとそれが、予告日の最有力候補。つまり、大達が文博を守るべき日となるのだった。

しかし、要は未来予測である。その類の占いには相当な緻密《ちみつ》さが要求され、話を聞くだけでも、卒倒しそうなほどだった。

まずは、文博の出生日にあたる開館年月日、そこから今日までの十干十二支《じっかんじゅうにし》、九星《きゅうせい》、十二直《じゅうにちょく》、二十八宿《にじゅうはっしゅく》、方位神《ほういじん》の移動等といった、古代から使われている天文の運行や吉凶の動きを暦本にて確認し、時に六壬式盤を用いて、開館日から今日までの約三十年を順に辿る。

そうして、文博における今日までの吉凶を正確に把握し、今後、いつ最悪の凶日を迎えるのかを読まなければならなかった。

さらに正確な凶日を割り出すために、文博の保護者に相当する初代館長から現館長、主要職員の出生日と、彼らの今日までの吉凶の動きも、併せて知る必要がある。

なおかつ、可憐座の標的である奉納品、それが元々あった糸姫神社と文博の方位上の関係性や、奉納品の今の管理者にあたる、糸姫町の現町長の出生日や吉凶の動き等までも、占いの要素として勘案しなければならなかった。

本件に関わる各要素の年月日やその吉凶の動きを、それこそ、幾重にも重ねた円盤を回して合わせるかの如く照らし合わせて、ようやく各凶日の一致する日が見えてくるのだった。

一致したその日こそが、来《きた》るべき文博の最悪の凶日。すなわち、可憐座が襲撃してくる可能性の高い「予告日」となる——というのが、陰陽師隊員達の見解だった。

鶴田いわく、今回は襲撃の予告であるだけに、より正確に予告日を割り出すために徹底しているという。

先に挙げた要素に加えて、過去の天文観測の記録や、京都市歴史資料館から借りた古文書による京都の古い記録等まで用いて、結果を検証しているという。

つまりは、奉納品に関連する全ての吉凶の追跡、その照らし合わせ、天文の観測記録や史料の参照を寸分の狂いなく行って初めて、「正しい日取りの選出」や「正しい吉凶の判断」が出来るという訳だった。

そういう途方もない追跡作業、計算作業、検証作業こそが、陰陽師の普段の仕事風景であり、陰陽師がその専門家として、古代から天皇や貴族に頼られてきた理由だった。

息を殺して、陰陽師隊員達の気迫の作業を見ていた大は、鶴田の話を聞いて、一層深い感銘《かんめい》を受ける。

「私、陰陽師の占いって、もっと神託的で華やかなもんやと思ってました。けど……調べに調べ、確かめに確かめての、根気のいる作業やったんですね」

と呟くと、鶴田はにこりと微笑んで言った。

「あくまで僕の意見ですけど……陰陽師の本質は、吉凶を把握する占い、つまり、天文観測やその解釈の能力にあると思うんです。お祓いや祭祀《さいし》、式神を駆使して戦うというのは、あくまで吉凶を判断した後の対策の一環やと……。つまり、陰陽師には、膨大な情報の正確な読み取りと知識、さらには、照らし合わせの技量だけでなく、その占いの結果をきちんと相手に伝える力が求められます。

それは、一般の方から受ける人生相談や、赤ちゃんの名付けでも変わりません。人の未来や心を左右する、責任ある仕事です。陰陽師が大きな力を持っていた、平安時代や鎌倉時代初期、陰陽師同士でも、占いの解釈で意見が割れて、議論に発展する事も多かったらしいですよ。――僕はまだ経験も浅いし、その辺が未熟やさかい、結界張りや退魔の仕事は任してもらえても、占いはさしてもらえへんのです」

鶴田は恥ずかしげに拳で口元を隠し、

「僕も早《は》よ、晴明様やうちの所長みたいに、皆に頼られる陰陽師になりたいわ」

と大に語っていた。

大が初めて触れた、他のあやかし課隊員とは違う陰陽師隊員の仕事の現場。あの和室の風景は、大の陰陽師のイメージを一変させ、千年前の陰陽師達の姿まで思い描けるようになっていた。

当時も、占いの的中率や祭祀の効果の高さはもちろんのこと、陰陽師達のそういう根気強さやひたむきな姿が、不安定な世の中の、特に国家を動かす貴族達から頼りにされていた理由だったのではあるまいか。

大はそう考え、京都の歴史を支えた陰陽師達の存在を、確かに感じ取っていた。

その後、真ん中の襖《ふすま》を取り払った座敷での作戦会議は、遅れてやってきた深津や絹川が途中から進行役を務めたものの、最初に陰陽師隊員による証拠品の鑑定結果の報告などもあって、鶴田を中心に始められた。

次に北条の報告があり、上七軒の事件で捕《と》らえた巫女は、北条ら北野天満宮氏子区域事務所の隊員達に連行された後、彼女自身も人形となって、消えてしまったらしい。

「事前に送った報告書にも書きましたけど……、取り調べでずっと黙ってると思ったら、ぱんって破裂して焼けてもうたんです。灰もほぼ残らへんぐらいで……。不手際をお詫び申し上げます」

手をついて謝罪した北条だったが、もちろん、誰も責任追及はしなかった。

彼女の説明に続いて鶴田がつけ加える。

「そのわずかな灰も、僕ら陰陽師隊員が調べましたところ、陰陽道系の術の跡《あと》が確認されました。その巫女だけ特別製の人形で、口を割らへんよう自滅する術がかけられてたんやと思います。——式神の数や予告状の文面から見ても、やはり、可憐座は実力ある陰陽師集団、あるいはそれに近い集団とみて、間違いないでしょう」

と、晴明神社支所としての見解を述べた。

鶴田は本人も言った通り、占いにおいては所長や上司には及ばぬらしいが、悪を退《しりぞ》ける祭祀や結界を張る等の呪術関係には大変優れ、場慣れもしているらしい。

鑑定結果の報告に伴う質疑応答では、

「かんか丸様の、今までの体調不良が呪いである可能性は？」

という、変化庵の隊員の一人から出た鋭い質問に、大達がハッと顔を見合わせたが、

「昨日の夜、僕や所長が文博に赴いて、かんか丸様との面会も含め、館内をくまなく調べさしてもらいました。結論としては、今、かんか丸様や文博に呪いがかかっている心配は、まずはないと思います。いくらお力が弱まっているとはいえ、かんか丸様は神使《しんし》の狛猫ですからね……。文博にも、今の段階では呪術はかかっていない事から、相手は呪法が得意ではないのかもしれません。やからこそ、上七軒では

隊員を襲ってその数を減らそうとし、占いで自分達にとって一番の吉日や時間帯を割り出し、運頼みで盗みにくる段取りなんやと思います」

と、鶴田は慌てる事なく答え、大達を安心させた。

「可憐座が、予告状を届けてきた意図は？」

手を挙げた琴子の質問にも、

「可憐座本人に聞かんと、確かな事は分かりませんが……、予告状は、おそらく験《げん》担《かつ》ぎの一種、あるいは、他人に実力を示したいという意図があるのだと、我々晴明神社支所では考えています。陰陽師というのは、陰陽寮に務めた者以外にも、民間で活動していた者がいて、そういう者達は、だんだん民間呪法等を取り込み、独自の陰陽道や呪術を使うようになりました。しかし、それぞれが独自の解釈や術を使うという点では、私や所長はもちろん、晴明様さえも例外ではありません。それぐらい、日本の陰陽道は昔から柔軟なのです」

と、答えた。

「今回の相手も、初期段階の鑑定をして下さった天堂《てんどう》さんや本部鑑識の皆さんのご意見同様、そういう我流の陰陽師と考えて間違いないと思います。ですから、独自の吉凶の作り方、いわゆる験担ぎの方法もあるのだろうと思います。

この辺は、実際に逮捕して取り調べをしない限り、断定は出来ません。本当は、晴明様がこの件について頂くのが一番なんでしょうけれど……、晴明様は、今や氏子を持つご祭神。他の氏子を持つ神仏の方々同様、基本的には町や住民達を守護し続けなければなりません。その晴明様の名代《みょうだい》として、予告日当日、私が文博に入ります。もう間もなく、遅くても明日には、可憐座の予告日が割り出せるかと思いますので、今しばらくお待ち頂ければ幸いです。——ですので皆様、私《わたくし》鶴田も全力を尽くしますので、よろしくお願い申し上げます」

静かに手をつき、大達メンバー一同に頭を下げる鶴田の姿は、姿勢がよくて大変美しい。そして同時に、頼りがいがあった。

祭神・安倍晴明が再び姿を見せたのはこの時で、ずっと本殿内の自室にいて、何らかの術で会議の様子を見ていたらしい。

「対策メンバーの皆様、御苦労様です。鶴田くん、お茶を用意したから皆さんに。あ、君。適当に配っといてよ」

と言いながら座敷に入ってきた、和服に割烹着《かっぽうぎ》姿の美しい女性——自らの式神にお茶を配らせていた。

晴明は、鶴田をはじめ対策メンバー一同の丁重《ていちょう》な挨拶を受けた後、深津から証拠品の人形を借りて、愉快そうに眺めている。

「こんなもんより、今、お茶を配ってる彼女の方が、よっぽどいい式神だろ？　相手は『しょもじ』の陰陽師みたいだし、鶴田くん一人で大丈夫だよ。皆さん、彼を存分にこき使って下さいね。それぐらいの方が、鶴田くんにはいいんだよ」

呑気に話し、深津に人形を返して、座敷を出ていった。

……かと思えば。今度は二リットルのペットボトルを抱えて戻ってきて、先ほどの式神にコップを配らせる。

「お茶が嫌いな人は、こっちのオレンジジュースもあるよ。俺もこれ、好きなんだよー。美味《おい》しいよ」

晴明の気遣いに皆がほっこりしていると、鶴田は晴明の退出した後で、

「以前、ご本人から少し伺ったんですけど……、晴明様のああいうところを、かの関白《かんぱく》様もお好きやったみたいですよ。我々陰陽師隊員も、師として仰ぎ見るだけでなく、心の拠《よ》り所《どころ》にしているというか、癒《いや》されてますね。人を癒すような性格も、陰陽師における大事な要素なんかもしれないですね」

と、晴明の生前のエピソードを明かし、微笑んでいた。

会議が終わると、一同は湯呑みや座布団を重ねて後片付けを始める。

大が、

「会議の途中、晴明様が言うたはった『しょもじ』って何ですか？」

と座布団を抱えながら鶴田に訊くと、同じく気になっていたらしい北条や総代も

寄ってきた。

「当てる漢字は色々あるみたいやけど、唱門師《しょうもんじ》のなまった読み方が『しょもじ』やね。中世以降の芸能者、あるいは芸能集団の事で、この中に、民間の陰陽師もいたはったらしいわ。可憐座は、自分らを芸術集団と言うてるけど、結局はそれと似たり寄ったりやから……。それで、晴明様はああ言わはったんやね」

と、しょもじの説明までは、会議の時と同じく頼れる鶴田だったが、

「なぁなぁ古賀さん！　それよりも！」

「は、はい！　何でしょうか？」

と、彼は突然、少年のようにはしゃぎ出す。「ちょっと後ろ向いて！」と大の両肩を摑《つか》み、くるっと背中を向けさせた。

「えっ、あの、鶴田さん。どうしはったんですか？」

大は戸惑《とまど》ったが、どうやら鶴田は、噂に聞いていたという魔除《まよ》けの力がずっと気になっていたらしい。大の驚く様子には見向きもせず、髪に挿《さ》している簪を、上へ下へと眺めていた。

「これやんな？　山王権現《さんのうごんげん》から頂いた木の簪というのは。これを抜いたら、古賀さんは男にならはんのやっけ？」

「はい。彼の事も、『まさる』と呼んでます。私よりもずっと背が高くて、力も強

いんです。最初は否応《いやおう》なく彼になってましたけど、塔太郎さんや総代くんと修行して、今では任意で交代出来るようになりました。あとは、魔除けの力を刀に流して、剣術も出来たりとか……」

「ふぅん？　ほんなら、その『まさる君』は、魔除けの化身みたいなもん？　それを、任意でなんて凄いなぁ。天才やなぁ。――この簪、他人が抜いてもええの？　今、僕が抜いても、古賀さんは男になってしまうん？　いやぁ、僕、今凄いもんを見てるんやなぁ。もうちょっとじっくり、見してもうてもいい？」

「ええ、どうぞ……」

嫌ではないし、むしろ天才とまで言われて嬉しかったが、大は鶴田の勢いに気圧《けお》されてしまう。玉木が、「またやってるよ、鶴田の奴」とため息交じりに苦笑していた。

傍らにいた朝光兄弟も、大同様、鶴田の性格をよく知らなかったらしい。玉木が彼らに説明しているのを聞く限り、鶴田はいわゆる、霊力マニアのようだった。

自身の鍛錬や霊力の研究を絶やさないのは当然として、他人の能力にも興味《きょうみ》津々《しんしん》。相手の能力や、それを可能にする霊力の仕組みを聞きたがり、興味が高じるあまり、体に触って調べようとする事さえあるという。

玉木はもちろん、塔太郎もその餌食《えじき》になった事があるようで、

「俺、鶴田くんに、『お腹《なか》、つまり丹田《たんでん》に雷が溜《た》まってるんですかね？』っていきなり腹を揉まれたん、びっくりしすぎて未だによう覚えてますもん」

という塔太郎の話に朝光兄弟は笑っており、今、鶴田が大を眺め続けているのは、やはり探究心からきているらしい。

鶴田はのめり込んだら周りが見えなくなるようで、簪が持つ魔除けの力を感じ取ろうと、大の髪にぐんと顔を近づけている。

「あの、お顔が……！」

さすがに恥ずかしくなった大が顔を赤らめると、すっと総代が近づいてきて、大の腕を軽く引いた。

「ちょっと鶴田さん！　古賀さん、びっくりしてるじゃないですか」

総代が困った顔で大を鶴田から引き離し、よろけた大は思わず、総代に寄りかかる形となった。

北条も、総代に加勢して守るように大へ抱きつき、

「そうやそうや！　キスしそうや思って、うちびっくりしましたよ⁉　鶴田さんのケダモノーっ！」

と非難して、いーっと歯を剝《む》き出し、鶴田を冗談交じりに威嚇《いかく》していた。

対する鶴田は、後輩達に怒られても暖簾《のれん》に腕押しといったように、ほんわかとし

た笑顔で両手を振る。

「いやいや、いや。僕は別に、古賀さん本人には一ミリも興味ないよ。古賀さんの簪や魔除けの力に興味があるだけで、それを持ってる人やったら、僕は誰でも構へんねん。キスすんのやったら簪にする。古賀さんは知らん」

そうばっさり切り捨てられて、大は笑いつつ、何だか悔しい気もする。北条はさらに、

「知らんとか余計に失礼やわ！　このケダモノーっ！　これやから男子は！」

と激昂《げっこう》したが、鶴田は意にも介さず、ころっと頭を切り替えていた。

「まぁ、相手は女性やしな。ちょっと不躾《ぶしつけ》やったかもしれんね。かんにんな古賀さん。ほんなら、その代わりじゃないけど、今度は総代くんの能力を聞かしてえな」

「えっ。僕ですか？」

「そうそう。絵を実体化するて、どんな霊力の巡らせ方したら可能になんの？　凄ない？　それ、遺伝性の術なん？　腕に秘密があんの？　それか心臓？」

「ちょっと⁉　袖をそんなに捲《めく》らないで下さい！　襟《えり》も開かないで、恥ずかしいから！」

あわや総代の胸元が露《あらわ》になりそうで、大と北条は咄嗟《とっさ》に両手で目元を隠す。ここでようやく玉木が鶴田の両肩を摑み、彼の猪突猛進《ちょとつもうしん》ぶりを諫めていた。

「鶴田。霊力マニアもその辺にして。いつか逮捕されそうで怖い」

「えっ。僕、そんなにはしゃいでた？　かんにん、かんにん。僕、亥年生《いどし》まれでもないのにってよう言われんねん。——それにしても御宮くんはひどいなぁ。警察の僕が逮捕て」

「あの様子見なよ。総代くん怯《おび》えてんじゃん」

総代が襟元を必死で守っており、遠くで栗山が爆笑していた。

その時、廊下を走る足音がして、座敷の襖がぱーんと開く。白ジャージ姿に腕章の、大の知らない男性が入ってきた。

「遅なってすいません！　松尾大社の鈴木、ただいま参りました！　皆さんお疲れ様です！」

という陽気な声は、昨年の夏の嵐山で、電話越しに聞いた声と一致する。彼が玉木の同期、鈴木隼人だった。

大達が片付けをしている様子を見て、申し訳なさそうに頭を掻《か》く鈴木は、細い釣《つ》り目が印象的である。

しかし、

「会議、終わっちゃったみたいっすね……？　あ、坂本さん！　彼女と上手くやってますかー？」

という口さがない京雀《きようすずめ》ぶりは、あの時と全く変わっていなかった。

「彼女」という単語が出た途端、塔太郎は身に覚えがないと言いたげに首を傾《かし》げたが、栗山は目を剝いて塔太郎を睨《にら》んでいる。大と玉木も一瞬驚いたが、すぐに、それが塔太郎の職務の一環だった事を思い出した。

かつて、神泉苑《しんせんえん》の池に身を投げようとしてちとせに連れてこられ、塔太郎に恋した女性・浜崎萌乃《はまさきもえの》に塔太郎が付き合った嵐山デートの事であり、鈴木は、その目撃者だったのである。

大達に教えてもらった琴子や深津、そして塔太郎も、「あぁ」とその事を思い出して鈴木の勘違《かんちが》いだと分かったが、事情を知らない他の人達は、鈴木の発言に思い切り食いついていた。

「えーっ！　坂本さん、彼女いはるんですかー⁉」

と言い出したのは北条で、

「いつの間に？　まさかお相手は……、まさか姉さんじゃないですよね……？」

と恐る恐る琴子を見たので、琴子は笑って否定した。

「そんな訳ないやろ。塔太郎くん、私の好みと全然ちゃうもん」

「ですよねー⁉　姉さんの理想の男性は、弁慶《べんけい》様ですもんね⁉」

「そうそう。身長二メートル以下は対象外」

という会話に、鈴木や鶴田も、いつの間にか加わっている。

「対象二メートル以上って、それ難しすぎないっすか？　でも、坂本さんに彼女がおるんは確かですよね？　俺、野宮《ののみや》さんでデートしてんの見ましたし、それで思わず、玉ちゃんに報告しましたもん」

「恋人がいはるとはびっくりやなぁ。坂本さん、それほんまの話なんですか？　半年ぐらい前、僕と天一《てんいち》へラーメン食べに行った時は、そんな話一つも言うてへんかったじゃないですか。恋人が出来たら霊力が上がるとか聞きますけど、それもほんまなんですか？」

「あのな、皆。それな……」

塔太郎が慌てて事情を説明しようとする。そんな彼の横へ怨霊《おんりよう》のように立ったのは、恨《うら》み妬《ねた》みたっぷりの目をした栗山だった。

「栗山、誤解や」

「坂本くん……、何どす……、今の話は……。坂本くんは俺に隠れて？　彼女を作っておいやしたですか？　俺に先駆《さきが》けて？　親友である俺を差し置いて？　ちょっとこれはぁー？　可憐座より先にぃー、君を調べなアカンやつですけどー？　その辺どうなんですかねぇねぇねぇ坂本くんねぇねぇねぇ」

「やめろ栗山怖い！　目が据わってる、めっちゃ怖い！　心配すんな！　全部、鈴木くんの勘違いやから！　やめろ俺は無実やーッ！」

捕《つか》まった塔太郎の代わりに、またしても玉木が制止役となり、

「鈴木、北条さん。もう何も喋らないで。後で、僕が全部説明しますから。鶴田は、霊力が欲しけりゃ山梨の桃をやるから黙っときなさい！」

と言って鈴木と北条の肩に手を置き、鶴田を買収していた。

鈴木が来てからというもの、片付け中の座敷は一層賑やかになっていたが、メンバー同士の交流に丁度《ちょうど》いいと思っているのか、深津や絹川は何も言わなかった。

それどころか絹川も、

「あやかし課隊員の能力って、ほんまに皆バラバラというか、バラエティ豊かやわなぁ。私と深津くんかて、弓と拳銃《けんじゅう》やしな」

と和《なご》んでいる。正気《しょうき》に戻った栗山が、それを聞いて何かを思いついたように、顔を上げた。

「鶴田くん、そんなに人の能力に興味あんのやったら……修行に参加さしてもらったら？　古賀さんと総代のやってるやつ」

栗山がこの提案をした瞬間、塔太郎と総代が、

「あ」

「えっ」

と衝撃を受けていたが、大はハッと気がつき、名案だと手を叩いていた。

そして、反射的に鶴田だけでなく、北条や鈴木にも声をかけてみる。

「栗山さんの言う通りや……！　鶴田さん！　実は私、御所《ごしょ》の芝生《しばふ》のとこで、修行してるんです。猿ケ辻さんを監督にして、部活動みたいな『まさる部』を！　たまに、日吉大社《ひよしたいしゃ》の神猿《まさる》の方もいらっしゃるんですよ。もしよかったら、いっぺん来はりませんか？　北条さんや鈴木さんも、ぜひ！」

話を聞いた鶴田は、目をダイヤの如く輝かせて「行く」と即答し、北条や鈴木も乗り気である。

大が嬉しくなって総代を見ると、彼はどういう訳か、栗山に詰め寄っていた。

「栗山さぁーん⁉　ちょっと、何て事するんですか⁉　何いきなり提案しちゃってるんですか⁉」

「え。だって皆楽しそうやし。自分らも修行やってるし。一緒にやったらよさそうやなーって。そしたら、ええ刺激になって、お前の新技も早く完成するかもしれんやろ？」

「うっ……。そうですけども！　お気遣い、凄く有難いですし、栗山さんのそういうところ、大好きですけども！　今のまさる部は、僕と古賀さんの二人き……二人だけなんですよ⁉　タイミングってもんがあるでしょうが！」

「タイミング……？　あぁー。まさる部は、猿ヶ辻さんが監督やもんな？　そら確かに、そういうのはまず監督に言わなあかんわな。ごめんなぁ、勝手に言うて。古賀さんもごめん！」

「いや、そういう訳じゃ……いや、そういう訳もあると思うんですけど」

総代がいきり立つ理由は分からなかったが、栗山の言う通り、猿ヶ辻や深津に話を通さないのは、確かに間違っていたと大も反省する。

大は、すぐ傍にいた深津に許可を取ったのはもちろん、猿ヶ辻にもメールを送ると、即座にオッケーの返事が返ってきた。

鶴田の提案で玉木の参加まで取り付けると、大はもう、先の鶴田のようにウキウキしていた。

「総代くん！　玉木さんも、まさる部に来てくれるって！　深津さんにも今言うたし、猿ヶ辻さんも、メールで喜んでくれはった。こんな大人数でやると、練習試合もめっちゃ充実すんで！　今日の夕方、楽しみやな！」

「あ、そうなの。古賀さん、手際いいね……、ハハハ……。栗山さんの不運が移ったぁーっ！」

「何やねん、お前⁉　人を疫病神《やくびょうがみ》扱いすんなや⁉」

嘆《なげ》く総代と、文句を言う栗山。塔太郎がそれを憐《あわ》れむように見ては、そっと目を閉じている。

「さすがにフォローしきれへん……。すまん……」

フォローとは栗山さんに言ったのだろうか、と大は思ったが、その真相はよく分からなかった。

その後、大が塔太郎にもそっと、

「まさる部の人数、増やしてもいいですよね……？」

と今更《いまさら》ながらに訊いてみると、

「自分がええて思うんやったら、俺は何でも構へん。——仲間が沢山出来てよかったな。色んな人の長所を見て、参考にすんねやで。欠点やなしに、長所な。その方が、大ちゃんはよう伸びるから」

と深みのある黒曜石《こくようせき》のような目で、優しい笑《え》みを見せてくれた。


大は、会議のあった日の夕方から、京都御苑《きょうとぎょえん》の「まさる部」に玉木、鶴田、鈴木、北条を招き、迎えた猿ケ辻は喜んで、六人総当たり戦を組んでくれた。

結果的にそれが、大の新しい「神猿《しんえん》の剣」の技、「第十七番　南禅寺留《なんぜんじど》め」の習得に繋がったのは、何よりの成果である。

皆を呼んでよかった、と大は猿ヶ辻と手を合わせて喜び、それを見た総代をはじめ他の五人も、後《おく》れは取れぬと試合に燃えていた。

その日の夜、晴明神社支所の占いがようやく完了したらしい。文博とカンちゃん、対策本部のメンバー全員、ならびにその所属先の全てに、可憐座の予告日が通達された。

伝えられたその日までは数日の猶予《ゆうよ》があり、メンバー達は、当初の予定に沿って交代で文博に詰めつつ、普段の仕事や修行をこなし、あるいは公休で心身を休めて、その日に備える。

そうして数日が過ぎ、とうとう、予告日前日となる。メンバー全員が文博に集合するのは、夜の十一時半だった。

支所から通達された予告日およびその時間帯は、日付が変わる深夜零時から午前四時までの間。それまでに集合し、夜明けまで警備する予定だった。

この日の午前中、総代と共に昼の巡回を担当していた大は、総代と待ち合わせ、文博を訪れる。

まずは館長が本館のロビーで出迎えてくれて、彼の案内で地下の収蔵庫へ入ると、そこでカンちゃんも待っていた。

大はカンちゃんを心配していたが、今まで巡回を担当した他の隊員達も皆同じ事を思い、カンちゃんを気遣っていたらしい。緊張気味でも元気そうなカンちゃんいわく、この収蔵庫で毎日のように皆と会ったので、今は大丈夫との事だった。

「皆、わしが退屈せぬようにと、色んなものを差し入れてくれたぞ。漫画に、小説に、雑誌。朝光ケンは、DVDとプレイヤーをくれてのう。塔太郎なぞ、休みを取って久多《くた》と糸姫にまで赴いて、農家から米を貰っての。それを、北野天満宮の梅干しと共に、わしへくれたのじゃ。あれは特に嬉しかった。大と総代も、心配してここに来てくれたのじゃろ？　ありがとう。その気持ちが嬉しいぞ」

彼との面会を終え、全館の巡回がひと通り済むと、総代がロビーのポスターに注目している。大と館長が近づくと、

「本当だったら、今日も、この特別展があったんですよね」

と総代が残念そうに指差したのは、文博で開催されていた特別展、「芸術が愛した舞妓《まいこ》はん」のポスターだった。

京都の芸舞妓をテーマにした、絵画の特別展であるらしい。髷《まげ》も瞳も黒々とした可愛い舞妓が、ポスターの中で微笑んでいる。

食い入るように見つめている総代の傍らに立ち、館長が「そうなんですよ」と眉《まゆ》を下げていた。

「予告状が届く前は、この特別展も大盛況でした。実際の芸舞妓さんも沢山来られ

ましたし、以前、お話しした辰巳大明神様も、このテーマだったからこそ来館されたんです。事件が解決すれば再開しますけども、閉鎖している分、開催期間はどうしても短くなります。惜しいですよね」

と説明した後、巡回をした大達を労《ねぎら》うように、

「実は……当館を閉める際、露出展示していたものは収蔵庫へ入れたのですが、移動の際の破損リスクや諸事情から、ほとんどの作品は現状維持とせざるを得なかったんです。ですので、ガラスケースの中の作品は、そのままなんですよ。もしよかったら、ご覧になりますか。深津さんには、私から言っておきますから」

と誘ってくれた。

総代は絵を描くだけに、即答で「是非」と言う。後から我に返って、大を見た。

「ごめん。勝手に決めちゃったけど、いいよね？」

「もちろん、ええよ。私も一緒に行く」

大も、ポスターの舞妓よろしく微笑して、彼らの後をついていくのだった。

七階ある本館のうち、四階と三階の一部が特別展のフロアとなっており、四階から三階へ下りる順路となっている。

テーマ通り、陳列されている全ての作品に芸舞妓が描かれ、その八割が、振袖にだらりの帯舞妓だった。

月と桜の下で、舞妓が舞っている日本画。化粧している後ろ姿を描いた油絵。窓辺に寄りかかり、物思いに耽《ふけ》る芸妓の色香漂う掛軸……。

大盛況だという展覧会に相応しい作品達は、どれも輪郭線《りんかく》からして活き活きとしており、大達の目を惹《ひ》きつける。

鑑賞の合間を縫って、館長が博物館における陳列の工夫も教えてくれた。

「来館者の自然な目線の位置に、作品がくるよう計算してまして……。ここのエリアは、概《おおむ》ね百五十センチの高さに、作品の中央がくるよう合わせています。あちらの屏風《びょうぶ》は、屏風の継ぎ目がガラスケースの継ぎ目にくるよう合わせていて、ガラスケースは、光源の紫外線による劣化を防ぐため、最近はUVカットのものを使うようになりました」

という博物館の裏側を聞くのも楽しく、大が気に入った作品の前で長く立ち止まっていると、

「あぁ、これは……お箏《こと》のお稽古中の、舞妓さんですね」

と日本画の中の麗《うるわ》しの彼女が、何をしているかを教えてくれた。

「舞妓さんのお稽古は、お座敷で舞う京舞《きょうまい》やお三味線《しゃみせん》が中心だそうです。でも、学ぶべき芸の一つとして、お箏や茶道もあるそうで……。この絵は、今からお師匠さんが来るので、その前に演奏で付ける爪《つめ》を用意して、お箏へお柱《じ》を立てて、調《ちょう》

弦《げん》しているところなんですよ」

　という話を聞いて、大は、その絵が気に入った理由を理解した。

（舞妓さんのお柱を立てる手つきの丁寧さから、お箏を大切にしようとか、一生懸命お稽古しようという気持ちが伝わるからやな）

と考えて、ふと自身を顧《かえり》みる。彼女に倣《なら》って自分も自らの芸、つまり、剣術と魔除けの修行を大切にせねば、刀の手入れもしっかりやろうと思うのだった。

　一方、総代は奉納品を見た時と同じくずっと黙っており、ふと彼の右手を見ると、無意識なのか、指が筆を持つ形になっており、ふわふわと左右に揺れている。

「――総代くん。もしかして、絵を写生したいん？」

　かつて、岡崎《おかざき》まで美術館巡りや写生に来ていたのを思い出しながら大が問うと、総代は照れ臭そうに指をほどき、

「したいけど、今は仕事中だしね」

　と首を横に振る。

　彼がずっと特別展のフロアにいたい気持ちは伝わったが、職務上どうしても切り上げなければならず、

「総代くん、もうそろそろ」

　と促した。

この鑑賞は、大のささやかな息抜きとなり、総代にとっては、画力向上のコツを摑む重要な契機となったらしい。

「——僕、もしかしたら、新技が本当の意味で完成したかもしれない。多分、描ける」

という彼の横顔は自信に満ちていた。


午後十一時半。三条通りも高倉通りも寝静まる頃、月明かりしか射さない文博の中庭に、深津を指揮官とした対策メンバー全員が集結した。中庭の南側に別館があり、北側に木館がある。

刀を差して襷《たすき》がけの大や、画材道具一式を携《たずさ》えた総代の前には、共に修行した玉木、鈴木、北条や琴子もいる。北条は、黄色の鉢巻《はちまき》を巻いている琴子に合わせて、自身も桃色の鉢巻を巻いていた。

朝光兄弟や他の変化庵の隊員達、栗山、絹川、深津も、各々《おのおの》武器を手に準備万端である。

戦闘員の中でもエースの立場にある塔太郎は、いつもの籠手や脛当てだけでなく、菅原《すがわら》先生に新調してもらったという雷線《らいせん》の鈴四個も腰につけている。現時点から周囲に気を配り、辺りを警戒する姿は堂々たるものだった。

今回の作戦の要員として、総代の出した動物達や足軽《あしがる》達、陰陽師隊員達から借りた式神も大勢控えており、中庭をぐるっと取り囲んでいる。

清水寺の戦い以上の軍勢であり、彼らや大達に見守られて中央に立っているのが、陰陽師隊員の鶴田だった。

鶴田は、今から行う儀式のために服装を一新し、いつもの制服姿ではなく、烏帽子を被り、正絹《しょうけん》の狩衣をまとっている。月の息吹《いぶき》かと思う夜風が、その袖をわずかに膨《ふく》らませていた。

本作戦の要《かなめ》を担っている彼は、両袖を軽く捌《さば》いて大達へ恭《うやうや》しく一礼した後、

「――それでは皆様。これより私の結界、『水晶殿《すいしょうでん》』構築の儀式を始めます。皆様には、これから霊符《れいふ》を飲んで頂きますが、その効果をより高めるためにも、後に続く儀式もしかとご覧下さいますよう、謹《つつし》んでお願い申し上げます」

と宣言し、自らの式神に手伝わせながら、小さく丸めた霊符と、晴明神社に湧《わ》き出ている名水・晴明井《せいめいい》の水を人数分の盃《さかずき》に入れて、大達へ配った。

水で飲み下せるほどに小さく丸めた霊符は、鶴田の結界に何とか出入り出来る力と、鶴田を含めた各メンバーや、文博の状況を知れる「二面の目」という力を与えてくれるという。

ひとまず霊符の確認を、という鶴田の指示に従って、霊符を飲んだ大達が目に力を入れてみた。

すると片目だけ、視界の片隅《かたすみ》に小さい画面が追加され、目の前の中庭の風景と同時に、収蔵庫や館内の様子が見て取れる。

「カンちゃんが見える」

と大が思わず呟くと、塔太郎をはじめ他のメンバーも皆頷いており、霊符が効《き》いていると確認された。

今、地下収蔵庫では、カンちゃんと館長が奉納品の傍についており、その他の職員や警備員は、全員退避してもらっている。

代わりに、鶴田をはじめ陰陽師隊員達の作った霊符が館内の至るところに貼られているし、彼らによるお祓いも済んで清浄だった。

ロビーには、八坂神社と晴明神社の発行した退治状が貼られて、近隣住民の安全も確保されている。

大達は、霊符の力を喜びながら「二面の目」を元に戻し、視界を中庭だけにした。後は、鶴田の巨大な結界「水晶殿」が完成さえすれば、可憐座への迎撃および逮捕、その準備が完了する。

大は、腹で呼吸しながら集中し、これから行われる鶴田の儀式、彼の実力を確かに見ようと、鍔《つば》を押さえる親指の根元に力をこめ、瞬《まばた》きさえも忘れていた。

(飲んだ霊符も凄いし……、練習試合でもあんなに強かった鶴田さんが、今、その力の全てを結界に注《そそ》がはる。そうして完成するんが、鶴田さんが、ほんまの意味で優秀な陰陽師と呼ばれる技、「水晶殿」なんや——）

中央に立ったままの鶴田が、東西南北をゆっくり見回し、やがて、中庭から見える夜空を仰ぐ。

その後、視線を空から下ろし、合わせた両袖の中で印《いん》を結び、天上の神へ何かを告げるような呪文《じゅもん》を、染み渡るような低い声で唱え始めた。

今回の作戦をひと言で表すなら、「籠城」である。

これは、文化財の保護という博物館施設の鉄の使命に、京都府警あやかし課が則《のっと》った結果だった。

可憐座を迎え撃つ際、地下収蔵庫の奉納品を守るのは大前提としても、戦闘で被害を受けやすい重要文化財の建物、すなわち別館も守る必要があると、指揮官である深津は判断した。

ならばいっそ、京都文化財博物館ごと巨大な結界で包み、文博そのものに犯人を入らせず、こちらから打って出て逮捕しようとなったのである。

そんな「籠城し、迎撃する」というのが、今回の作戦内容だった。

それには、文博全域を包む巨大な結界を張ることが必要となるが、それが出来る人物というのが、他ならぬ鶴田だったのである。

まさる部での練習試合では、鶴田は式神を駆使したり、距離を取って呪文を唱え、一瞬の目くらまし等の術を使って大達を負かしていた。その中で彼が最も得意としていたのが、頑丈な結界を張る事だったのである。

呪文が長く、発動に時間を要するという欠点こそあったが、小回りの利《き》く玉木とはまた違って、頑丈さと耐久性に優れている。

一旦結界が出来た後は、何度斬《き》ろうが何度突こうが、鶴田を守る結界はいつまで経ってもビクともしなかったし、玉木の炎すら通さなかった。

その鶴田が、大掛かりな儀式ただ一つに集中し、殿舎《でんしゃ》とも呼べる巨大な結界を作り出す。それこそが、彼独自の術「水晶殿」なのである。技の名付けは、晴明であるらしい。

この術は、晴明神社支所の陰陽師隊員の中では鶴田しか出来ず、大は、術の説明を事前に聞いた際、

(あの子の能力が、今回の事件に一番向いてる)

と深津が言ったのを思い出し、合点《がてん》がいった。

水晶殿構築の儀式は、祭神・安倍晴明や、上司達から習った正当な祭祀の手順に、鶴田本人の霊力に合わせた独自のやり方を織り交ぜているらしい。

呪文を唱え終えた鶴田は、自《みずか》らと、木火土金水《もくかどごんすい》の五行を一体化させんと瞑想《めいそう》し、

先ほどとは違う様々な呪文を唱えた後で、

「四縦五横、禹為除道蚩尤避兵、令吾周遍天下帰還、故轡吾者死、留吾者亡、急急如律令」

と朗々《ろうろう》たる声を発すると、人差し指と中指を立てて刀印を結んだ。

指先を空中へ向け、縦に四本の線、横に五本の線を描いて、井桁《いげた》の印を切る。

そして、刀印は解かずに片足を大きく前に踏み出し、後ろ足を引きずるようにして歩き出した。

「陰陽師の禹歩《うほ》や。初めて見た」

と呟いたのは、栗山ではなかったろうか。

陰陽師の儀式において、片足を引きずるような独特の歩行「禹歩」というものがあり、生前の晴明も行った記録があるという。

今の鶴田も、この歩き方で中庭全体を移動し、その動きでもって、星座のような図を描いていた。

最初、鶴田はただ歩くだけだったが、次第に手の振りがつき、足の出し方、寄せ方も優雅となり、やがて独自のやり方になって、気づけば禹歩には違いないが、まるで滑《なめ》らかな踊りのように見える。

鶴田がすっと向きを変えれば狩衣の袖がなびき、時折、彼の真剣な瞳が周囲を射抜いては、場の空気を引き締めた。

この頃になると、鶴田の霊力と思われる薄水色の霞《かすみ》が見え始めており、神々《こうごう》しさを感じるのか、総代の出した動物達はその場に伏せて微動だにせず、足軽や式神達は、熱心に鶴田を拝《おが》んでいた。

中庭を舞うように移動し終えた鶴田は再び中央へ戻り、呪文を唱える。

「南斗北斗三台玉女、左青龍避万兵、右白虎避不祥、前朱雀避口舌、後玄武避万鬼、前後輔翼、急急如律令」

その後、六歩進みながら、

「乾《けん》、坤《こん》、元《げん》、亨《こう》、利《り》、貞《てい》」

と最後に六文字を強く発すると同時に、刀印で見えない綱を斬るかの如く、すっと下ろした。

大達がはっと見上げた時には、鶴田から発せられた霞が虹色のそれとなって激しく吹き荒れ、四方八方や上空へ飛ぶ。飛んだ霞は、文博の本館や、別館の外壁へと染み込んでいく。

やがて、敷地の外で、ぱーんという布を思い切り張ったような音がした。鶴田が、顔だけを大達に向けて叫んだ。

「結界の構築が始まっています。今のうちに、上の警護を担当される方は、別館や本館を上がって下さい！」

　ただちに深津の指示が重なる。

「朝光ケン、坂本、御宮、古賀、総代！」

「了解！」

　指名された大達五人は、事前の打ち合わせ通りに中庭を走り出し、別館を登り始めた。跳躍して別館の廂《ひさし》の上に乗った後、外壁に付いている細い梯子《はしご》を登って再び跳躍し、屋根へと上がる。

　今回の作戦は、地上で敵を迎え撃つ迎撃班と、結界の上に陣取って、上空からの襲撃に備え、迎撃班の援護をする遊撃班の二手《ふたて》に分かれていた。

　白兵戦《はくへいせん》に強い薙刀の琴子、北条などは地上の迎撃班、龍になって飛ぶ事も出来る塔太郎は上の遊撃班、といったように深津によって振り分けられ、栗山や絹川といった弓矢で戦う者は、場合によっては、本館や別館の中を走り、窓からも矢を射れるように配置されていた。

　大達がこれから立つ場所は、三条通り沿い、つまり南側の別館の上。正確には、別館を覆《おお》う結界の上である。

　結界が上部を塞《ふさ》いでしまう前に、別館の屋根へと上り、タイミングを合わせて結界の上に乗らねばならなかった。

一旦辿り着いた地上二階建ての別館の屋根からは、ひっそりとした夜の三条通りが見えている。優しい月明かりと街灯《がいとう》の光が、暗い道路をそっと照らしていた。

しかし、今の大達には静寂に浸《ひた》る暇などなく、

「鶴田くんの結界、上がってくんぞ」

という塔太郎の声がして下を見ると、もう虹色の霞が別館の外壁全てから溢《あふ》れ出し、敷地の境界線ぎりぎりのところに溜まり始めていた。

溜まった霞はやがて固まり、三条通り沿い側の一面を覆う、厚いガラスのような低い壁になる。やがて成長するかのようにぐーんと延びて上昇し、大達の方へとせり上がってきた。

この透明な壁は、大達のいる別館の南側だけでなく、他の三方も同じように上昇しているらしい。大達のいる別館の屋根までせり上がった壁は、屋根を少し越えた辺りから、敷地の内側へ直角に折れ曲がり、大達の膝《ひざ》辺り、そして別館を包み込もうとする。

「飛び乗って下さい！」

という玉木の指示に合わせて、塔太郎ら先輩達はもちろん、大も総代も、屋根からその壁の上へと飛び乗った。結界の上に立つと壁は床のようで、大達が上に乗っても意に介さぬように、結界の壁はそのまま本館を目指していた。

屋根の上すれすれを通った結界は、七階建ての本館までくると再び上昇し、同じように本館を包んでいた東、北、西の三方と合体する。

東西南北からの結界が、最後の一部分を塞がんとして各々迫っており、やがて、互いに合わさってぴったりと隙間を埋めた。

再びぱーんという音がして強度が増し、七階建ての本館と、二階建ての別館を含めた文博全域が、ガラスケースの中に入ったようになる。

さながら水晶のように月光を反射させており、ここにとうとう、難攻不落の鶴田の結界、文博を守る「水晶殿」が完成したのだった。

大達の足元は透明な結界なので、中庭を見下ろすと、鶴田が息を切らして微笑んでいるのが見える。

「――以上で、儀式を終了致します。皆さん、後は頼みました！」

刀印を解いた鶴田は、結界を維持するために中庭の中央に座し、そのまま呪文を唱え続けるという。

顔を上げれば、遥《はる》かに高い七階建ての本館と、それを覆っている結界の壁が見える。その上から、栗山と深津が顔を出し、軽く手を振ってくれた。

結界は建物の形に合わせた箱状だが、もはや城を守るバリアのようである。これほど巨大な結界が人間一人によって作られたと考えると、鶴田の実力が、いかに凄いかがよく分かった。

大や総代はもちろん、ケンや塔太郎さえも驚愕《きょうがく》している。ケンは軽い足踏みで結界の強度を試したり、塔太郎は、他の面の結界も見回したりしていた。

鶴田を凝視する大を見て玉木が腕を組み、

「僕が、鶴田と比べられて辛《つら》かったって気持ち、よく分かったでしょ？」

と言うのに、大も頷くしかなかった。

三条通り側となる別館側には、大、塔太郎、玉木、朝光ケン、総代が南遊撃班として待機しており、栗山や深津は、姉小路《あねやこうじ》通り側の北遊撃班として本館側にいる。その他は、後から霊符を飲んで上ってきた総代の出した足軽や動物、式神達が周囲を見張っており、地上でも同じような配置で、琴子、北条、朝光ジョー、鈴木らが、戦況に合わせて自由に動けるようになっていた。

脳に直接響くような、深津の霊力による声が聞こえた。

「――全班、配置完了。全員、そのまま待機」

という指示が、作戦開始の合図となる。大達は、時計の針が午前零時を過ぎても、そのまま結界の上に立ち続けた。

目下《もっか》の三条通りは相変わらず人通りもなく、ひっそりしている。周辺はビルも多く、街灯はそれなりに明るい。しかしそれだけでなく、ぼんやりと遠くまで見渡せるのは、春という季節柄でもあるらしかった。

「――ほんまに、可憐座は来るんでしょうか」

大が、間隔を空《あ》けて隣にいる塔太郎へ尋ねると、

「このまま一生来《こ》うへん方が、一番嬉しいねんけどな」

と警戒心を解かぬまま、周囲から目を逸《そ》らさぬようにして返事した。

大が振り向くと、塔太郎とは反対側で、見張りをしている総代と目が合う。

この時、総代は能力的に後方支援ではないか、籠城という作戦なのだから、こんな前線にいるのではなく、絵を描き続けて味方を作り続けた方が得策ではないか、と大は素朴な疑問を抱いた。

しかしそれは、総代に相当な負担を強《し》いるものであり、非人道的な事を考えてしもた、と大は何だか申し訳なくなった。

そんな時に総代とまた目が合うものだから、余計に罪悪感を抱いてしまう。つい下を向いていると、そんな大を心配したのか玉木が近づき、

「大丈夫ですか。どうかしましたか」

と声をかけてくれた。

大が今考えていた事を話すと、玉木はなるほどと頷く。総代の絵に頼りすぎるのはよくないという点は肯定しつつも、

「でも確かに、総代くんの能力が、後方支援向きなのは分かります」

と、大に同意してくれた。

「それでも、深津さんが総代くんをここに置いたという事は……例の噂の新技が、よほど使えると判断したんでしょうね。僕と同じで」

と紙の扇子で左の掌を叩く。大は目を見開き、扇子と玉木を交互に見やった。

「ひょっとして、玉木さんも新技を⁉」

「はい。まさる部の時、実は鈴木にこっそり訊いてみたんですよ。おすすめのご利《り》益《やく》はないかって。そうしたら鈴木は、長岡京《ながおかきょう》市の神足神社《こうたりじんじゃ》と、古賀さんの実家近く、御所の西側にある護王神社《ごおうじんじゃ》を勧めてくれたんです。次の日、早速お札を頂いて……。唱える呪文も、鈴木に協力してもらって、何とか使える目途《めど》が立ちました。今夜、間に合ってよかったです」

玉木の開いた紙の扇子を覗くと、表面は八坂神社のお札だが、その裏面には、神足神社のお札が貼ってある。

さらに取り出した鉄扇《てつせん》の方も、表面は以前の通り、伏見稲荷大社のお札が貼ってあるが、裏面には護王神社のお札があった。

護王神社は足腰の健康・安全等のご利益があると大も知っていたが、玉木の話によると、神足神社も同様だという。

特に神足神社は、陸上選手やサッカー選手の参拝が絶えず、全国高校女子駅伝の京都チームもこの神社に参拝し、必勝祈願するとの事だった。

「という事は、玉木さんの術は今、四つに……⁉」

「はい。――総代くん。僕も君も、自分の新技を発揮出来るといいですね」

玉木が頼もしく微笑むと、その会話を聞いていたらしい総代が、「はい」と元気に答え、軽くピースサインをした。

――その時である。猛スピードで走ってくる車の音が聞こえたので、大達は一斉に顔を向けた。

三条通りの東から、綺麗な和柄にペイントされ、唐破風《からはふ》を載せた大型トラックが一台こちらへ向かってくる。路上駐車の車を猛然とすり抜けている事から、車ごと、あやかしである事がすぐに分かった。

「まさかあれが」

大達が身構えるうちに、トラックは三条高倉の交差点を北上して急停止し、運転席から誰かが飛び出した。中学生くらいのボーイッシュな和装の女の子である。

彼女が可憐座の一味である事は推測出来たが、向こうが明らかな攻撃を仕掛けてこない限り、大達も無暗《むやみ》に手は出せない。

羽織《はおり》と短パンに地下足袋《じかたび》を履き、胸元の晒《さら》しも勇ましい彼女は、あやかし課隊員達の視線が降り注ぐ緊張状態の中、うんしょとトラックの後部を開けた。

その中からは、鎧武者《よろいむしゃ》や烏天狗《からすてんぐ》、二足歩行で武装した豚、猿、河童《かっぱ》など、あやかしの兵士達がわんさか飛び出してくる。彼らは文博に群がり、持っている大槌《おおつち》や斧《おの》、大きな丸太を数人で抱えて突いたりして、鶴田の結界を壊し始めた。

軍配《ぐんばい》で兵士達の指揮を執《と》りながら、少女が叫んでいる。

「可憐座・大道具係の成美《なるみ》軍団、推《お》して参るっ！」

これを見て朝光ケンが制帽をくいと上げ、

「Here comes the enemy!（敵のお出ましだ！）」

と叫び返したこの瞬間、本館側の深津が容赦《ようしゃ》なく銃を撃ち、河童の持っていた大槌を破壊した。続いて、栗山の射かけた矢も次々に飛んでは、兵士達に命中する。

栗山の矢は、鏃《やじり》の代わりに神頭《じんどう》という硬質な木材をつけたものであり、射抜かない代わりに、砕く力が強かった。命中した兵士は肩を砕かれたり、頭に当たると昏《こん》倒《とう》し、ばったり倒れた。

本館や別館の出入り口からは、琴子や北条をはじめとした迎撃班や、総代の動物、陰陽師隊員の式神達も飛び出して兵士達の制圧にかかっている。少女も負けじと兵士達に指示を出し、ここに、籠城戦の火蓋《ひぶた》が切られたのだった。

兵士達は、迎撃班と戦いながら結界を壊そうとしているが、鶴田の水晶殿は衝撃を受けて震えるように揺れはしても、ひび一つ入らない。

成美と名乗った少女は、琴子達から逃《のが》れて再びトラックに飛び乗り、北へと走り出す。深津の銃弾や栗山の矢、あるいは、本館の窓から飛ぶ変化庵の隊員達の矢が、それを追いかけていた。

大は一瞬、加勢に行こうかと思ったが、迎撃班がよほど劣勢にならない限り、持ち場を離れる訳にはいかない。

南側をじっと見張る大達は、霊符の効力「二面の目」を使って琴子達の奮闘ぶりを視界の隅に映し、彼女達の鮮やかな戦いぶりを見てひと安心していた。

迎撃隊の主力は、朝光ジョーと琴子であるらしい。二人の実力は言うに及ばず、長年の経験からくる胆力、体捌き、そして確かな技術で、派手さはなくとも確実に敵を打って気絶させてゆく。

栗山に射られた者も含む兵士達は、全て白紙の人形へと変わっていた。

琴子を補佐するように戦う北条も、上七軒の戦いやまさる部で、大が知っている通りの実力者である。時に薙刀、時に反発力ある結界の傘を振って、兵士達をこれでもかと弾き飛ばしていた。

その三人や味方の動物、式神達の間を上手くすり抜けて走り回っているのは、鈴木である。彼は、自家に伝わる「走術《そうじゅつ》」を用い、俊足を活かしての武器の奪取、あるいは逮捕術を組み合わせての捕縛《ほばく》に長けていた。

鈴木によって武器を奪われた兵士達は、そのまま彼によって捕らえられるか、瞬《またた》く間に琴子達にやられてしまう。

大が思い出す練習試合では、北条には何度も打たれたり弾かれたりしたのはもちろん、鈴木と相対すれば、距離があったはずなのに気づけば彼が目の前にいて、大の刀や総代の筆、玉木の扇子までもが掠《かす》め取られたものだった。その時は悔しい思いをしたが、今は大変頼もしい。

その時、琴子の背後で豚が薙刀を振り上げ、危うく琴子の首が斬られそうになる。

「琴子さん姉さん！」

北条の悲鳴がし、琴子は既《すん》のところで避《よ》けて難を逃れた。憧《あこが》れの人を狙われて激昂した北条は、鬼の形相《ぎょうそう》で歯ぎしりした。

「不味《まず》そうなハム風情《ふぜい》が何さらしとんじゃこの豚ァ！　動くなオラァ！」

その舌の巻きようと豚を打ち据える暴れ振りに、塔太郎ら男性陣は、「ヒエッ」と別の意味で声を上げる。総代が恐る恐る大を見て、

「女の子って、皆ああなの……？」

と疑ったので、大はつい目を逸らしてしまった。

どうやら成美はトラックに大量の人形を積んでいるらしく、文博の周辺をぐるぐ

る回りながら、それを変化させた兵士達、つまり式神達をばら撒《ま》いているらしい。

しかし、そのトラックも今では深津達の攻撃を受けてボロボロであり、絹川が結界の外に出て成美を直接捕まえに走ったので、成美の確保は時間の問題だった。

大達の見る限りでは、常にあやかし課が優勢であり、合戦《かっせん》真っ只中の本館側に比べて、大達のいる別館側は穏やかである。その事に大が違和感を抱いていると、塔太郎と玉木の、

「妙やな」

「ですね」

という会話が聞こえてきて、大もはっとした。

ケンには塔太郎が説明し、総代には大が説明した。

「上七軒で私らを襲ってきた式神、まだ一人もいいひんねん」

総代も、晴明神社の会議で共有した式神の情報を思い出し、あ、と口を開いた。

「本当だ……。確か、平安時代の服装をした奴らだったよね？　下には一人もいない。倒れた兵士も、千代紙じゃなくて、白紙の人形に戻ってる。じゃあ、もしかして、向こうも意表《いひょう》をついた反撃を……」

問題の式神は来なかったが、大達の懸念《けねん》は的中した。こちらの隙ができるのを待っていたかのように、突然、激しい箏の演奏が響き渡ったのである。

独奏ではなく二重奏。高音と低音の入り混じったそれを聞いた瞬間、大は足の力ががくんと抜け、体勢を崩してそのまま倒れた。

「古賀さん！」

と支えようとした総代も同じ状態に陥《おちい》ったのか、一緒に倒れ込んでしまう。周りを見ると、玉木とケンは片膝をついており、立っているのは塔太郎だけだった。

視界の片隅に映る地上の戦況も一変している。琴子や鈴木は片膝をついたまま必死に防戦しており、兵士達に押されている。

唯一、まともに動けるらしいジョーは倒れた北条を庇《かば》うように戦っており、動物達も式神達も劣勢。もはや、結界を守るどころではなかった。

大はこの異常事態に血の気が引いたが、体は何とか動かせる。迎撃班を援護せねばと立ち上がるものの、掻き鳴らすような箏の音が聞こえた途端、再び体の重心が振り回されるような感じがしてふらついた。

これが可憐座の反撃というのは明白で、演奏は何と、中庭に座す鶴田にまで届いたらしい。

鶴田も体の力を抜かれたのか、顔をしかめて上体をぐらつかせた瞬間、結界全体が大きくうねり、一部にひびが入る。兵士達は鬨《とき》の声を上げ、勝機は今ぞ、やれ壊せと言わんばかりに、こぞって結界を襲い始めた。

「鶴田！　集中せえ！」

深津の一喝《いっかつ》が本館側から響き、それが聞こえたらしい鶴田は、唇《くちびる》をぐっと引き締めて刀印を結び直す。すぐに結界は修繕《しゅうぜん》されて元に戻り、琴子達も、不可解な箏の音に耐えながら、倒れまいと何とか戦っていた。

この演奏を止めなければ、と大は急いで辺りを見回したが、動こうにも妙に足の力が入らなくなり、また躓《つまず》いてしまう。膝をついて青くなった時、塔太郎の力強い声がした。

「落ち着け！　体を乗っ取られた訳ちゃう。力が入らへんくなるだけや！　下丹田を意識したら動ける！」

塔太郎の叱咤《しった》と、下丹田という言葉を聞いて、大は平常心を取り戻す。咄嗟に、杉子《すぎこ》から稽古で言われた事を思い出した。

（何かの拍子に重心が浮くさかい、体がふらつき、私、つまり敵に付け込まれるんやで）

今、その通りの事が起こっていると大は実感した。指導を受けた際、稽古での自分はどうしていたか。急いで思い出す。

（下丹田に力を入れて、四肢《しし》の力は、外因に振り回されないよう最小限に――）

そのまま、頭頂から下腹部を真っすぐに通る体幹を頼りとして、大は立ち上がった。

（立てる。――いける！）

人間の体というのは妙なもので、体幹さえ堅固《けんご》であれば、四肢の力が弱くとも動けるらしい。

大や総代、北条は倒れ込み、琴子や玉木に鈴木、ケンが片膝をつき、塔太郎とジョーがまともに立てているのは、咄嗟に体幹を保つ実戦経験の差や、格闘技やバランス感覚に優れた実力の差であるらしかった。

その時、塔太郎が腰の鈴を全て取り、うち二個を、大達から少し離れた場所に投げた。

「一の鈴、二の鈴っ！」

と叫んで右手から青い雷を射出し、続いて残り二個を高倉通りへと投げ入れ、

「三の鈴、四の鈴っ！」

と連続で同じものを撃った。

塔太郎の雷を受けた鈴は、大きな音を出しながら、溜め込んでいた雷を周囲に放出する。下へ投げた鈴は、琴子達から離れた場所で雷を放出していた。

菅原先生が新調してくれた鈴は改良が加えられていたのか、以前のものよりも、威力や光が強い。そして、音もかなりのものだった。

誰もいない場所で雷線を使用した塔太郎の目的は、鈴による敵の一掃ではなく、雷の音を出す事だったらしい。

四つの鈴が大きな音を出した事で、大達の耳が一瞬、筝の演奏から引き離される。同時に、体の不安定さからも解放された。

続いて本館側から、深津による大砲のような銃声が何度も響き渡り、さらに、姉小路通りで成美の乗るトラックを制圧したらしい絹川が、捕らえた少女の代わりに運転席に乗り込んで、絶え間なくクラクションを鳴らしていた。

銃声やクラクションという騒音が常に響けば、もう演奏は断片的にしか聞こえなくなる。さすがに、霊力のある近隣住民には多少聞こえたようで、

「誰や、クラクション鳴らしてんのは⁉」

とマンションの住民が、窓を開けて怒鳴《どな》っていた。

深津と絹川の行動は、どうやら塔太郎の雷線、つまり彼の機転を引き継いだものらしい。

演奏が遮断《しゃだん》されている事で術の効果も弱まるのか、大達は、ほぼ完全に動けるようになっていた。同様に、地上の迎撃班も復活している。

この機を逃さず、塔太郎が叫んだ。

「手分けして演奏者を探すぞ！」

という言葉に大達が結束しかけた時、南東のビルの屋上から一人の男が、南西のビルの屋上からは一人の女が、ビルからビルへと飛び移り、それぞれ文博に迫っていた。

男は月光に映《は》える銀色の髪、動きやすいスーツにループタイをしており、女は茶色い肩までの髪を緩《ゆる》く巻いて、フリルの多い和風の膝丈ドレスを着ている。

男は無言だったが、女は跳躍しながら可愛らしい声で名乗り、宣戦布告した。

「私《わたくし》、可憐座の副座長、多々里《たたり》と申します！　この者は体術顧問の瑞樹《みずき》。件《くだん》の奉納品を頂戴しに、いざ参ります！」

二人は結界に着地した瞬間、瑞樹は短刀を逆手に塔太郎へと斬りかかり、多々里は、兎《うさぎ》のように身軽に跳《は》ね回りつつ、袂《たもと》から出した鋭い札を数枚投げつけ、大や総代を牽制《けんせい》していた。

札の一枚が大の肩近くを掠り、その瞬間、肩の筋肉が引きつる。

痺《しび》れ薬が塗ってあるのか、あるいは痺れる術がかかっているのか、いずれにせよ当たれば終わりなのは間違いない。大は簪を抜く暇もなく、飛んでくる札を刀で弾いたり避けたりし、総代も絵の実体化が間に合わず、必死に避けるしかなかった。

一方で瑞樹は、塔太郎の突き蹴《け》りや、ケンの鞭《むち》、銃、そして玉木の結界を身軽に避けながら距離を取り、早口で何らかの呪文を唱えている。

ケンの銃撃を躱《かわ》してついに呪文を唱え終えると、瑞樹は素早く一つ手を叩いた。瑞樹の狙いはケンであり、視線を向けられたケンは、小さく呻《うめ》き声を上げて倒れてしまった。

「ケンさん！」

塔太郎は叫んだが、瑞樹が再び呪文を唱えようとしたので、戦わざるを得ない。

多々里の札の威力を知った玉木は、多々里の札から大達を守る結界を作っており、塔太郎の援護が出来ないでいた。

玉木が多々里と戦い、総代が絵を実体化している間に、大は急いでケンへと駆け寄る。ケンは完全に気絶しており、唸り声一つ上げなかった。

（この技の効果が、どこまであるか分からへんけど……！）

大は、一か八《ばち》かで「眠り大文字」をケンに施した。

すると、突いた腹から、上手い具合に魔除けの力が流れたらしい。ケンは覚醒《かくせい》して口も利けるようになったが、それでも、立ち上がれるまでには時間を要した。

あっという間に、別館の上も地上と同じく大混戦となる。塔太郎も含めて全員、かろうじて可憐座の二人を止めていたが、実力を完全に出し切れないのは、やはり断片的に聞こえる箏の音のせいであるらしい。

「大ちゃん、総代くん！　こいつらは俺らに任して、先に演奏者を止めろ！　そう遠くにはいいひんはずや！」

「了解です！」

大と総代が即座に走り出すと、多々里が高い声を張り上げた。

「させませんわよ！」

袂から札を出しては、それを鋭く投げつける。しかしそれらは全て、玉木の結界によって防がれた。

「まぁーっ⁉　何て小憎たらしい小細工《こざいく》ですの⁉」

多々里はいきり立って、今度は玉木へ札を投げつけ、

「君らに言われたくないです！」

と玉木も果敢《かかん》に応戦する。そのまま多々里は挑発に乗って玉木と戦い、その隙に、大と総代は水晶殿から他のビルへと飛び移った。

塔太郎の言う通り、生演奏であれば、文博から遠くない場所にいる可能性が高い。果たして見つかった演奏者達は、文博から少し離れたビルの屋上にいた。

屋上への出入り口の陰に隠れるように、箏台の上に箏を載せ、立ったまま演奏していたのは、まだ十代らしい少女二人。よほど演奏に集中していたのか、和風のドレス姿の彼女達は、直前まで大と総代が迫っていた事に気づかなかった。

大が果敢にも刀を振り上げて、眼鏡《めがね》にお下《さ》げの子の箏を割ろうとした瞬間。彼女

は逃げるのではなく、今しがたまで演奏していた箏をぎゅっと抱いた。

「翠《みどり》ちゃん！」

と叫んだもう片方の少女と翠と呼ばれた少女は、箏を庇いつつ震えている。その姿を見た大は、はっとして一枚の絵を思い出した。

特別展に展示されていた、師匠を待って調弦をする舞妓の絵。

身を盾《たて》にして箏を守ろうとする少女と絵の中の舞妓が重なる。今は悪事に手を染めているとはいえ、少女達もまた、芸と箏を大切にしている事がよく分かった。

このまま箏を叩き割るのは、警察の行為としては正しいが、かすかな逡巡《しゅんじゅん》が大をためらわせる。

しかし、演奏自体は止めねばならず、大は振り上げた刀を瞬時に戻して腰を落とし、刀の峰《みね》に手を添えた。本来ならば、そのまま敵の首筋へ刃《やいば》を付けるところを、大は、少女の右手首へとぴったり付けた。

新しく習得していた封じ技、「神猿の剣　第十七番　南禅寺留め」の変形である。

南禅寺の三門《さんもん》の如く悠然《ゆうぜん》と、そして、いかなる敵をも制するこの技の気迫は、相手にもしっかり伝わったらしい。

大は落ち着いた声で、翠、そしてもう片方の、腰を抜かしてすっかり動けなくなっている少女にも呼び掛けた。

「――今すぐ、お箏のお柱《じ》を外して下さい。でなければ、この手を斬らざるを得ません。あるいは、箏を壊すしかない。それは嫌ですよね……?」

大の横で総代が手を出し、

「念のため、指につけている爪も外して、僕に渡してね。そうすれば、演奏は出来ないはずだから」

と要求する。観念したのか、翠達は素直に指から爪を外し、箏から琴柱を外し、一つ残らず総代へと渡した。

総代は、受け取ったそれらを腰の画材袋へと仕舞い、翠達を捕縛した。

事態はようやく落ち着きかけたが、今度は、西からも東からも気配がする。

総代が「危ない!」と大の前に立ち、西側から飛んできた何かが、総代の顔を掠めた。

深く切ったのか出血がひどく、傷口に触れた総代の右手が真っ赤になる。続けざまにもう一発、総代の足元に同じものが飛んできたので、総代はバランスを崩して尻もちをついた。

大は息を呑《の》み、血を見た翠達も悲鳴を上げている。それと同時に、今度は東から多々里の札も飛んできて、これは大が反射的に刀で防いだ。

西からは、冷静で低い女の声が、東からは、多々里の自信ありげな声がした。

「――翠、茜《あかね》。急いで移動しなさい。その二人は、私達が処理します」

「今度は、逃がしませんわよ」

西を見ると、離れたビルの屋上の縁《へり》に、二丁銃を構えた女が大達を狙っており、東のビルを見てみれば、玉木を振り切ったらしい多々里が同じく縁に立っている。

「可憐座の放光師《ほうこうし》、翔子《しょうこ》でございます。貴女《あなた》がたこそ、その刀と筆、そして、爪と琴柱を渡して下さい」

翔子と名乗った二丁銃の女は、袖なしの着物に帯を巻いて、トラックの少女と同じ短パン。長い髪はまとめて髪留めできっちり留めている。全身、一部の緩みもなく、華やかな多々里とは対照的だった。

「玉木さんはどうしたん⁉」

大が怒鳴ると、多々里は「うふふ」と笑い、袖で口元を隠した。

「扇子の方かしら？　うちの瑞樹が、とっくに下へ投げ落としましたわよ。もう一人の雷の方も、瑞樹が雷除けを使っておりますから……。倒して結界を破るのも、時間の問題ですわね」

大は心臓を摑まれたような気持ちで「二面の目」を使い、彼らの状況を確かめた。

別館側の結界の上に、確かに玉木の姿はない。塔太郎も、瑞樹と交戦しつつ優勢を保ってはいたが、よく見ると、拳や蹴りから出るはずの雷が一切なかった。

瑞樹は、呪術や身軽さだけでなく、相当な柔術《じゅうじゅつ》の使い手でもあるらしい。隙を見ては塔太郎の体を摑み、技をかけようとする。塔太郎はそれを振りほどきながら、あるいは呪文を唱えさせまいと口元に注意して格闘している。そのため、瑞樹を文博から押し戻してはいるものの、勝負自体は拮抗《きっこう》していた。

大と総代が動こうとすると、多々里の札と翔子の銃弾が襲ってくる。翠と茜と呼ばれた少女達は震えつつも、翔子の指示に従って逃げようとしたが、縛られているうえに、大達がいるので動けなかった。

それを見た翔子は、眉一つ動かさずに翠の足元を撃つ。大は咄嗟に、泣きそうな翠達の前へ立った。

その間、総代は片膝を立てて、ずっと翔子を睨んでいる。それに気づいた翔子が、鼻で笑った。

「どうしました。貴方《あなた》も、茜と同じように腰が抜けましたか」

「……そう思っといたら？」

総代がニヤリと笑い、反対に翔子へ問いかけた。

「ほうこうし、って、変わった肩書だよね。漢字でどう書くの？」

「放つ光と書きますが。それが何か」

「ふうん……。それ、僕の好きなお店と同じ名前なんだよね。君と一緒なのは腹が立つなぁ……。変えてくれない？」

「なぜ。向こうが変えればいいでしょう」

「老舗《しにせ》だよ？　名前負けしないうちに、君が引くべきじゃないかな」

この会話の隙に、総代が相手に見えないように血で濡れた右手を使い、赤丸を描いているのを、大は見逃さなかった。

そして、多々里も気づいたらしい。

「翔子、罠《わな》です！」

多々里が叫んだ瞬間、総代が赤丸の板を出現させて、円盤のように翔子へと投げつける。

翔子は咄嗟にこれを撃ち落とし、もう片方の銃で総代を撃とうとしたが、既に立ち上がった総代は巻物を広げ、無数の鳥を出して翔子の目を奪っていた。

反対側の多々里も札を投げてはいたが、こちらは大が、総代の背中を守るように叩き落とす。

彼女と戦うべきか、翠達を見張るべきかと大が一瞬迷ったその時、跳躍してこの屋上へと上がる玉木が見えた。

「——下肢《かし》の守護たる護王神社よ、並びに、韋駄天《いだてん》が拝《はい》せし神足神社よ！　何卒《なにとぞ》お ん力を我に与えたまえ！」

聞こえたのは、新しい呪文である。彼の振った扇子からは緑の針が二本放たれ、一本は大の足に、もう一本は総代の足に刺さった。刺さる感覚はしたが痛みはなく、針はそのまま、ふっと消えるように大達の足へ染み込んでいった。

瑞樹に投げ落とされた玉木は、今ようやくこのビルへと駆け上がり、大達の援護に来てくれたらしい。

「総代くん、動いて下さい！　古賀さんは彼女を！　少女達は僕が連行します！」

という玉木の言葉を合図に、何もかもが動き出した。大は多々里へと走り出し、翔子が両手の銃で総代を撃つ。総代が風のようにそれを避けて平筆を握る。それら全てが同時だった。

玉木の新しい術は、大と総代に力を与えてくれたらしい。護王神社の効果が出ていたのは大で、神足神社の効果が出ていたのは総代だった。

大は、多々里の札を弾いて彼女のいるビルへと飛び移り、着地と同時に刀を振り下ろす。多々里は次の札が間に合わず、悲鳴を上げて後ろへ飛び退《の》いた。

畳《たた》みかけるなら今、と確信した大は簪を抜き、光明ののちに身の丈六尺《たけろくしゃく》（約百八十センチメートル）の美丈夫《びじょうぶ》となると、多々里は「キャーッ⁉」と叫んで目を見開いた。

「何ですのあなた⁉　近寄らないでっ！」

彼女は顔を青くして跳ね回りながら、ありったけの札を投げつける。

まさるは、これを刀で弾き返すのではなく、動体視力と瞬発力を駆使して、全てを避けつつ突進した。

時折、多々里の投げた札が後ろ足を掠めたが、玉木が放った護王神社のご利益が効いているらしい。痺れるどころか、むしろ足の腱《けん》も伸びて快調だった。

あっという間に距離を詰められた多々里は、最後の力を振り絞《しぼ》り、持っていた札を横に振り回す。しかしこれも、まさるがしゃがみつつ体を半回転させて多々里の足を斬り、「修学院神楽《しゅうがくいんかぐら》」なる技をまともに浴びた多々里は、なすすべもなく足の霊力や気力だけを斬られ、仰向《あおむ》けに倒れてしまった。

「まっ、まだ勝負は終わってませんわよ」

と強がったが、まさるが首を横に振って刀を構えると多々里は降参し、元に戻った大に縛られて終わりだった。

一方の総代は、翔子の銃撃をくぐり抜けて出入り口の壁に記号を描いている。記号は、丸に流星の如く走る線という一筆書《ひとふでが》きだった。

それが実体化すると、丸は、壁から飛び出したような大砲に、線は弾丸となってそこから飛び出し、翔子を真っすぐに撃った。

すかさず、総代は鈴木のような俊足で隣のビルへと飛び移り、その屋上の出入り口の壁にも、同じ丸に流星の記号を描く。

同時に、新たな巻物から、鳥や狐《きつね》を飛ばして、それらで翔子の凶弾の嵐を相殺《そうさい》、あるいは、翔子本人を攻撃させた。

翔子も負けじと周辺のビルからビルへと跳躍して銃を撃ち続け、回避し、相殺しつつ、総代への攻撃を繰り返す。

おそらく、身体能力は翔子の方が上だろうが、玉木の術で韋駄天のようになった足腰をふんだんに使い、自らが完成させた一瞬の画力を武器として描きまくる総代は、翔子と対等に渡り合っていた。

大砲と銃が絶え間なくぶつかり合って弾け飛ぶ光が、季節外れの花火のようだった。この大砲こそが、総代の新技だったのである。多々里を縛った後、「二面の目」でそれを見た大は衝撃を受けた。

総代が記号を描いたのは、紙ではなく壁。記号を絵と考えれば、つまり壁画である。芝生と木々しかない京都御苑では、披露したくても出来ないはずだった。

文博のある三条高倉、その周辺はビルも多く建っており、したがって、壁が四方八方にある。深津はこれを見越して、総代を三条通り側に置いたらしい。まさにその采配《さいはい》は的中しており、適材適所の配備に長けた深津の能力には、改めて感服せざるを得なかった。

やがて、撃ち合っていた両者が接近し、だんだんと総代の動きが鈍くなる。どうやら玉木の術の効果が切れたらしく、総代が絵を描こうと屈《かが》んだ瞬間、翔子がその足元を撃った。

何とか躱《かわ》した総代だったが、そのまま動けずに屈んだままとなる。翔子は勝ち誇ったような笑みを浮かべて近寄り、右手の銃で、総代の額《ひたい》をしっかりと狙っていた。

「――貴方の負けです。お一人で戦ったのは称賛《しょうさん》しますが、結果が全てです。刀の彼女か、扇子の彼を引き連れて戦った方がよかったですね」

そう諭す翔子に、総代は大袈裟《おおげさ》に悔しそうな表情をした後、ふっと笑ってみせた。

「僕、一人で戦ったつもりはなかったよ。――結果が全てなんだよね？」

「えっ」

翔子がわずかに困惑し、気配を感じて顔を上げた。その瞬間、総代の真後ろ、遥か北の水晶殿の上から、集中した栗山が弓を射っていた。

翔子があっと思った時には、栗山の矢が目で追えぬ速さで翔子の右肩を砕いており、咄嗟に、翔子はもう片方の銃を総代に向ける。しかし既に、総代が背中の刺青《いれずみ》から白狐を一匹出しており、白狐が翔子の左手に深く噛《か》みついていた。

右肩と左手をやられた翔子は顔を歪《ゆが》めて拳銃を取り落とし、腕を持ち上げる事も出来なくなる。唸る白狐に遠くの栗山、そして、総代が筆を持っているのを見た彼女は、ゆっくり目を閉じた。

「……放光師という肩書は、今夜限りで返上しましょう」

と呟いて、わずかに両手を上げた。

大が「二面の目」で全体の状況を確認すると、地上の成美軍団も、箏の演奏をした翠達も、多々里も翔子も確保している。残るは瑞樹だけであり、塔太郎の拳を避けて距離を取っていた彼も、この状況に気づいていた。

「翔子、成美、翠に茜。それにお嬢様まで……！」

初めて聞く瑞樹の声は怒りに満ちており、その鬱憤《うっぷん》を、全て塔太郎へぶつけんと襲いかかっていた。

「何故だ。我々は今夜、最上の吉日だったはず！　それをこんな……！」

「運勢は努力で変わるって、誰かに教わらへんかったか」

瑞樹の短刀を塔太郎が払い、裏拳や蹴りの反撃を瑞樹が躱しては、彼の手刀が塔太郎の首を狙う。塔太郎が、その手刀を摑む寸前で瑞樹が飛び退き、

「雷も使えぬ生身のくせに！　いい加減諦《あきら》めろ！」

と口走った瞬間、塔太郎も目を見開いた。

「警察に諦めの二文字はない！　凶日やろうが生身やろうが、戦うだけや！」

塔太郎が言い返した瞬間、瑞樹が塔太郎の懐《ふところ》へ入り、胸倉《むなぐら》を摑もうとした。

しかし同時に、塔太郎はそれを受け流しつつ逆に瑞樹の懐へと跳んでおり、ここ一番の捨て身の後ろ回し蹴りが、瑞樹の顔面に炸裂《さくれつ》した。

成人男性六十キロ以上の蹴りが当たれば相当な衝撃であり、加えて、瑞樹も反射的に避けようと体を引いたため、体幹がわずかに浮いていたらしい。不安定な体で蹴りを真っ向から受けた瑞樹は、木の枝のように飛ばされて背中から倒れ、そのまま、呻き声を上げて動けなくなる。

塔太郎は、ただちに懐から縄を出して瑞樹を縛り上げ、とうとう、最後に残った彼も確保となった。

この決着の後、指揮官の深津が二面の目で全体を確認し、さらに、式神達に周辺をくまなく探索させて、これ以上敵がいない事を確認したらしい。

「――北遊撃班・深津から各班へ。犯人全員の確保を確認。ただいまをもって、本作戦を完了とする」

という深津の霊力の連絡が入ったのは、明け方前だった。

この一報を受けてようやく、三条高倉の籠城戦は、あやかし課側の勝利で終わったのだった。

多々里をはじめ、逮捕された可憐座の一味は、深津や絹川をはじめとした正規の警察官である隊員達によって、京都府警本部へ移送された。

夜空が薄《うつす》らと明るくなり始めた日の出前。文博内に戻った大や塔太郎といった委《い》託《たく》隊員達は、別館の一階ホールにて、カンちゃんや館長、そして鶴田と再会した。

笑顔のカンちゃんを塔太郎が肩車していると、鶴田が満面の笑みで塔太郎に駆け寄り、自身が「二面の目」で見た戦いの感動を、息も荒く塔太郎に伝えていた。

「お疲れ様です、皆さん！　水晶殿を守ってくれて、ありがとうございました。――っていうか坂本さん！　見ましたよー!?　いや、他の皆さんも全員凄くて、いい勉強さしてもらいましたけど。坂本さんが倒した瑞樹とかいう奴、雷除けを使ったはったでしょ？　今回の犯人の中で一番優れた陰陽師は、多分あいつでしたよ。文武両道の陰陽師に、生身の格闘技だけで勝つとか、僕からしたら大変な参考ですよ。いっぺん、メスで解剖《かいぼう》して、筋肉とかを見てみたいですわ」

「物騒《ぶっそう》な事言わんといてくれ」

このやり取りには皆が笑い、ホールにいた全員が、文博や奉納品を守り抜けた事を喜び合った。

館長は大達を心配していたらしく、額の汗を拭《ふ》きながら、

「この度は、本当にありがとうございました。私も、鶴田さんの霊符を飲んで状況を見ておりましたが、何も出来ない自分が歯痒《はがゆ》かったです」

と何度もお礼を言い、カンちゃんが、「館長は、わしと奉納品の傍にいてくれたではないか」と励ましていた。

「此度《こたび》の事、一番礼を言わねばならぬのはわしの方じゃ。京都府警あやかし課の皆々様。このかんか丸、糸姫町の住民一同ならびに糸姫神社を代表して、心より御礼申し上げまする。お陰で奉納品は守られ、いずれ多くの方々にご覧頂ける機会も参りましょう」

おもむろに床に正座し、両手をついて頭を下げるカンちゃんに、大達は慌てて立つよう促した。それでもカンちゃんは首を横に振って、

「よいのじゃ。座して礼を言うは、わしの気持ちであると思うてくれ。――皆が犯人を捕らえて、奉納品を守ってくれたのも嬉しいが……その後、大が、少女達を優しく諭し、塔太郎が、糸姫町や久多の話をしてくれたのも、ほんに嬉しかった。心根《こころね》のよい者達に守られて、糸姫神社は何と幸せな事かと、胸の震える思いじゃった」

と話すカンちゃんを見て、大達は、可憐座一味をパトカーで移送する前の事を思い出した。

文博の前に停まるパトカー数台の前まで連行された多々里達は、特に抵抗する素《そ》

振《ぶ》りは見せなかった。

それは、逃げる手立てを何も持っていなかったか、あるいは、彼女達なりの潔《いさぎよ》さだったかは不明だが、少なくとも、箏を演奏していた翠と茜は前者だったらしい。

二人は青い顔をしてずっと俯《うつむ》いており、一度、顔を上げた翠が深津へ問いかけた言葉は、

「回収した私達のお箏、やっぱり、壊しちゃうんですか……？」

というものだった。

それに対して深津は、大事な証拠品なので当分は壊さないと答えたものの、

「楽器とはいえ、君らがあんなふうに使った以上は、もう分類としては凶器にしなあかん。君らに返す事は絶対にない」

と説明すると、茜が顔を歪めて泣き始め、翠も静かに涙を流していた。

翔子が縛られたまま「止《や》めなさい、二人とも……」と叱《しか》ったが、それでも泣き続ける彼女達を見て大は胸が痛み、思わず、自分が彼女達、そしてあの演奏について考えていた事を話していた。

「あの……。もしかして、お二人の演奏は元々、癒しの効果を持つ演奏やったんじゃないですか。というか、悪事に手を染めたんも、今回が初めてですよね……？」

翠や茜だけでなく、深津や塔太郎をはじめとした他の対策メンバーや、多々里達

までもが、大の方に顔を向けた。

「私も一応、なけなしですけど、回復技を使えるんです。それと今、翠さん達のお箏への思い入れを見て、何となく分かりました。――あの演奏の本来の効果は、体の疲れや強張りを取るもので、それを無理矢理、今回の襲撃のために転用したんじゃないですか。元々が癒しの、いい演奏やったからこそ、結界の中にいた鶴田さんにも届いたと考えれば、辻褄《つじつま》も合います」

ああ、なるほどなぁー、という鈴木の声がする。翠達は、頷きこそしなかったが、申し訳なさそうに身を縮めていた様子が何よりの返事だった。

「罪を犯した結果とはいえ、愛用のお箏がなくなったんは、心中お察しします。けど、京都には今も、和楽器のお店が何軒かありますから……、罪を償《つぐな》って出所した後、今度はちゃんと、誰かを癒すために、お箏を使ってあげて下さいね」

大がそう呼び掛けると、翠が小さく頷いて、何かを言おうとする。それを遮るように多々里の声がして、

「男の陰に隠れる卑怯者《ひきょうもの》さんに、説教される筋合いはありませんわ！　翠、茜！気に病《や》む必要はありません。聞き流しなさい！」

と、彼女なりに仲間の援護をして、大を責めた。

多々里の言う「男の陰に隠れる」というのは、どうやら男のまさるに変身した事

を指しているらしい。これには大も少々かちんときて、

「私、別に、隠れたつもりはありません。自分の能力と刀で、あなたにちゃんと勝ちました」

と反論すると、

「まぁーっ⁉　どの口がそうおっしゃるのでしょう？　札を躲して私を斬ったのは、貴女ではなくて、あの『殿方《とのがた》』ではありませんか。あれが元の貴女でしたなら、筋力も随分違うでしょうから、きっと結果も違ってましたわよ。貴女自身、それを考えて変身したのでしょう？」

と言い返した。

多々里の言葉には真実も含まれていたが、それと、警察の使命を全《まっと》うする事とは何の関係もないと大は確信しており、

「卑怯者で結構です！　それで奉納品を守れるのなら、私はそれで構いません！」

と啖呵《たんか》を切ると、その毅然とした態度に多々里は打ちのめされ、やがて、鈴を張ったような目に溢れんばかりの涙を溜めた。

「奉納品、奉納品って……！　一つくらい、私達に下さってもいいではありませんか！」

多々里は、きっ、と顔を上げて、悲痛な声で叫び出す。先にパトカーへ乗せられ

ていた瑞樹が「お嬢様……」と切なげに彼女を見つめていた。

「この京都には、国宝や重文、そうでなくとも文化財級の、素晴らしい『ほんまもん』が沢山ございますでしょう⁉　私達には今、一つでもいいから『ほんまもん』が必要なのです！　だから翠達も、慣れない事を一生懸命やってくれましたのよ！　見つかったばかりの物なら、私達が頂いたって、誰も困らないでしょう⁉」

　総代が間に入り、

「困る困らないとか、そういう問題じゃない！　君達がやった事は、美術や芸術を踏みにじる行為だ」

　と強く言い返したが、多々里は「貴方に何が分かるの！」と喚《わめ》き、とうとう涙が頰《ほお》を伝い、先の翠達よりも激しく泣き始めた。

「副座長に、ハンカチか何かをお願い出来ますか……」

　と翔子が懇願したので、見かねた琴子が懐からハンカチを出し、多々里の目元を拭《ぬぐ》ってやる。

　このまま車に乗せるのはよくないと大達が落ち着かせようとすると、泣いていた多々里の前に、すっと立ったのは塔太郎だった。

「何よ、私をひっぱたきでもしますの」

　と多々里は怯えたが、塔太郎は「そんな事しいひんわ」と落ち着いた表情で言

い、

「自分ら可憐座が、何でそんなに『ほんまもん』を欲しがってんのかな、とか、誰のためにそれが必要なんかな、というのは、後で詳しく聞くとして……。多々里さんは、今回の奉納品のふるさと、糸姫町や久多に行った事はありますか」

と、問いかけた。

多々里は一瞬呆気《あっけ》に取られたが、鼻を赤くしながら顔を背《そむ》け、

「いいえ」

とぶっきらぼうに答える。

「そうですか……。出所したら、一度行ってみたらいいと思いますよ。糸姫町も、久多も、めっちゃええとこですから。――糸姫町は、緑豊かな山に囲まれて空気が美味しくて、久多は地域の中心を久多川が通ってるからか、瑞々《みずみず》しさのある、美しい風景が見られます。どちらも共通しているのは、肌で感じる土地の豊かさです」

そう話す塔太郎に、大はカンちゃんの言葉を思い出した。

塔太郎は、予告日が判明した後、公休を取って糸姫町や久多を訪ねていた。

二つの土地が持つ原風景に心打たれただけでなく、その土地柄から、糸姫町と久多が京都においてどのような土地であるかも知ったらしい。

「かつての糸姫町は、織物の糸となる天蚕糸が特産品で、久多も、地元の木材や炭

が鞍馬《くらま》へ運ばれ、何より、米がよく穫れたそうです。

特に久多は、足利《あしかが》幕府や醍醐寺《だいごじ》の三宝院《さんぼういん》の領地にもなってたみたいで……。久多のお爺《じい》さんの話やと、本来は、地理的に滋賀県に入るはずやったのに、あまりにも豊かな土地なので、京都側が手放さなかったそうです。

つまり、衣食住の全てを、久多や糸姫では作る事が出来、それが近江《おうみ》や京へと運ばれてたんです。公家《くげ》文化を盛り上げた貴族も、祇園祭を盛り上げた町衆も、衣食住がないと生活出来ません。その資源の一部を、糸姫町と久多は作っていたんです。貴族や町衆が京都の文化や文化財を生み出したのは周知の事実ですが……その土台を作ってきたのは、間違いなく久多の米や木材、そして、糸姫の天蚕糸やった訳です」

その事を、江戸時代の糸姫出身の商人も理解していた。だからこそ、商《あきな》いで財をなした後も糸姫大明神に感謝して、心を込めた逸品《いっぴん》を制作し、神社に奉納したのだろうと塔太郎は話した。

「せやし、あの振袖や毛綴織は、糸姫という土地の素晴らしさや、糸姫や久多という地域が大事な場所だと伝える地域の宝。同時に、京都や、果ては日本の、大切な宝でもあります。文化財に貴賤《きせん》はありません。一つくらいあげたる、というもんは、どこにもないんです。……お分かり頂けましたか」

穏やかに、けれど真剣に話す塔太郎の強い瞳に見つめられて、多々里はぐっと涙を堪えていた。

自分の願望が果たせなくても悔しくても、塔太郎が伝えたかった事は、彼女もきちんと受け取ったらしい。

「……よく、分かりましたわ。糸姫の方々に、お詫びの言葉をお伝え下さいませ」

しおらしく頭を下げた後は、静かにパトカーへ乗り、他の仲間達と共に、文博を後にした。


塔太郎があのような頼もしさで敵に何かを語りかけるのを、大も何度か見た事がある。しかし、その時の彼の言葉には一層の熱意が籠《こ》もっていたように思え、単に何かを守るだけでなく、守るべき何かの由来や価値などを知り、その尊厳さえも守りたかったのだろうというのが、大にも伝わった。

それを自身の心に刻み付けたうえで戦った塔太郎は、今の自分には到底追いつけない、何か大きな存在のように大は感じられる。

しかし、無事に戦い終えて武具の紐《ひも》を解いた今は、塔太郎の顔もいつも通り、カンちゃんと戯《たわむ》れたり、仲間と話す親しみやすい笑顔である。

「大ちゃん？　どうしたん？」

目の合った塔太郎に訊かれても、大は小さく首を振るだけだった。

やがて、別館の北側の出入り口が開いたかと思うと、安倍晴明がスーツ姿で入ってくる。

「晴明様⁉　どうしてこちらに⁉」

と鶴田が驚いていると、晴明は相変わらずマイペースに大達を労った後、

「今回の事件解決を祝福して、素敵な方をお招きしようと思ってね。彼女の休みを取らせるために、依頼主の神との交渉に苦労したよ」

という晴明の後から入ってきたのは、いつの間にか収蔵庫へ移動していたらしい館長、人ならざる数人もの美女達、そして彼女達よりも数段美しい、奉納品の振袖を綺麗に着付けた女神だった。

「……かんか丸。お久し振りですね」

微笑んだ女神にカンちゃんは呆然《ぼうぜん》としており、

「糸姫様……糸姫大明神様っ！」

と一目散《いちもくさん》に駆け出しながら、彼女の神徳を全身に浴びて一歩踏み出すごとに成長してゆく。

狩衣姿の立派な青年となったカンちゃんは、号泣《ごうきゅう》しながら糸姫大明神を固く抱きしめ、愛《いと》しいと言わんばかりに頬を摺《す》り寄せた。

「糸姫様、ああ糸姫様！　お久し振りでございます……！　ご尊顔を拝しますのは、何十年ぶりでございましょうか。お仕事を、お休みしていらして下さったのですか。このかんか丸、幸せで胸が張り裂けそうでございます。お召《め》しになったお振袖も、何とお美しい事で……！」

「ありがとう。長い間、神社を任せきりにして、ごめんなさいね。今回の事件の全ては、そこにいらっしゃる晴明様と館長から伺いました。かんか丸、本当にご苦労様でした。あやかし課の皆様や文博の皆様も、私の奉納品を守って下さいまして、本当にありがとうございました。神々の世界で糸を作る仕事があるので、私は、わずかな時間しかこの世界にはいられません。けれど、しばらくの間、皆さんの大団《だいだん》円《えん》に加えて下さいな」

大達は、丁寧に頭を下げて糸姫大明神を歓迎する。晴明が小さく呪文を唱えたかと思うと、手品師のように真っ赤な薔薇《ばら》の花を一輪出して、糸姫大明神に渡した。

「久多の花笠《はながさ》踊りが終わった後、村の青年が、好いた女性に花笠の花を渡すんでしたね？　和紙で作った菊《きく》に牡丹《ぼたん》、ダリアに薔薇もあるとか……。花笠の花ではありませんが、どうぞこれを」

「まぁ、嬉しい！　糸姫町は久多のお隣だから、花笠踊りとは親しいの。ありがとうございます、晴明様」

薔薇を手に糸姫大明神が喜ぶ姿を見て、晴明も満足げである。カンちゃんが、それを見て何かを思いついたらしく、

「――事件解決の感謝と、ここにいる全ての者の幸せ、ならびに糸姫と久多の豊《ほう》穣《じょう》を願って！　このかんか丸、僭越《せんえつ》ながら花笠踊りの歌の一節を、ここに奉納してもよろしいでしょうか？」

と周囲に問いかける。

反対する者は誰もおらず、奉納品や文博を守れた安堵や満足感が溢れる中、カンちゃんは朗々たる声で久多に十数曲伝わる花笠踊りの歌の一つ、「道行《みちゆき》」「本織あや」を歌う。その歌声は、京都の文化を伝える京都文化財博物館全体に響き渡った。

道行

インヤァー、踊りが参る、踊り子が参る、
千国世上がみな参る。
インヤァー、今年の年は目出度《めでた》い年で、
一穂に米が三石六斗五文の酒が七ちょうし。
インヤァー、京じゃ千貫唐絵の屏風、

建てる館に持たせはせねど、あずま下りの土産にしよ。……

本織あや
美濃《みの》の国の勘太郎兵衛は、三人息子に嫁とり候《そうろう》てあや織姫をたづね候
兄嫁ごぜは京から下る、中嫁ごぜは坂本小女郎
おと嫁ごぜは美濃の国のおちょうが娘これとりおいてあやおらしょ
兄よめごぜのあや織おとは京はるばると織り下ろす。……

祈りを込めたカンちゃんの歌声に、全員が耳を傾ける。
窓からは既に朝の光が射しており、いつもと変わりない京都の一日が始まろうとしていた。

幕間　二

可憐座《かれんざ》の事件が解決した後、大達《まさる》の日常は、再び平和を取り戻した。

神々の世界へ戻る糸姫大明神《いとひめだいみょうじん》を見送ったカンちゃんは、

「もはやこの方が楽じゃ。ご神徳《しんとく》を賜《たまわ》ったので、好きな時に大人になれるしのぅ」

と言ってまた子供の姿となり、今後も館長達と協力しながら、延期していた奉納品公開の手筈《てはず》を整えるという。

「新聞やニュースを、毎日チェックするのだぞ！　近いうちに、糸姫の名が出るかもしれんからの！　辰巳大明神《たつみだいみょうじん》様にも、よろしく伝えてくれ」

そう言って手を振るカンちゃんと別れたその日限りで、対策本部も目出度《めでた》く解散となる。

糸姫神社の奉納品が世間へお披露目《ひろめ》される日を楽しみに待ちながら、大も、普段通りの生活へと戻った。

それから二日経《た》った夕方、京都府警本部で逮捕した可憐座一味を取り調べていた深津《ふかづ》と塔太郎《とうたろう》が帰ってきた。出動で不在の竹男《ちくお》や玉木《たまき》、琴子《ことこ》に代わって二人を出迎えた大がコーヒーを淹《い》れようとすると、塔太郎に手招きされた。

「どうしはったんですか？」

厨房《ちゅうぼう》から出た大を席につかせた塔太郎は、自分も椅子《いす》を引きながら、

「深津さん。取り調べした可憐座の事、今から大ちゃんに話してもいいですよね」

と確認を取る。大が彼らを交互に見ていると、深津も頷《うなず》いた。

「ええよ。どのみち明日には、信奉会《しんぽうかい》の事も含めて、あやかし課全体に伝わる話や。公式には明日、俺《おれ》がここのメンバーには話すけど、お前が直接話したいと思った隊員には、話したらええ」

と言って、そのまま深津は店から出ていってしまった。

夜勤の弁当を買ってくる、と言っていたが、深津の気配りなのは察しがつく。

大が、そんな深津の背中から塔太郎へ目線を戻すと、案《あん》の定《じょう》、向かいの席に座った塔太郎は、腕を組んで神妙な面持《おもも》ちだった。

信奉会と聞けば、事情を知っている大は気にかかる。自分から矢継《やつ》ぎ早《ばや》に訊《き》きたいのを抑えて、

「やっぱり私、コーヒー淹れますよ？」

と言うと、

「いや、後で飲むわ。ありがとう。――全部吐き出してスッキリしてからの方が、

大ちゃんのコーヒーは美味《うま》いやろうしな」

と彼は背伸びをしてから、微笑《ほほえ》んでくれた。

「――可憐座なぁ。俺や深津さん達が思ってた通り、京都信奉会の一員やったわ」

切り出した塔太郎の言葉に、大もやっぱりと思い、平和の表皮の下には、不穏《ふおん》の種がまだ存在していると実感した。

「京都信奉会が、可憐座に奉納品を盗めと命じたんですか」

「いや。それが……事件自体は可憐座というか、あの多々里《たたり》っていう子を筆頭として、今回の面子《メンツ》だけで起こしたもんやったらしい。可憐座が信奉会の一員って、俺は今言うたけど……、正確には元一員らしいわ」

「どういう事ですか？」

大が身を乗り出すと、塔太郎は、取り調べで得た情報を教えてくれた。

多々里、翔子《しょうこ》、翠《みどり》、茜《あかね》、成美《なるみ》、そして瑞樹《みずき》の六人は、それぞれ別の場所に収監《しゅうかん》され、取り調べも別々に、深津と塔太郎が二人で行ったという。

逮捕しても、度会《わたらい》のように黙秘されるだろうと予想していたが、この六人は、京都信奉会に対しての忠誠心は薄かったらしく、素直に取り調べに応じた。

加えて、大が翠達の箏《こと》や芸を大切にする気持ちを尊重した事や、塔太郎が糸姫や久多について話した事で、あやかし課側に心が傾いたというのも、少なからずあったのではあるまいか。

本件について最も多く話したのは副座長の多々里であり、逮捕直後は、あれだけ大泣きしていた彼女も、取り調べの際は、すっかり元気になっていたという。

多々里は開口一番、

「ようおいでやす」

と、首をことんと傾けて挨拶《あいさつ》した後、

「お話の前に、お紅茶を用意して下さる？　ここのお茶、苦くてとても飲めなくて」

と我儘《わがまま》を言い始める。傍《かたわ》らの女性監視員が彼女を叱《しか》ると、「んまぁーっ⁉」と逆切れしたという。

「お茶の一つも出さないなんて、何てケチ臭いんでしょう⁉　ケチケチのいけずですわ！　理想京《りそうきょう》はここと違って、もっと優雅でしたわよ⁉」

というところから、塔太郎達は話の糸口を摑《つか》み、まず、その理想京なる場所の事から訊いた。

「創造神であらせられる武則大神《ぶそくおおかみ》様が、ここは違う世界にお創りなさった場所の事です。古きよき時代の京都が保たれていて、それはそれは素晴らしい町ですのよ」

と、彼女は誇らしげに語り、そのまま、自分達の事まで素直に語ったという。

「私達は、そこで芸術集団として生活しておりました。今思い出しても、素敵な日々でしたの……！　けれどある日、武則大神様のお怒りを買って、追い出されてしまったのです。ひどいと思いませんこと⁉　私達可憐座一同は、精一杯おもてなしをしようと、頑張って舞を披露し、演奏し、大道具も張り切りましたのよ⁉　それなのに、『中身がない』と突然お怒りになって、後日、理想京を追放されて、元の世界であるこの京都に戻されたのです。あんまりですわ！　いつもは凜《りん》として麗《うるわ》しい座長でさえ、お可哀《かわい》そうに、御髪も乱れて茫然自失《ぼうぜんじしつ》でしたもの！」

興奮した多々里は自分の両腿《りょうもも》をぱんぱんと叩《たた》き、悔《くや》しさを一生懸命に訴えた。

あまりの勢いに咳《せ》き込んでしまい、女性監視員が水を渡すと、

「ありがとうございます。……これ、水道水じゃありませんこと？　都の地下水にして下さいな」

と再び我儘を言ったので、また怒られて、そっぽを向いていた。

その後も続いた彼女の話を要約すると、何とか理想京へ戻りたかった多々里達は、自分達の様子を見にきた理想京の役人に上層部への取り次ぎを願い、帰京の許しを請《こ》うたらしい。その返答として、上層部から返ってきた条件が、

――帰りたいんやったら、お土産《みやげ》を持って来《く》んのが当たり前やないか。まさかあ

んたら、その辺で買おとか、そんなん考えてるんちゃいますやろなぁ。何をあげたら武則大神さんが喜ばはるか、よぉ考えや。

と、いうものだった。

この難題にどう対処しようかと悩んでいた多々里達のもとに、何の運命の悪戯《いたずら》か、糸姫神社の奉納品の噂《うわさ》が聞こえてくる。かくして彼女ら六人は、それぞれの技術を戦闘用に研鑽《けんさん》し直し、今回の犯行に及んだという訳だった。

結局、最後まで現れなかった座長については、

「座長は、追放されて京都に着いた途端、私達から離脱されました。『あんたらは足手まといやさかい、こっからはうち一人でやります。あとは好きにおし』って……。居場所なんて知りませんわよ⁉　私達だって、今回の計画にいてほしいと思って、方々探したぐらいですもの！」

と多々里は再び興奮する。深津が、上七軒《かみしちけん》襲撃事件の人形《ひとがた》を見せると、

「間違いありませんわ。座長のものです。私、この綺麗《きれい》な千代紙の人形やお札《ふだ》に、いつも憧《あこが》れておりましたの。……結局、一度も触らせてもらえませんでしたけど」

と、答えた後、座長の冷たさを思い出し、むくれていたという。

多々里の供述は、別の時間帯に別の場所で取り調べた他の者達の供述とも一致し

た。残りの部下五人は、多々里ほどお喋《しゃべ》りな性格ではなかったが、副座長が身の上をあれこれ話したとなると、それぞれ自分の口も軽くなったらしい。

中でも、正体が化け狸《だぬき》だった大道具係の成美は、

「理想京へ帰りたかったのもそうだけど、お師匠の、成瀬様の仇《かたき》も取りたかったんです……」

と成瀬との関係をも暴露し、翔子や瑞樹からは、理想京そのものに関する具体的な情報も得られたのだった。

放光師《ほうこうし》という肩書を返上し、元のそれらしい照明係と名乗った翔子は、

「理想京というのは、京都信奉会というものを母体とした町の事です。その運営や整備は、信奉会の上層部が行っております。私達可憐座は、座長を含め、理想京の住民というだけでした。なので、上層部の詳しい事は知りません。

そういう住民は、人間もあやかしも含め、結構いるんじゃないでしょうか。元々の住民は、行き場をなくした化け物ばかりだったと聞きますが、最近は私を含め、人間社会に疲れた人が移住するケースも増えていたようです。

移住が認められると、霊力のある者はそのまま移住。霊力のない人間は、武則大神から霊力を与えられて、理想京へ住む事が可能になるという仕組みでした。私に与えられた住まいは、小さくても綺麗な京町家《きょうまちや》でした。副座長は和洋折衷《わようせっちゅう》の家で、

執事役《しつじ》をしていた瑞樹と、仲良く住んでいましたよ」

と説明した。

その後に相対した瑞樹は、塔太郎と深津の顔を見るなり立ち上がって、多々里の近況を尋ねたという。

「お嬢様は、お元気でしょうか。明るい性格の方ではありますが……、泣いてはいませんでしたか。まさか、ひどい尋問などは……？」

その様子を見た塔太郎は、瑞樹は多々里の事が好きなのだろうと直感し、

「紅茶や地下水が飲みたいーって我儘を言うては、監視員さんに怒られてたで。最後はむくれてたわ」

と苦笑してみせると、瑞樹は強張《こわば》った表情を解き、安堵《あんど》した。

瑞樹から聞き出した事件の背景は、多々里が話したものとほぼ同じ内容だった。

その後で、つけ足すように瑞樹が語ったのは、理想京の現状、そして、塔太郎の実父である神崎武則《かんざきたけのり》の現状だった。

「これは、お嬢様をはじめ、他の者の耳には入っていないようですが……。理想京は今、どうも荒れているようなんです。治安ではなく、天候がです。地震も頻発《ひんぱつ》しているらしい。実際、私達が理想京にいた時も、今思えば悪天候の日が多かった。

理想京の天候や地脈は、創造神かつ最上神の、武則大神が支配しています。つま

りこれは、武則大神が荒れているという事になります。

　何でも、彼の機嫌がずっと悪いから、だんだんひどくなっているのだとか……。その不機嫌の原因は、よく分かっていないようです。ですから、困った上層部はこの京都へと戻り、手分けして献上品を探しているようです。追放した私達に『ほんまもんを持ってこい』と言ったのも、そういう事でしょうね」


　塔太郎が話してくれた可憐座一味の供述と、今まで自分達が対峙《たいじ》してきた成瀬、そして渡会《わたらい》の事を思い出してみると、全ての話が繋《つな》がってくる。

　大は無意識のうちに、声に出して現状を整理していた。

「つまり……ここことは違う世界に、京都信奉会の拠点『理想京』があって……。その創造神・武則大神の機嫌が悪くて、町が荒れていて……。それを鎮《しず》めるために、信奉会の上層部が今、京都で献上品を探してるって事ですよね」

「そういう事やな」

「可憐座が狙《ねら》ってたのは、『糸姫神社の奉納品』。清水寺《きよみずでら》の事件で成瀬が集めていたのは、弁慶《べんけい》さんの『九百九十九本の太刀《たち》』……」

「ほんで、鬼笛《おにぶえ》の事件で渡会が狙ってたのは、『平安時代から伝わる鬼笛』や。渡会と成瀬が信奉会の一員っていうんは確定してるから、そういう事やったんやな。

笛や太刀、ついでに弁慶さんの太刀に封印されていた僧兵の軍団を、神崎武則に献上するつもりやったんや。それか、笛や太刀は、万人を惹《ひ》きつける魅力を持ってたり、強力な僧兵を封じ込める力を持ってたから……、それを使って、別の何かを狙ってたんかもしれへん。

渡会と成瀬が上層部かどうかは、多々里達は知らんかったし、そこまではまだ分からへん。けど……、その二人が失敗したからこそ、上層部は次に、可憐座をそそのかしたって訳やな。——困った話やで、ほんま」

塔太郎が肩肘《かたひじ》をつき、大きくため息をついた。

可憐座の取り調べを終えた塔太郎と深津は、その足で渡会と面会し、可憐座の事件との関係を問い質《ただ》したという。

しかし、渡会の方もそれを予測していたのか、結局ろくな答えを返さず、

「あのお喋りお嬢様が、全部喋ってくれるだろ。向こうに聞けよ」

とだけ言い、可憐座を以前から知っている事しか吐《は》かなかったという。

大はてっきり、京都信奉会はこの京都のどこかに潜《ひそ》み、そこで悪事を企《たくら》んでいると考えていたが、まさか別の世界に、町を一つ創っているとは思いもしなかった。

今回の可憐座はもちろん、渡会や成瀬も、その理想京からこの京都に来て、事件を起こした者達である。

三者三様のやり口から考えると、信奉会の上層部は今、複数の人員で、京都に伝わる様々なものを狙っているらしい。

この集団の頭領《とうりょう》が、塔太郎の実父。しかも向こうの世界では、創造神・最上神として天候や地脈まで掌握《しょうあく》しているのである。

話を聞くだけでも、大はうすら寒いものを感じてしまった。

「今後、京都はどうなるんでしょうか」

大が恐る恐る訊くと、さすがの塔太郎も「分からん」と口走ったが、直後にしっかり結論づけた。

「ただ、現時点では、向こうも慎重というか、手探りなんかもしれん。本気で何かを奪おう思うんやったら、元は芸能集団やった可憐座なんかに任せんと、上層部がもっと乗り出すやろうしな。俺らが、犯人を捕《つか》まえたり退治を続けていると……向こうも計画を諦《あきら》めて、手を引いてくれるかもしれん。今はそれを願いながら、戦うしかないわ」

彼の目線は大に向いていたが、同時に、自分自身に言い聞かせるようでもあった。

「それにしても、びっくりすんのは実の父親やわ。何してんねん、ほんま……。百歩譲って、神になって別の世界に町を創ってたとしても、追放された身なんやから、大人しくしてたらええのに」

塔太郎は呆《あき》れたように、片手で髪をくしゃりと掻《か》いている。テーブルに目を落とす彼は冷静さを保ってはいたが、やはり憤《いきどお》るものがあるらしい。

「この話、神崎武則と俺の関係も含めて全部、明日にはあやかし課に伝わんのかー……。嫌やなぁ」

思わず吐き出したその愚痴《ぐち》を聞いた瞬間、大は立ち上がる。厨房に向かいながら、塔太郎を励ましていた。

「私、コーヒーを淹れてきます！　お砂糖とミルクもいっぱい付けて！　――大丈夫ですよ。塔太郎さんが私達のエースって事は、皆知ってますもん。今回の文博の事件かって、一番よう戦ってくれたんは塔太郎さんじゃないですか。雷線の音でピンチを救わはったし、強敵も倒さはったし。私にも、的確なアドバイスをくれましたよね。せやし、私は演奏の術にかかった時、立って動けたんですよ」

これは励ましの意味合いもあったが、立派な事実でもあった。

文博の籠城《ろうじょう》戦は、全員が己《おのれ》の力を存分に発揮した結果の勝利であるし、特に大や玉木《たまき》、そして総代《そうしろ》などは、新しい技を使いこなして皆から称賛《しょうさん》されていた。

しかし、塔太郎が今回使ったのは新技ではなく、窮地《きゅうち》を脱する機転と、雷を封じられても尚《なお》、戦って勝てるという格闘技である。よくよく考えれば、総合的な実力そのものが、他とは一線を画《かく》していた。

さらに、多々里に懇々《こんこん》と諭した糸姫町や久多《くた》の話からは、京都や文化財に対する親愛の情が感じられ、あやかし課隊員のエースに相応《ふさわ》しい精神性までも、大に見せてくれたのである。

鶴田《つるた》のようにメスで解剖《かいぼう》という訳ではないが、一度じっくり、塔太郎の深いところまで覗《のぞ》いてみたいという思いが、あの時感動していた鶴田だけでなく、大にもあった。

そして同時に、この人は京都にとってどういう存在かと分かった大は、それを塔太郎に伝えたかったのである。

「ですから塔太郎さん。――明日、京都信奉会の事があやかし課全員に伝わっても、堂々と胸を張って下さいね。私、塔太郎さんは京都に必要な人なんやって、思ってますから。誰が何を言うてきても、そう言いますから」

何だか告白めいた気がして、頬《ほお》が熱くなる。しかし、それと同時に一隊員としての敬意もあって、むしろそっちの方が上だった。

塔太郎も、大の純粋な思いを受け取ってくれたらしい。黙って大を見つめていた塔太郎は、何かから解放されたかのように微笑んで、自分も立ち上がった。

「大ちゃん、色々とありがとうな。ほんまに。コーヒー淹れんの、俺も手伝うわ。

……明日にしようと思ってたクッキー、今食べるけ?」

「ありがとうございます。恐縮です! けど……、クッキーは明日って、琴子さん言うたはったじゃないですか。言いつけちゃいますよー?」

「あー! アカン、アカン! 今のはナシ! 撤回で!」

仲良くコーヒーの準備をしては、合間に他愛《たあい》ない会話をする。お湯が沸《わ》くのを待っていると、塔太郎が視線を窓に向けていた。

「そういえば……今回は何ていうか、新技のお祭みたいやったなぁ。玉木の術もあったし、総代くんの壁画と栗山の連携は凄《すご》かったって聞くし。それに……、大ちゃんにも、新技があったしな」

「南禅寺留《なんぜんじど》めの事ですよね。斬《き》るんじゃなくて、制止するんが格好いいって、周りからも言われてました」

「うん。それもあんねんけど、もう一つ」

「もう一つ?」

「奉納品を守るためなら、卑怯《ひきょう》もんと言われても構へん。――自分、相手にそう言い返してたやんな。大事な事以外は気にせえへんっていう毅然《きぜん》とした態度は、立派な技やで」

彼の言葉を聞いた大は、そういう見方もあるのかとワクワクする。自分が気づかぬうちに一段高みへ上っていたと分かると、胸の中が、えも言われぬ充実感でいっぱいになった。

「そ、それ！　それも私の新技にします！　ありがとうございます！　必殺、大事な事以外は気にせえへん！」

「うんうん。それでこそ大ちゃんやで。――あとな、お箏を弾いていた翠と茜っていう子、おったやろ？　その子らが、大ちゃんに伝えてくれ言うてたわ。『お箏を壊さんといてくれて、ありがとうございました』って。罪は憎んでも芸術は憎まへんっていうのも、大事やわな。あの子ら、出所したら箏を新調して、一からやり直しますって約束してくれたよ」

「ほ、ほんまですか⁉　めっちゃ嬉《うれ》しい……！」

「よかったな」

「はい！　これで私、また明日から頑張れます！」

小さくガッツポーズをして喜ぶ大に、塔太郎は満足げである。しかし大は内心、何かが足りないと感じてしまう。

ふと、昨年の秋の貴船神社《きふねじんじゃ》で、塔太郎に頭をポンポンと叩かれた事を思い出し、ああそれや、と大は思い至った。

勇気を出して、塔太郎の手を取る。驚く彼に構わず、大はその手を自らの頭にのせて、ゆっくり左右に動かしてみた。

「どうしたん、いきなり」

「わ、私、褒《ほ》められると伸びるタイプなんで……っ！　塔太郎さんの手とか褒め言葉は、多分、後輩をやる気にさせるとか、そういう成分があると思うので……！」

無理矢理でも、塔太郎の手が自分を撫でてくれると、さらに嬉しい。顔を真っ赤にしながら弁解する大に、塔太郎は吹き出し、

「どんな成分なん？　それ。まぁ……そう言うのが俺の新技っていうんも、アリかもしれへんな。明日も頑張ってや。頼もしい後輩さん」

と言って、今度は自分の意思で、大の頭を軽く掻き撫でてくれた。

その瞬間、大はそっと俯《うつむ》き、塔太郎の大きな手の感触を全身で味わっていた。

＊　＊　＊

自分の手を取り、自らの頭にのせて動かす大を、塔太郎は目を細めて眺《なが》めながら、幸せな気持ちに包まれていた。

俺が京都にとって必要な人間、と言ってくれた力強い言葉に、俺こそ、どれだけ救われたか。きっと、大ちゃんは知らんやろうな。

好きやとか、ましてや愛してるなんて言えへんから、彼女の頭を撫でる手に、その思い込めてみる。もちろん、先輩としての純粋な、有難さや敬意も込めて。明日もきっと頑張れる。京都という町のために。自分を受け入れてくれる彼女や、皆のために。

第三話　花舞う祇園《ぎおん》と芸舞妓《げいまいこ》～日常編～

事件の後処理も済み、取り調べも全《すべ》て完了した翌日。京都府警本部から各事務所の所長を通して、京都府警あやかし課の全員に、京都信奉会《きょうとしんぽうかい》の件が伝えられた。

彼らの狙《ねら》いはもとより、塔太郎《とうたろう》と教祖・神崎武則《かんざきたけのり》との関係も公表されている。

喫茶ちとせの隊員には、開店前の朝礼で深津《ふかづ》から話があり、大《まさる》が塔太郎の横顔をそっと見ると、普段の凜々《りり》しい顔つきの中に、少しだけ不安感が漂《ただよ》っていた。

皆に謝ろうとした塔太郎だったが、それを琴子《ことこ》が遮《さえぎ》る。

「塔太郎君のご両親は、三条会《さんじょうかい》の揚げ物屋さんやろ」

腰に手を当てて、「そうですよね?」と確かな口調で念を押す琴子に、深津や竹男《ちくお》、玉木《たまき》も口を揃《そろ》えて、

「せやで。本部の人も、皆そう言うたはるよ」

「っていうか俺《おれ》、その塔太郎しか知らんし」

「僕も右に同じです」

と言い、塔太郎に味方していた。

それは、塔太郎にとって何よりの激励となったらしい。

「皆さん、ほんまにありがとうございます」

小さく頭を下げた塔太郎からは、もはや、少しの不安も感じられなかった。

事態は塔太郎の懸念《けねん》に反して、日頃の彼の、あやかし課隊員としての実績や人徳

がものを言ったらしい。敵は京都信奉会や神崎武則、というのが共通認識となっても、京都府警の中で、塔太郎を悪く言う人は誰もいなかった。

京都の町の氏神《うじがみ》達にも、本部や各事務所から、信奉会の件が報告されている。通常、表立って誰かを特別扱いしない神仏達も、今回ばかりは、血縁に苦しむ塔太郎の立場を理解してくれているらしい。

この日の夕方、塔太郎が興奮気味に、

「大ちゃん、聞いて聞いて！　さっきな、深津さんから連絡があって、『坂本《さかもと》くんの雷の修行、よかったら私が見てあげますよ』って、菅原《すがわら》先生が言うてくれはってんて！　鴻恩《こうおん》さんや魏然《ぎぜん》さんも、正式にええ言うてくれはった！」

と大に話してくれた。菅原先生の協力の申し出に対し、鴻恩と魏然が八坂神社《やさかじんじゃ》の祭神に許可をもらってくれたのだった。

この時の塔太郎は、嬉《うれ》しさのあまり頬《ほお》に赤みがさしており、瞳《ひとみ》も普段より数倍輝いていた。大は、彼が感じている幸せを自分の事のように嚙《か》みしめ、

「おめでとうございます！　天神《てんじん》様からのまさかのお言葉ですね……⁉　どんな修行になって、塔太郎さんがどんなふうにならはるか、私も楽しみです！」

と抱き締めたいのを、職場だから、とぐっと堪《こら》えていた。

その代わり、ささやかなお祝いとして、竹男に教わったばかりの美味《おい》しいコーヒ

ーを塔太郎のために淹《い》れる。塔太郎もそれが嬉しかったのか、終始目を細めて、味わうように飲んでいた。

塔太郎の修行にも新しい変化が訪れ、大も変わらず、「まさる部」で実力向上に努める。そんなある晴れた昼の事。大と塔太郎がパトロールで祇園へ赴《おもむ》くと、白川《しらかわ》沿いでは葉桜が何本か見受けられ、満開の桜も花びらを散らして、川面《かわも》に綺麗《きれい》な花《はな》筏《いかだ》を作っていた。

花見小路《はなみこうじ》通りの南まで出れば、まだ期間中の「都をどり」の提灯《ちょうちん》が町家に吊《つ》ってあり、同じく都をどりと書かれた赤枠の灯籠《とうろう》が、道の両端で等間隔にずらりと置かれている。

四月になると祇園甲部《こうぶ》や宮川町《みやがわちょう》などによる「をどり」が上演されており、ここ花見小路では、まだ上演中の都をどりのポスターが至るところに貼《は》り出されていた。

春特有ののんびりした陽光を浴びていると、パトロール中というのについ気が緩《ゆる》み、二人並んでポスターに目を留《と》めてしまう。

「そう言えば……、大ちゃんは『都をどり』を観《み》たんやっけ」

「はい。上旬に、梨沙子《りさこ》と行きました。普段は見られへん舞妓《まいこ》さん達の、お着物や踊りがほんまに綺麗で……。踊ってる時の手も、全然ぶれないんですよ。腰と体幹がしっかりしてるからですよね。白拍子《しらびょうし》役をやらはった芸妓《げいこ》さんも、腰がめっちゃ安定したはりました」

「腰や体幹て。大ちゃんも武道家というか、玄人《くろうと》めいた目になってきたなぁ」

「だって私、あやかし課隊員二年目ですもん！」

笑い合って再び歩き出すと、向こうから、着物姿の男性が歩いてくる。

相変わらずの洒落《しゃれ》た着こなしで、清々《すがすが》しい香りがするようである。彼は祇園の神様、そして辰巳《たつみ》の旦那《だんな》様としてお馴染《なじ》みの、辰巳大明神《だいみょうじん》だった。

「旦那様、お世話になっております」

「ご無沙汰《ぶさた》しております」

塔太郎と大が頭を下げて挨拶《あいさつ》すると、辰巳大明神は、

「おぅ、お前らか」

と手を挙げ、まずは、以前ちとせでカンちゃんを預かった事を労《ねぎら》ってくれた。

「あん時は、ほんまようやってくれたなぁ。その後の事件も含めて、一幕も二幕もある大立ち回りやったらしいやないか。わしからもお礼言わしてや」

辰巳大明神は、上機嫌で大や塔太郎の肩を叩《たた》いている。話題はすぐに、京都文化財博物館の事件、そして可憐座《かれんざ》の話へと移り、辰巳大明神も、京都信奉会の件を心

配していた。

「塔太郎。お前も何やかんやと大変やなぁ。せやけど、ええ噂《うわさ》もちゃんと回ってきとるで。あの菅原先生に、稽古《けいこ》をつけて頂けるそうやないか。よかったなぁ。滅多にない事やさかい、先生の一言も漏《も》らさへんいう気概《きがい》で、お気張りやっしゃ」

「はい。是非そうさせて頂きます。お気遣い、本当にありがとうございます」

真摯《しんし》な塔太郎の答えに、辰巳大明神は満足そうに頷《うなず》き、

「そんな伸び盛りのもんがおったら、この祇園町だけやなしに、京の町全体が先々安心やわなぁ。ちゅう訳で、ほんまやったら、是非とも相談さしてもらいたい事があんにゃけども……」

と言ったきり、口を大袈裟《おおげさ》にへの字に曲げて黙ってしまった。

不思議に思った大は首を傾《かし》げ、塔太郎は詳《くわ》しく訊《き》こうとする。

「何かあったんですか。言うて下さったら、俺はいつでも行けますよ」

「すまんなぁ。けど、こればっかりは塔太郎ではなぁ。端的に言うとな、あやかし課の誰か一人に、置屋《おきや》さんに住み込んで警護してほしいっちゅう話やねん」

それを聞いた塔太郎は、小さな声で「あぁ、なるほど」と呟《つぶや》く。

「そこへ住むっていうのは……。俺では無理ですよね？　俺だけやなしに、深津さんや竹男さん、玉木でも」

「無理やな」

　辰巳大明神は即答し、

「置屋さんちゅうのは基本、芸妓さんや舞妓ちゃんのお世話をする男衆《おとこし》さん以外の男は、入ったらあかんとこやさかいなぁ」

と、顎《あご》を撫《な》でていた。

　置屋という言葉は、大も聞いた事がある。

「置屋さんって、舞妓さんが住んだはるとこですよね」

「そうそう」

「古賀ちゃんよりも、もうちょい歳《とし》の下の子らが、置屋さんのお母さんと一緒にいてる女の園《その》や。わしや塔太郎みたいな変な男がおったら、摘《つ》まんでぽいーされるとこやで」

　歯を見せて笑う辰巳大明神に、「俺はともかく、旦那様はここの神様じゃないですか」「そうです、そうです」「いやいや、神さんとはいえ男はあかん」と、しばらく三人で笑い合っていた。

　舞妓とは、今や京都の象徴の一つとも言える存在で、宴席などで舞やお酌《しゃく》を務め、客をもてなす二十歳くらいまでの少女の事である。

　歳を重ねて置屋などのお許しが出れば、襟替《えりか》えをして芸妓となり、一人前と見なされる。つまり、舞妓は職業としての一種の到達点ではなく、正確には、芸妓の見習いという立場でもあった。

芸舞妓は基本的に、祇園甲部、祇園東、宮川町、先斗町《ぽんとちょう》、上七軒《かみしちけん》という五つの花街《はなまち》で生活しており、昼は舞や三味線《しゃみせん》などの稽古に励み、夜は仕事としてお座敷に出る。

上七軒は北野天満宮《きたのてんまんぐう》の門前町の水茶屋に起源を持っており、宮川町は歌舞伎との繋《つな》がりが深い。先斗町は舟運《しゅううん》によって栄えた歴史があったりと、それぞれ独自の文化を見せていた。

のちに祇園甲部、祇園東に分かれる祇園は、江戸時代、八坂神社周辺の茶屋の茶《ちゃ》汲《く》み女が、歌舞伎芝居の芸を真似て旦那衆に見せた事が始まりである。

大と塔太郎の話題に上っていた都をどりは、明治五年（一八七二年）、第一回京都博覧会の余興として始まり、今も祇園甲部で受け継がれているものだった。

白粉《おしろい》に、紅《べに》をひいた目尻《めじり》や唇《くちびる》、割れしのぶの髷《まげ》に花かんざし。肩上げの振袖《ふりそで》をまとって「だらりの帯」を揺らし、三味線に合わせて舞を舞う……という舞妓の初々《ういうい》しさ。あるいは、帯をお太鼓《たいこ》に締め、舞もお酌も堂に入《い》った芸妓の淑《しと》やかさは、日本だけでなく、世界中の人を惹《ひ》きつけてやまない。

そんな芸舞妓を見て京都が好きになったり、自身も舞妓になろうと憧《あこが》れ、花街の門を叩く少女も多かった。

舞妓達は独立している芸妓とは違い、集団生活を送っている。お母さんと呼ばれる女将《おかみ》さんや、お姉さんと呼ばれる先輩舞妓らと寝食を共にするその家を、「置屋」というのだった。

この置屋には、着付けなどを世話してくれる男衆という専門職の者以外は、原則的に男性は入れない。

辰巳大明神いわく、今、大達が立っている「祇園甲部」の置屋の一つで、どうも厄介《やっかい》な事が起きている……との事だった。

「松本《まつもと》さんっちゅう置屋さんがあんねんけどな。そこの舞妓ちゃんが一人、夢見が悪うならはってんて。毎日うんうん魘《うな》されて、寝不足や頭痛で困ってるらしいわ。

最初はその子一人だけの話やったし、わしが、よし特別やで言うて、その子の不調を取ったげたんや。せやけど、近頃はその子だけやなしに、一緒に住んでる他の子も、ひどい時はお母さんまで、毎晩魘されるようになったらしくてなぁ。可哀《かわい》そうに。今では、松本さんとこは皆、絶不調や。今の季節は、都をどりの出演もあるし、もちろん、お稽古やお座敷もある。一年でも特に忙しい時期や。体壊してる場合やあらへんのになぁ」

こう不調が続いていては、普段はしっかりしているお母さんも、さすがに困ったらしい。

強くはないが霊感があるというお母さんは、辰巳大明神へ相談しただけでなく、仕込みさんと呼ばれる舞妓見習いの子に家の掃除を徹底させたり、自《みずか》らもお祓《はら》いを受けに八坂神社へ赴いたり、お神酒《みき》や榊《さかき》を替えたりと、自分なりに対策を取っていたという。

しかし、その効果は一時的であり、特に最初に魘され始めた舞妓・清香《きよか》だけは、一向に改善しなかった。

それで先日、お母さんは、辰巳大明神へ改めて相談にきたのだった。

「話を聞いたわしは、家の中に悪いもんが根付いとるんちゃうかって、特別に松本さんの家へ上がらしてもらったんや。一見したら普通の家やったけど、二階の納戸《なんど》を覗《のぞ》かしてもうたら、案《あん》の定《じょう》おったで。埃《ほこり》みたいな悪い気が、数匹集まってこっちを見てたわ。邪鬼《じゃき》になりかけの小さい化《ば》け物も、遠慮なく睨《にら》んでた。わしも遠慮なく睨み返したら、窓から一目散《いちもくさん》に逃げよったけどな。その瞬間、家の中にいたお母さんや仕込みさん、お手伝いのおばちゃんの頭が皆軽うなった言うさかい、何や原因はそれかい、と分かった訳や。

あっこの家は、お母さんや舞妓ちゃん達、お手伝いのおばちゃんも含めて、皆、わずかな霊力しか持ってへんねん。せやし、わしみたいな仲良しの神仏は見えても、埃や邪気までは見えへんかったんやなぁ。あん時はわしが全部追い払ったけど、数時間したら、また出てきよったらしい。当然、その夜も寝不足や。

わしは『あー、こらかなんわ』思てなぁ。わしも祇園の神様っちゅう立場やさかい、そんな数時間おきに松本さんとこに通って掃除してたら、特別扱いになってまうやろ。それは、花街では、あんまようない。せやけど、ほっとくんもあれやし。あやかし課に言うたろ思って帰ってたところに、お前らに会《お》うたんや」

話を聞いた大と塔太郎は、思わず顔を見合わせていた。

話は思った以上に深刻である。舞妓達やお母さんの霊感が薄いとなると、邪気を祓える誰かが、置屋に常駐する必要がある。加えて、そもそも悪い気が集まる原因の究明も必要だった。

それには誰かがその置屋に住み込んで、お祓いや調査にあたるのが手っ取り早く、置屋の人達の身も安全である。

普通の家なら、感知能力に長《た》けた竹男や玉木、ベテランの深津、あるいは、万一戦いとなった場合に備えて塔太郎が適任かもしれないが、いずれも男性。警察関係者として置屋に出入りする事は出来ても、住み込みは難しかった。

となれば、この相談を受けられるのは、女性である琴子か大のみ。しかし、小学生の息子がいる琴子は夜勤以外は自宅に帰らねばならず、とすると必然的に、該当《がいとう》者《しゃ》は一人しかいなくなる。

大は、花街の世界に詳しい訳ではないが、四月上旬には梨沙子と都をどりを観に行った。その後、可憐座の事件の日は総代《そうしろ》と一緒に文博を訪れ、巡回の後、館長から特別展を見せてもらい、芸舞妓達の絵に感動した事もあった。

今また花街や芸舞妓の話を聞いて親近感が湧《わ》き、助けになりたいと強く思う。

それでも、前例のない任務。大が自分から手を挙げてよいか迷っていると、

「それやったら、彼女はどうでしょうか」

と、塔太郎が推挙してくれた。辰巳大明神もすかさず頷いて、

「わしも、今それを言おう思ってたんや。――どや、古賀《こが》ちゃん。深津や置屋さんのお母さんには、わしが今から話を通す。やってほしい言うたら、やってくれるか」

と、大の目を真っすぐに見て、尋ねてくれた。

「はい。頑張ります」

大が答えると、辰巳大明神は「そうか」と安心した声で言う。

「行ってもらう松本さんには、お母さんと、舞妓ちゃんが何人か、それに仕込みさんの子、日中はお手伝いのおばちゃんもいてる。そやさかい、部屋に余裕がある訳とちゃうねん。つまり、住み込めるんはあんた一人。したがって、任務をこなすんも、あんた一人やで。出来るか」

「はい。初めての事なので、至らぬところも多いかもしれませんが……」

「そんな御託《ごたく》は、この町では要《い》らん。初めてやろうが千回目やろうが、何事も精一杯やるもんや。あんたは呼ばれて行く立場やけども、それでも、他の舞妓ちゃん達と一緒に、『すんまへん』『おおきに』『おたのもうします』とだけ、ぱっと言える素直さが大事やで。せいだい気張って、皆を守ったげてや」

厳しくも温かい辰巳大明神の言葉を受けて、大も腹を括《くく》る。

「はい。よろしくお願いしま……」

と言いかけたところで、辰巳大明神が止めた。

「せっかくやし、今からそれっぽく言うてみたらどや。あんたの育ちは、堺町《さかいまち》二《に》条《じょう》やろ」

確かに、大が育ったのは花街ではないにせよ、同じ京都市。発音や言い回しは、全て感覚として沁《し》みついている。

普段使っている京都弁の単語や語尾を少し変え、「花街で使われる京言葉」で話してみた。

「――おおきに旦那様。よろしゅう、おたのもうします」

「ん。ええ返事や。ほな早速、話を進めよか」

大が頭を上げると、辰巳大明神が楽しそうに塔太郎を見て、大を手で指していた。

「この子、二十歳《はたち》超えとるから芸妓さんの歳やけど、今からでも舞妓ちゃんをやらしてみたらどや？　売れっ子なるかもしれんで」

冗談めかして言う辰巳大明神に、塔太郎も満更《まんざら》でもないような顔で、うーんと唸《うな》っていた。

その日の昼のうちに、辰巳大明神が正式に深津へ依頼し、置屋・松本のお母さんや祇園甲部関係者らへの仲介役にもなって、話がまとまった。

大自身も、猿ヶ辻《さるがつじ》に相談して眠り大文字《だいもんじ》を応用した浄化《じょうか》の方法を指南《しなん》してもらい、夜には自宅で両親にも住み込みの任務の事を告げる。

父・直哉《なおや》は堺町二条、母・清子《きよこ》は府内の長岡京《ながおかきょう》市出身で、花街や置屋、芸舞妓に関しても、多少の知識は持っていた。

芸舞妓の世界というのは、自ら志願して門を叩かない限り入れず、また、稽古やお座敷などの厳しさに耐えられなければ、去るしかない世界である。

そこへ、あやかし退治のためとはいえ、大が住み込むという。

普段から口数の少ない直哉は、

「そうかぁ。花街とは凄《すご》いなぁ。ご迷惑かけへんようにな」

とだけ言って励ましてくれたが、反対にお喋《しゃべ》りな清子は、

「いやぁ、あんた置屋さんて。ちゃんとやってけるか？　舞妓さんの修業や生活って、厳しくて大変なんやろ？　携帯電話も持てへんって聞くし。私、あんたが要らん事したり、音《ね》を上げへんか、もう心配やわぁ」

と、なぜか大も舞妓を目指しているかのような口調で、我が娘では不安だ不安だと連呼していた。

大は、舞妓となるために置屋へ行くのではなく、呼ばれて警護のために行く立場である。

しかし辰巳大明神からは、

「最初の時も言うたけど、絶対に、お客さん感覚で行ったらあかんで。日頃、頑張ったはるお母さんやお手伝いさん、舞妓ちゃん達、仕込みさんを守るのが、あんたの仕事やさかいな。自分の生活リズムも、基本的には一番被害を受けとる舞妓ちゃん、清香ちゃんに合わせてもらう事になる。仕込みさんと同等に扱ってくれとわしは言うてあるし、深津もお母さんもそれに同意しとる。そのうえで、この話を受けるかどうか考えてや」

と言われており、考えたうえで、大は行くとその場で返事していた。

しかし、いざ前夜となると、

（私、ちゃんとやれるやろか）

と、大は自室のベッドに入ろうとして、動きを止める。配属初日の時のような、楽しみの中に小さな不安も芽生《めば》えていた。

その時ふと、

（やっぱり、あなた一人では何も出来ませんのね）

という多々《たた》里《り》の声が聞こえた気がして、大はそれを振り払うように首を振り、ブランケットを被《かぶ》った。

翌日の夕方、塔太郎をはじめとした喫茶ちとせのメンバーに見送られながら、大は荷物を持って深津に連れられ、祇園へと向かった。

住み込みの期間は、原因が判明して置屋の皆の不調が完全に回復するまでとなっていたので、書類上の期間は無期限である。

しかも、連絡手段は舞妓のしきたりに合わせて、原則的には郵送での書簡、あるいは置屋の固定電話のみ。大が携帯電話を使えるのは、緊急の時だけだった。

それさえも、使うのは自分のスマートフォンではなく、深津が本部から借りてきた旧型の携帯電話。自分のスマートフォンは、梨沙子などの頻繁《ひんぱん》に連絡を取り合う友人にだけ「事情によりしばらく使えない」と伝えた後、自宅に置いてきた。

大は今日から、あやかし課隊員であると同時に、花街に住む一人の娘となる。本物の芸舞妓達が仕事に邁進《まいしん》するように、大も、自らの任務に邁進しなければならなかった。

　塔太郎達は皆、大の事を信頼していても仲間として案じており、玉木は職務で使う白紙の報告書の束を渡して、事務的な説明をした後は、

「毎日の置屋さんや、舞妓さん達の様子をここへ書いて、うちへ送ってもらいますが……。どんな小さな事でも、書いてもらっていいですからね」

と、遠回しに弱音を吐《は》く事を許し、琴子は、

「大ちゃんやったら、一人でも大丈夫やとは思うけど。何かあったら、いつでも言うてな！　しんどかったら、私がいつでも代わったげるから！」

と、ストレートに大を甘やかしてくれた。

　竹男も、玉木達と同じ気持ちであると大にも伝わったが、店長としての威厳を保っているためか、甘い言葉は口にしなかった。

「まぁ、どんな仕事でもそやけど、自己管理が大事やしな。何もかも自分でやらなあかん花街は、特にそうやで。それで体壊して辞めていく子もいるって、よう聞くしなぁ。ここで言うのも何やけど、大ちゃんはその辺がちょーっと下手《へた》やし、注意せえよ。空いた時間があったら休む！　ちょっとでもや」

　竹男は父のような眼差《まなざ》しで、一人で任務をこなすための大切なアドバイスをしてくれた。

三人の後ろにいた塔太郎はずっと、明らかに何かを言いたそうな顔をしていたが、結局、ほとんど喋らなかった。

琴子にせっつかれると、

「自分の言いたかった事は、皆が全部言うてくれたから」

と塔太郎は説明したが、大が、

「ほな皆さん。行ってきます!」

と背を向けた最後の最後で、

「頑張れよ! 大ちゃんにしか、出来ひん事なんやからな!」

と大声でエールを送ってくれた。それが聞こえて、大は胸が熱くなった。

日没直後で空が藍《あい》色に染まり、軒先《のきさき》の提灯が、柔らかく灯《とも》る花見小路。途中で合流した辰巳大明神を先頭に、深津と大が後ろに続いて、三人は置屋・松本を目指した。

深津と大は半透明になっており、辰巳大明神は神仏である。霊感持ちの人間やあやかし達は、辰巳大明神がここを歩くのは日常の風景にしても、スーツ姿の深津や、袴《はかま》を穿《は》いて荷物を背負い、さらに刀袋を担《かつ》ぐ大を見て、何事かと驚いたらしい。

古い町家《まちや》の庇《ひさし》に寝そべっていた三毛猫が、尻尾《しっぽ》をくねらせて上から尋ねた。

「旦那様こんばんは。その女の子は、新しい仕込みさんどすか。どっかのお家《うち》へ紹介しはるんどすか」

辰巳大明神は歩きながら、

「ま、そんなもんや。お前と違《ちご》て根性ある子やで」

と軽口を叩いて通り過ぎる。言われた猫は、特に不機嫌にならず、

「えー？　うちかて根性あるえー？」

と、辰巳大明神の背中に言い返していた。

花見小路通りを東へ入って石畳《いしだたみ》を進むと、両側にずらりと連なる町家の中に、松本と書かれた提灯が下がる家がある。

暗がりの中でよく見ると、入り口の右上に「清香」「清ふく」「彩莉奈」「多つ彩」という舞妓の名が書かれた木札もあった。

屋根の上に据え付けられた小さな焼き物の魔除《まよ》けの「鍾馗《しょうき》さん」が、

「おおきに、お母さんがお待ちどす」

と声をかけてくれる。

辰巳大明神が深津と大を一旦表で待たせ、木格子《きごうし》に曇り硝子《ガラス》の戸をガラガラと引いた。

「こんばんはー。辰巳神社どすー。京都府警の子を連れてきましたえー」

辰巳大明神の手招きで大達も玄関へ入ると、色無地を着た高齢の女性が出迎えてくれた。

昨年、事件で知り合った老舗《しにせ》料亭「ぎおん　寿美《すみ》の」の女将よりは一瞬若く見えたが、それは、白髪をパリッとまとめた寿美のの女将と違って、黒髪に染めているからしい。その髪をきっちりと結《ゆ》い、薄く化粧も施しているその女性は、

「おおきに皆さん、ようお越しやす。忙しい春の時分にすんまへんどしたなぁ」

と正座して、丁寧《ていねい》に頭を下げた。

彼女がここの女将、つまり「お母さん」である。辰巳大明神は、三和土《たたき》に立ったまま笑顔でお母さんに挨拶すると、深津と大を手早く紹介した。

「こっちが、警部補の深津さんや。お母さんも、何度か会うた事ぐらいはあるんちゃうか。ほんでこっちが肝心の、お宅でお祓いをする女の子や」

深津に軽く背中を押された大が、

「今日からお仕事をさしてもらいます、古賀大と申します。よろしくお願いします」

と挨拶すると、お母さんは顔に深い皺《しわ》を作って笑顔を見せ、大を温かく受け入れてくれた。

「こちらこそ、おたのもうします。今、うちの舞妓ちゃん達は皆、お座敷へ出てま

すのや。帰ってくるのは遅いさかい、まずは上がってもらって、今うちにいてる人だけ、ご挨拶さしてもらいまひょな。――それでは確かに、大ちゃんをお預かりします」

　あらかじめ、お母さんと辰巳大明神、深津の間では、情報共有は済ませてある。大本人も、昨日のうちにお母さんと電話で話をして、「まさる」に変身する事を含めた大体の自己紹介は終えていた。

　大が草履《ぞうり》を揃えて家へ上がった瞬間、

「ほな、わしらはお暇《いとま》しますわ。お母さん、その子をよう使ったってや」

「古賀で対応しきれない事がありましたら、すぐに、うちの事務所へ連絡したり、110番して下さいね。――ほなな、古賀。以降、事件関係以外は、お母さんや鍾馗さんの言う事に従うように」

　と辰巳大明神や深津は言い残し、置屋を後にした。

　格子戸が閉まると、置屋の中が急に静かになる。外の気配が消えるまで、お母さんは正座して頭を下げたままで、大もそれに倣《なら》った。

　やがて、お母さんは顔を上げて「さ」と立ち上がり、

「まずは、お台所へ行こか。お手伝いさんと、仕込みさんの子があんたを待ってるさかいな」

と廊下を数歩進んで、大を手招きしてくれた。

「昨日お電話したけども、私が、ここのお母さんをやってる松本道子《みちこ》ていいます。私は、この家にいる子の全部のお母さんやさかい、あんたもそう思て構しまへんえ。その代わり、うちに住む以上は、警察の子でも他の子と同じように家族として見ますから、そこは、ちゃんと分かっとくれやっしゃ」

「はい、お母さん」

大がはにかみつつお母さんと呼ぶと、お母さんは「はいはい」と軽く笑って玉暖簾《のれん》を右手で分け、台所で洗い物をしていた中年女性のお手伝いさん・里中《さとなか》さんを紹介してくれた。

その後、

「あらっ、蓮《れん》ちゃん二階かいな。……蓮ちゃーん？　蓮ちゃーん！　今日からの警察の子、来はったえー」

と階段へ声をかける。

二階から「はあい」という女の子の声がして、すぐに、パーカーにジーパン、髪は前髪も全部上げてお団子《だんご》に結った、まだ中学生くらいの女の子が下りてきた。

松本には、お母さんと舞妓が四人、舞妓見習いの「仕込みさん」と呼ばれる蓮の六人が暮らしている。ここに、毎日通って食事を作ってくれる里中さんを含めると、女性七人という家族構成だった。

中でも、仕込みさんというのは義務教育を終えて置屋へ入ったばかりの子を指すので、蓮は十五歳。大がまだ対面していない舞妓達も、全員未成年だという。

お手伝いさんが帰れば、お母さん以外は全員年頃の女の子。まさに置屋は、可愛《かわい》らしい女の園といえた。

洗い物を終えて帰宅する里中さんを見送り、蓮にも自己紹介した大は、早速、お母さんの案内で家の間取りを確かめる。その後、刀を携えて、辰巳大明神も祓ったという二階の納戸へ向かった。

祇園の、舞妓達が住む置屋というからには、さぞかし純和風な造りだろうと大は考えていた。しかし実際は、外見こそ祇園町らしい町家でも、内装は一般家庭とそう変わらない。

(小学校の頃、遊びに行った友達の一軒家によう似てる)

というのが、家の中を見た大の率直な感想だった。

皆で食事をするダイニングはフローリングであるし、台所のコンロもＩＨ。お風《ふ》呂《ろ》はお母さんが熱望したらしく、手摺《てすり》のついた最新のものだった。

一階には、襖《ふすま》で仕切ったお母さんの部屋もある。大が少しだけ覗かせてもらうと、一階はここだけが畳だった。その机には、算盤《そろばん》や帳簿の他に、仕事で使うノートパソコンも置かれている。

つまり、一階は生活の場としてより快適に過ごせるよう、時代に合わせて改装しているらしい。

「もちろん、おうちによって違いはありますえ。うっとこと違《ちご》て、昔の家をそのまんま受け継いでるおうちもあるわ。ここの道の一本向こうに、志《し》ば田《た》さんておうちがあんねんけどな、あそこはまだ全部が畳で、お風呂かて、昔のまんまの青いタイルやねんて。今でも、仕込みさんの子がタワシで洗《あろ》てるらしいわ」

と、お母さんは言う。

それでも二階へ行くと、二段ベッドが置かれている舞妓達の寝室や、化粧や着付けをするお衣装部屋は、昔ながらの和室である。納戸にも、古い木戸が取り付けられていた。

松本という家を全体的に見渡せば、「全国どこにでもあるような、ちょっと昔の家」という印象が、最も当てはまっていた。

さて問題の納戸からは、木戸がぴったりと閉じられているにもかかわらず、隙間《すきま》から黒い煙が漏れている。

これですね、と呟いた大を見て、お母さんが後ろから尋ねた。

「やっぱり見えるの？」

「はい。黒くて、不快な気配が出ています。今から追い払いますので、お母さんは、念のため一階へ下りて下さい」

階段を見ると、いつの間にか蓮も上がってきており、興味深そうに顔を覗かせている。大は、二人に避難してもらってから納戸へ近づき、勢いよく戸を開けた。

納戸の中では、大きな黒い雲のようなものが、隅《すみ》に固まっている。差し込んだ廊下の光や大に驚いて、うねうねと形を変えていた。

一つの雲に見えるそれは、よく観察してみると集団である。綿《わた》のような小さな邪気が何匹も一か所に集まって、雲を作っているのだった。

辰巳大明神が話していた通り、邪気達は皆一様に、大を睨んでいる。

(この邪気達のせいで、皆の調子が悪いねんな)

その時、何かが天井からボトリと落ちてきた。全身真っ黒の小鬼である。これも邪気の一つで、先ほどのような雲から出来上がったものだろうと、大は直感した。

小鬼は、雲よりも数段濃い邪気を放っており、近くにいる自分まで気分が悪くなる。大は片膝《かたひざ》をついて鞘《さや》のまま刀を突き出し、柄頭《つかがしら》を小鬼へと当てた。

突くと同時に、魔除けの力を軽く流す。猿ヶ辻に教わった眠り大文字の応用は、見事成功だった。小鬼は叫び声を上げて消えてしまい、その瞬間、大の胸がすうーっと軽くなった。

次に、黒い雲の中心も、同じように柄頭で突いてみる。こちらも浄化の作用が効《き》いたようで、邪気達は霧散《むさん》していなくなった。

悪いものが完全に消えると、大の気分だけでなく、納戸全体の空気も嘘のように澄《す》んでいく。

納戸の上部にある小さな窓を見ると、表の屋根の上にいるはずの鍾馗さんが、外からこんこんと窓を叩いていた。

「悪いもん、いなくなったえ。まぁ、またすぐ出てきよるやろうけど……。とにかく、ありがとうなぁ。私も、『鍾馗さん』として毎日、外から来る悪いもんを追い払ったり見張ったりしてるんやけど……。最近は、私一人では手が回らへんくてなぁ。これからも頼んます」

大にお礼を言った鍾馗さんは、再び所定の位置へと戻ってゆく。納戸が浄化された事で家の空気も少しは軽くなったのか、お母さんが一階から、

「お祓い、上手《うま》い事出来たんかー？　今ちょっと、私らの頭もすっきりしたえー」

と教えてくれた。

初めての浄化を上手くなし遂げた大は、そのまま家中を再び巡回し、お衣装部屋の箪笥《たんす》の裏や、二段ベッドの下、冷蔵庫の裏、お手洗い、お風呂場など、至るところに隠れていた悪い邪気や小鬼達を、全て柄頭で突いて消し去った。

そのお陰で、家の空気は完全に綺麗になったらしい。お母さんが、

「家が、風船みたいに軽ぅなったわ」

と冗談を言い、蓮も、勉強中だという京言葉を一生懸命に使って、

「うち、ほんまのお侍《さむらい》さん、初めて見ました。めっちゃカッコいいどすね！」

とべた褒《ほ》めしてくれたので、大はつい照れてしまった。

しかし、辰巳大明神や鍾馗さんから「また出てくる」と聞いていたように、しばらくすれば小さな邪気が、一匹、二匹と、また家の各所に湧き出てしまう。

これには大も驚いたが、少数の邪気ぐらいでは、お母さん達の体調に影響はなかった。

窓越しに聞いた鍾馗さんの話では、邪気の数が多くなったり、小鬼まで出現するようになると、家の空気が悪くなり、住人にも影響が出るという。

邪気は基本的に、突けばすぐに消えるため、退治に大した労力は要らない。定期的な浄化を怠《おこた》りさえしなければ、大一人でも安全が確保出来た。

舞妓達が帰って来る前に、大は何度も家の中を見回り、浄化を繰り返していた。

お母さんが「お茶でも飲むか」と休憩に誘ってくれたのでダイニングへ向かうと、蓮が緑茶を淹れている。

「ご苦労さんどした。来て早々助かるえ。一服したら、あんたのご飯もあるし、お風呂にも入りや」

というお母さんの勧めで大は椅子《いす》に座り、蓮も交えて三人でお茶を飲んだ。その後、里中さんが作ってくれた夕食を摂《と》ってお風呂にも入らせてもらうと、家の時計は午前零時前だった。

(夢中で気づかへんかったけど……。もう、そんな遅い時間なんや)

寝間着《ねまき》に着替えた大がぼんやり考えていると、玄関の開く音がする。

「ただいまー。清香、戻りました」

という声がしたので行ってみると、薄水色の振袖に、だらりの帯を締めた舞妓が、「おこぼ」と呼ばれる高下駄《たかげた》を脱いでいるところだった。

彼女が動けば、頭のびら簪が揺れて、電灯の光を淡く反射する。

(凄い……。ほんまの舞妓さんや)

大が咄嗟《とっさ》にそう思ったのも、当然の事だった。

京都で生まれ育っている人間でも、舞妓を間近で見る機会は少ない。大のような、一般家庭の子であれば尚更《なおさら》だった。

舞妓に見惚《みと》れてしまうのは、京都人だろうが外国人だろうが、同じである。

大は、どうしてか女神に会ったかのように緊張してしまい、

「こんばんは……。あの、おかえりなさい」

と辛《かろ》うじて言葉を発すると、顔を上げた舞妓と目が合った。

まごついている間に舞妓の方から、

「こんばんは。ひょっとして、お話に聞いてた警察の方どすか？」

と言われて、大はハッと我に返った。

「今日からお世話になります、京都府警あやかし課の古賀大です。よろしくお願いします」

と頭を下げる。舞妓も、後から玄関にやってきたお母さんの説明を聞いて、花のように顔を綻《ほころ》ばせた。

「そうやったんどすね！　ほな大さんが、うちや皆を守ってくれはるんどすね。おおきに、おたのもうします。うち、清香ていいます」

同じように頭を下げる清香に、大はほっと胸を撫で下ろす。部外者ゆえに煙たがられるかも、と心配していたが、いざ話してみると清香は十九歳の優しい女の子で、松本の中では最年長の舞妓だった。

その清香が最も被害を受けて寝不足だと聞いていたのに、今、大の目の前で微笑《ほほえ》む彼女は、疲れなど微塵《みじん》も感じさせない。

大が気遣って訊くと、

「寝不足や頭痛は事実どすけど、うちは平気どす。舞妓さんは、体が丈夫やないと出来しまへんし」

ときっぱり答え、はんなりした外見とは違う、芯《しん》の強さを感じさせた。

その後、清香は二階へ上がってお衣装部屋で振袖を脱ぎ、飾りを取った髷のまま入浴する。お風呂から上がった清香は、頭はそのままでも、下は前開きのパジャマだった。

舞妓の日常の姿に新鮮味を感じていると、

「ただいまぁ。清《きよ》ふく、戻りましたぁ」

「ただいまどすー。彩莉奈《さりな》も戻りましたー！」

と元気な声がする。帰ってきた二人は、清香の同期の舞妓・清ふくと、清香の後輩・彩莉奈だった。

二人は、清香とは一味違う明るい性格である。彼女達は、玄関で大と挨拶を交わしてすぐ、

「なぁなぁ大さん。幽霊とかって、どんなふうに見えはるのん？　うちら、寝不足になるばっかりで、そういうの全然見えへんねん」

と清ふくはあやかしの世界に興味津々《しんしん》で、彩莉奈の方は、日本刀に興味を持ったようだ。

「大さんが持ったはる刀って、ほんまもんのやつ？　ほんまにこう、バッサーって斬《き》れるんどすか？」

彩莉奈が勇ましく斬る真似をしていると、お母さんがやってきて「あんたら早《は》よ着替えや」と二人に声をかけた。

やがて大は、一番遅く帰ってきた最年少の舞妓・多《た》つ彩《あや》とも挨拶し、清香達と同じ寝室の、二段ベッドの下の段を借りて眠ることになった。

大が寝るベッドの向かい側にも二段ベッドがあって、その下の段に清香がいる。

仕切りのカーテンが開き、清香が顔を出した。

「大さん、うちとこは騒がしい家かもやけど、楽しいえ。これからもよろしゅうな。うちもなるべく、大さんに迷惑かけへんよう気張るさかい。――ほな、お休みやす」

大に微笑んで、清香はカーテンをゆっくり閉める。上の段の蓮がそれを見計らって、

「姉さん、電気消さしてもらいますね。おやすみなさい」

と断ってから、リモコンで消灯した。

大も、カーテンを引いて暗闇《くらやみ》の中へ身を横たえる。

まだ一日も経っていないのに新しい事の連続で、昨日まで過ごしていた喫茶ちと

せや実家での日々が、何だか遠くに感じられる。

ややもすれば、現実世界を遠く離れて、異世界に降り立ったような気さえしていた。

（カンちゃんも、こんな気持ちやったんやろか）

と修学旅行気分になりかけたところで、

（あかん、あかん。仕事やのに）

と自戒して両頬を叩く。

こうして、大の花街での生活が、幕を開けたのだった。

二日目以降の大は、朝から家中を巡回して浄化を続けながら、置屋の生活や祇園町の地理を覚える事に専念した。

置屋の一日というのは、お母さん、仕込みさん、舞妓達で生活リズムが微妙に違っており、松本で一番早く起きるのは、朝の浄化を行う大を除けば蓮である。

早朝のダイニングで、大と一緒に朝食のトーストを頬張りながら、蓮が言うには、

「おうちにもよりますけど、うちでは、家の中のお掃除や表の箒《ほうき》がけ、皆のお洗濯は、全部仕込みさんがやるんどす。そやさかい、うちは毎日一番早《はよ》から起きて、

トイレ掃除やら家中の雑巾《ぞうきん》がけをしてから、お稽古に行かしてもらうんどす」
との事で、蓮がいつもの掃除をした後に、大が浄化を行うという流れが定着した。

二人の「掃除」が終わった午前八時頃にお母さんが起き、その約三十分後に、清香ら舞妓達も起床する。

祇園の朝食といえば和食しか思い浮かばなかった大だが、彼女達は主に、里中さんが昨日のうちに用意しておいてくれたパンや、作り置きのおかずを食べる。この点も、一般家庭と何ら変わらなかった。

「おはようさんどす」

と最初に下りてきた清香は、昨日の夕食の残りを平《たい》らげて、「おはようー」と寝ぼけ眼《まなこ》で二階から下りてきた清ふくは、苺味《いちごあじ》の蒸しパンを食べている。

直後に下りてきた彩莉奈はご飯に海苔《のり》を巻いて食べ、多つ彩は卵かけご飯の朝食の後で、咳止《せきど》めを飲んでいたりと様々だった。

朝食が済むと家の中は俄《にわか》に慌ただしくなり、清香達はお衣装部屋で髷の形を整えて昼用の簪を挿《さ》し、パジャマから小紋《こもん》に着替えていた。

これは、女紅場《にょうこば》と呼ばれる芸舞妓の通う学校・八坂女紅場学園で行われる舞や三味線などのお稽古へ行く準備であり、仕込みさんもここへ通うという。

そのため、蓮も清香らに交じって、慣れない手つきで着付けを頑張っていた。

小紋に、お太鼓の帯を締めた清香達が玄関で「おこぼ」を履き、

「ほな、行てきます」

と声をかけると、お母さんも「はい、お気張りやす」と送り出す。

大も、お母さんの後ろで彼女達を見送っていると、入れ違いに「おはようさんどす」と一羽のカラスが入ってきた。

カラスは煙と音を出して、丸髷の頭に、桜柄の着物という粋な女性となる。

「あて、辰巳の旦那様のお世話をさしてもらってます、節子《せつこ》いうもんどす。古賀さんとは、去年ちょーっとだけお会いさしてもらいましたけど、あての声覚えてますやろか」

と言われて、大は去年解決した祇園の事件を思い出した。

聞き込みで辰巳神社を訪れた際、辰巳大明神が玉木に化けて、塔太郎に悪戯《いたずら》をした。その辰巳大明神を注意していたカラスが、今、目の前にいる節子だったのである。

「おおきに、覚えたはったんやね。今回、旦那様から言付《ことづ》かって、あてが古賀さんの郵便係をやらしてもらいますねん。古賀さんの報告書を喫茶ちとせに届けたり、向こうからのお手紙や報告書も、こちらへお届けさしてもらいます。毎日これぐら

いの時間に来ますよって、すんまへんけど、お母さんも知っといとくれやすな」

節子の姿は、お母さんにも見えているらしい。お母さんは節子へ丁寧に頭を下げて快諾した。

大が、昨日のうちに書いた報告書を封筒に入れて渡すと、節子はそれを大事そうに受け取る。

「へぇ、確かにあてがお預かりしました。今日は向こうからの郵便はおへんけど、明日からは多分、たんとありますえ。ほな、お邪魔しました」

家を出た節子を追いかけてみると、封筒を咥《くわ》えたカラスが北西へと飛んでいく。一緒に見上げたお母さんが、

「カラスやと、ヤギと違《ちご》うてお手紙食べへんから安心やわなぁ」

と呟いたので、大も「そうですね」と笑った。

午前中の大は、休憩を挟みつつ浄化に務め、合間にお母さんの経理を手伝ったり、出勤した里中さんの料理を手伝ったりした。

浄化が一段落すると、鍾馗さんと今後についても相談する。

家の浄化を行うだけでなく、家の周辺も見回れば、解決の手がかりが摑《つか》めるのではないかという彼のアドバイスに従って、近所を巡回した。

祇園町は、昔ながらの似たような町家が並び、路地も多いので、慣れるまではど

こも似たような場所に見えてしまう。

　こっちの路地を出たかと思えば、あれ、このお茶屋さん見た事ある、いつの間にか戻ってきてたんや、と戸惑う事も多々あり、祇園で暮らし始めたばかりの大にとっては、まるで迷路のようだった。

　花見小路通りへ出て祇園甲部歌舞練場《かぶれんじょう》まで行ってみると、駐車場にも観光バスが数台停まっている。

　今、そこでは「都をどり」が上演中であり、祇園甲部の芸舞妓達が全員、交代で出演していた。見られるのは年に一度、四月だけなので、旅行会社のツアー客や愛好者たちが、こぞって詰めかけるのだった。

　清香達も例外ではなく、今日は女紅場でお稽古だが、明日の昼は、彼女達も都をどりに出演するという。

　芸舞妓の一日は、基本的に昼はお稽古、夜はお座敷という忙しさで、そこに、都をどりのような行事が加わると、一年の中でも特にハードだというのは、辰巳大明神の言った通りだった。

　今朝、清ふくはその事について笑っており、

「うちらは今、確かに邪気さんのせいで寝不足気味やけど……。どのみち四月の舞妓さんいうんは、をどりにお稽古、お座敷っちゅう日々で、寝るんが二時間いう日

もあるねん。そやさかい、寝不足やおつむが痛いんは、邪気さんのせいなんか、忙しいせいなんか、よう分かりまへんなぁ」

と遠回しに「家の邪気の原因は、清香ちゃんやおへん」と庇《かば》ったのに、大は気づいていた。同期の気遣いに、清香は「おおきに、清ふくちゃん」と小さく感謝していた。

大が家に住み込んでいると、邪気の繁殖は相当に抑えられるらしい。お母さんや蓮、清香を除いた舞妓三人は、

「昨晩、気分よう寝れたえ！」

と皆口々に喜んで、大を安堵《あんど》させた。

しかし、清香だけは大きな改善は見られず、頭痛はなくなったと話すものの、

「警察の人とお医者さんには、嘘はついたらあかんさかい……。ほんまの事を言うとな、まだ、上手く眠れへんのどす。先月までは、床でもどこでも、時間が十分だけでも、ほんまにぐっすりやったんえ」

と正直に言い、それを聞いた大は考え込んでしまった。

結局、祇園町を巡回しても、どこかに呪詛《じゅそ》の道具が仕掛けられている……という事ではないようである。町の人達も、歌舞練場に集まっている観光客達も、皆健康そうだった。

大が家に戻って浄化と昼食を済ませると、稽古に出ていた清香達が帰ってくる。

しかし実際に帰ってきたのは、清香、多つ彩、蓮の三人だけであり、大が残る二人について尋ねると、清香が説明してくれた。

「清ふくちゃんも、彩莉奈ちゃんも、まだお稽古へ行ったはるわ。舞妓さんのお稽古ってな、井上《いのうえ》流の京舞や三味線の他に、お茶やお囃子《はやし》とかもあって、舞妓さんによってお師《し》匠《よ》さんが違ったりするんどす。それで、お稽古の場所は皆同じ女紅場でも、お稽古日や時間はバラバラ。月末に、次の月のお稽古日が掲示されますさかい、それを自分でメモして行くんどっせ。

そやし、今帰ってきたうちらみたいに、今日は舞のお稽古だけでお昼までっていう人もあれば、今日の清ふくちゃん達みたいに、舞のお稽古が終わった後は別のお稽古……という日もあるんどす」

極端な話、お稽古に行くか行かないかさえも、お母さんや女紅場に強制されるものではなく、自分で決められるという。

「その代わり、怠けても誰も言うてくれはらへん。皆に遅れたり、下手になって困るのは自分どす。そやさかい皆、自分でスケジュール管理して、お稽古へ行きはるんどっせ。自己管理いうんどすやろか。それは、仕事で呼ばれるお座敷以外、ずっとそうどすなぁ」

清香達は、家に帰ってからお座敷が始まる夕方くらいまでが、一時《いっとき》の自由時間だという。

多つ彩はご飯を食べて薬を飲んだりした後は、昼寝をして体を休めているし、清香はお衣装部屋の姿見を使って、今日教わった舞を復習していた。

髪を結って着物姿の舞妓達は、外出こそ禁止されていないものの、外見が外見なだけに、如何《いかん》せん目立って注目を浴びてしまう。

ゆえに、祇園町以外へ出歩くのはあまりよろしくないとされ、置屋によっては、新人舞妓が一人で四条《しじょう》大橋を渡る事さえも、禁止しているらしい。

そんな中で買いたい物がある場合、外見が一般人と変わらない仕込みさんに頼む事が多いという。

「うち、今から大丸さんへ行ってきます。お姉さん方に頼まれてる、雑誌や小説、それにCDとかも、沢山ありますので」

と言って蓮はエコバッグを持って靴《くつ》を履き、おつかいへと出かけていった。

舞妓達が各々《おのおの》自由時間を過ごしている間、大は、ひたすら家の中を巡回して浄化を続ける。

そのうち、復習を終えた清香が声をかけ、

「今みたいな時間は、同期の子と軽いお買い物へ行ったり、お茶をしに行く事もあるのえ。お互いの事をよう分かってる祇園町のお店屋さんやったら、気軽に行けるねん。今度、大ちゃんも一緒に行こね」

と誘ってくれて大は嬉しくなり、一層張り切って浄化に務めるのだった。

三時頃になると、清ふくと彩莉奈も帰ってきて、用事で出ていたお母さんも帰ってくる。

松本の舞妓達はこの時間帯に早めの夕食を摂り、そこからいよいよ、お座敷に向けての準備が始まるのだった。

「うちは今日、宵《よい》の宴席を六時から聞いてるから……」

と、清香が言ったように、お茶屋へ行く時間から逆算する。着付けの男衆さんが家へ来る前に化粧を済ませ、髪には季節の花かんざしを挿して、待機するという。

普段は見る事の出来ない、芸舞妓の舞台裏である。大はつい、お衣装部屋に邪気がいないかを見張るついでに、後ろからそっと眺《なが》めてしまうのだった。

お衣装部屋に入った清香達は、鏡台《きょうだい》の前に座って自分の化粧道具を並べ、自分で自分の顔を丁寧に作っていく。

役者用の専用の油を塗った顔に、水で溶いた白粉を刷毛《はけ》で塗る清香と清ふくの手つきは慣れたもので、その後、大きなパフで粉白粉やベビーパウダーをぱんぱんとはたいて重ね、肌を整えていた。

よく見ると、清香は資生堂《しせいどう》の練白粉を使っているが、横に座る清ふくの白粉は、舞台用のメーカーのものである。その後、細い筆を使って目尻や唇に引く紅も、清香は同じく資生堂の紅、清ふくは、陶器に入ったよーじやの紅を使っていた。

大の隣にいた蓮によると、使う化粧道具に決まりはないらしく、芸舞妓の化粧さえ出来れば、どのメーカーのものを使うかは自由だという。

年長舞妓である清香と清ふくは、「お店出し」という舞妓デビューを果たしてもう三年近く。ゆえに、白粉や紅を塗る時間も五分や十分で終えていたが、舞妓になって一年程度だという彩莉奈の手つきはまだゆっくりで、今月初めにお店出ししたばかりだという多つ彩は、「こぼしたらあかん、こぼしたらあかん」と呪文《じゅもん》のように呟きながら、慎重に白粉や紅を溶いていた。

それまですっぴんだった四人の少女達が、だんだん美しくなってゆく。昼から夜へ、そして、伸びやかな女の子が仕事を持つ者へと変わる瞬間を、大は白粉の薫香《くんこう》が立ち込める中で、じっと見つめていた。

やがて、家に五十代ぐらいの男衆さんがやってきて、下の子から順番に着付けをしてくれる。

最初に着付けてもらった多つ彩は、

「お兄さん、おおきに。姉さん、着付けお先どした」

とそれぞれに声をかけた。

振袖にだらりの帯を締めた多つ彩を前にして、大は胸を打たれる。多つ彩も、この瞬間が一日の中で一番好きだと言い、振袖の袖を愛《いと》おしそうに撫でていた。

「うち、実は広島の出身なんやけど、テレビの特集を見た小学生の頃から、舞妓さんに憧れてたんどす。それで今月、ようやっと、ほんまもんの舞妓さんになれました。仕込みさん時代は、掃除もせんならん、京言葉も覚えなあかん、舞も覚えなあかんで大変どしたし、今も、お稽古やお座敷でよう叱《しか》られます。そやけど夢が叶《かな》ってますさかい、何て事おへん。うち、気張りまっせ!」

彩莉奈、清ふくと次々着付けが済み、最後は清香である。

それまで、舞妓達に特別な差異を感じていなかった大だが、宵の舞妓となった清香は、特に目を引いた。

清香が人気の舞妓だろうというのは容易に想像がつき、後からお母さんに訊いてみると、お母さんもうんうんと頷いた。

「うちの子は皆可愛い子やし、誰が上とか下とかは言いまへん。それでも、清香ちゃんは確かにええ子やわね。仕込みさんの時代から、どんなに叱られても挫《くじ》けへんぐらい気性が強い子やのに、周りにもちゃんと気遣い出来はるしね。――あの子の将来、楽しみどすな」

準備を終えた舞妓達は、花名刺や扇子《せんす》、手ぬぐいなどを入れた籠《かご》を持ち、お母さんに見送られながら「おこぼ」を履いて、それぞれのお座敷へと向かう。

大も、その時は一緒に家を出て、特に清香の警護役として半透明になり、途中まで付き添う事になっていた。

これは、「夜は面倒な事もあるさかい」という、鍾馗さんの提案である。大ははじめ、夜は単純に邪気が増えやすいという意味に捉《とら》えていたが、清香の後ろをついていくうちに、鍾馗さんの言葉の意味を理解した。

夕闇の中、花見小路を歩く清香は、今、祇園町のお茶屋へと急いでいる。その途中、清香という「舞妓」を見つけた外国人観光客が、一心不乱に清香の横顔や後ろ姿を撮影していた。

もちろん、無断である。清香は振り返らなかったが、お座敷に遅れないよう健気《けなげ》に足を速めているだけで、彼らを無視している訳ではなかった。

しかし、外国人の目には、意地悪されたと映ったようである。一人が清香に近づき、彼女の振袖を引っ張って止めようとした。

これには、さすがの清香も「すんまへん」と身を引いて避《よ》け、慌てた大は、半透明の状態を解いて、その外国人を注意した。

外国人は、刀を差して見上げる大にぎょっとする。大が片言の英語で何とか説明すると、相手は、舞妓を呼び止めるのはマナー違反だと分かってくれたらしい。

「オォ。ソーリー」

と謝った後に、

「ユア、ナイスサムライ」

と大を褒めて去っていった。

清香がお茶屋へ入るのを見届けて家に戻った後、大は、この一件をお母さんと鍾馗さんに報告した。

お母さんと鍾馗さんの話を聞くと、昨今の観光客のマナーの悪さは、祇園の悩みの種だという。二人とも、

「祇園町は今や、人が住んでる町というだけやなしに、皆の憧れの観光地やからなぁ。兼ね合いが難しおす」

と、対応に困っている様子だった。

大は一瞬、観光客達のマナーの悪さが邪気の出る原因かと考えてみたが、それは、祇園全体の問題である。不調をきたしているのが、松本だけ、清香だけというのもおかしな話で、今回の邪気の原因は、これではなさそうだった。

とはいえ、マナーの悪さをそのままにしては、皆の心が休まらないのは事実である。大は、京都府警の腕章を付けている以上、可能な限り自分が注意していこうと

思うのだった。

舞妓達が出払った家では、里中さんが朝食と兼用出来るよう夕飯を多めに作っており、蓮は、風呂掃除や洗濯物の取り込みを終えた後、お衣装部屋で舞の自主練をしている。お母さんは、自室に籠もって舞妓達のスケジュール調整や、別の場所で経営しているというスナックの仕入れのために、ずっと電話していた。

大は、そんな彼女達の様子を横目にひたすら家の浄化や原因究明を続け、邪気達の秘密の住処《すみか》や出入り口がありはしないかと、一生懸命見回っていた。

時折、鍾馗さんの声がして外に出てみると、マナーの悪い観光客が松本の外観を勝手に撮影している。鍵《かぎ》が開いているからといって、玄関に入ろうとする人もいた。

霊感のある人なら鍾馗さんが追い払ってくれるが、霊感のない人には、鍾馗さんの声は届かない。そういう時は、大が外に出て注意をした。あれこれ用事をこなしているうちに今日もまた、あっという間に夜更《よふ》けとなって、清香達が帰ってくる。

浄化を続けるという事は、常に魔除けの力を放出するに等しい。さすがの大も疲れていたが、

「大ちゃん、今日もおおきに。お座敷へ行く時もうちを助けてくれて、ほんまに嬉しかったえ」

と微笑む清香を見ると、不思議と背筋が伸びた。

それからの大の生活は、ひたすら同じ事の繰り返しだった。袴姿で刀を差し、家の浄化はもちろん、半透明となって祇園町を見回り、時折観光客に注意する。

そんな大の存在は、祇園町の霊力ある人達の間で、いつの間にか広まっていたらしい。

ある日、大がお茶屋の女将だという人から声をかけられて労われると、

「あんた、新選組《しんせんぐみ》の生まれ変わりなんやって？」

と途方もない事を言われ、大は「えーっ⁉」と驚いたものだった。

「ぜっ、全然違います！　私が新選組やなんて、そんな……！」

「あぁ、そうなん？　生まれ変わりと違うの？　おかしいなぁ。私、うちの隣の浜《はま》江《え》さんから聞いて、浜江さんとこは、丹禰《たんね》さんとこのお母さんから聞かはってんて。で、丹禰さんとこのお母さんは、自分とこの舞妓ちゃんから聞かはったらしいわ。で、その子は、女紅場で彩莉奈ちゃんから聞いた、て言うてたえ」

女将の説明を聞くと、どうやら、噂に尾ひれがついて回りに回り、今ようやく、大の耳に届いたらしい。

この一件は、松本の皆のあいだで笑い話となり、お母さんが、

「そら災難どしたなぁ」

と面白そうな顔で慰《なぐさ》めてくれた。

「祇園町は、お話好きな人が多いねん。町の人みんなが家族みたいなもんやさかい、誰が何をしたかなんて、すぐ広まりますわ」

広めた張本人の彩莉奈は、お座敷から帰ってお母さんからこれを聞き、手を合わせて謝ってくれた。

「いやぁ、かんにんえ。うち、大さんをカッコいいと思てるさかい、女紅場でつい、霊感のある子に自慢してしもてん」

と言われれば悪い気もせず、ダイニングで夜食のあんみつを食べていた清ふくが爆笑していた。

「それ、この町では結構あるあるやんな。いい事をしてもツーツーやし、悪い事をしてもツーツー。で、自分のところに返ってくる頃には、『えっ、そんな話になってんの？』みたいな。清香ちゃんかって、最初の頃は今の大ちゃんみたいに、陰《おん》陽《みょう》師《じ》を守護神につけてるっていう凄い噂があったんやで」

それを信じた蓮と大が、

「清香さん姉さん、それほんまどすか⁉」

「清香ちゃん、ほんまに⁉」

と同時に言うと、ビデオを見ながら舞の復習をしていた清香は、「そんな訳ないやん」と笑って否定していた。

こういう話も、大はつぶさに報告書へ書き、毎朝やってくる節子に託《たく》して喫茶ちとせへと送った。

同時に、喫茶ちとせからの書簡も受け取っており、玉木の書いた日報や、そこへ貼られた付箋《ふせん》による琴子からの手紙にほっとする日々だった。

それらを読む限り、ちとせの皆も、平和な日常を過ごしているようである。今は、この書簡だけが大と喫茶ちとせを繋ぐものであり、日報や手紙を読む度《たび》に、何だか懐かしい気持ちになった。

(変やなぁ。喫茶ちとせがある中京区《なかぎょう》も、祇園がある東山区《ひがしやま》も、同じ京都やのに……)

ある朝、いつも通り節子から受け取った封筒を開けると、日報とは別に、縦長の封筒が一通添えてある。

深津からの用件か、あるいは、付箋では書き切れなかった琴子の手紙かと思って開けると、予想外にも、中身は塔太郎の字だった。

塔太郎からの手紙だと分かった瞬間、大の体が一気に熱くなる。広げた手紙をもう一度折り畳《たた》み、胸に抱いて後ろを振り返り、お母さん達が気づいていない事を確かめた。

別に悪い事なんてしてへんのに、と思いつつも、まだ読んでもいない手紙一つで頰の染まってしまう自分が、どうしようもなく恥ずかしい。

大は慌てて二階へと上がり、その性急な足音を聞いたらしいお母さんの、

「どないしはったの」

という声にも、大は「すみません、何でもないです」と返すので精一杯だった。

寝室の、自分のベッドの隅に小動物のように座り、塔太郎からの手紙を読んでみる。いざ手紙を書くとなると塔太郎も緊張したのか、随分改まった文章だった。

古賀大様

こんにちは。坂本塔太郎です。御多忙の中、この手紙を送ります事を、どうかお許し下さい。

貴女《あなた》が祇園へ行ってから数日が経ちました。毎日頂く報告書で、大さんが立派に任務をこなしていると知り、とても嬉しく思います。

そちらの方々は、皆いい人達で、大さんも楽しそうですね。新選組のお話は、俺も、琴子さん達も、思わず笑ってしまいました。

お一人での任務は、何かと苦労も多いかと思います。どうか無理せず、大さん自身も体調に気を付けて下さい。

大さんが迷惑でなければ、また手紙を送ります。それでは。

坂本塔太郎

決して長い文章ではないし、愛が綴《つづ》られている訳でもない。

それでも、文字一つ一つから滲《にじ》む塔太郎の温かい心に包まれた気がして、大は便《びん》箋《せん》一枚のこの手紙を何度も読み返し、まるで恋文を扱うかのように、大事に仕舞った。

普段は「大ちゃん」と呼んでいるのに、手紙上では「大さん」。始めから終わりまで敬語である。そんな不器用なところも可愛らしく、

(あぁ、今すぐ塔太郎さんのもとへ飛んでいきたい)

と思ってしまい、自分で自分を律するのだった。

(よう考えたら、同じ京都でも東山区は鴨川《かもがわ》の東、中京区は鴨川の西や……。川を隔《へだ》てて、しかもここは男性が来にくい花街の置屋さんやさかい、こんなにも遠く感じるのやなぁ)

と、自身の言葉まで花街に染まりつつある事に気づき、大は今、塔太郎との距離を感じていた。

就寝前に手紙を読み返していると、うっかり清香達に見つかってしまった。内容

を読まれこそしなかったが、大の表情で一目瞭然《いちもくりょうぜん》だったらしい。

恋愛話が好きだという清ふくと彩莉奈は、自分が楽しんでいた漫画や雑誌を放り出し、大にぐいーっと身を寄せてきた。

「そのお手紙って、彼氏さん!?　彼氏さんからどすか？」

と彩莉奈が訊けば、

「この人らの中では、誰に似たはる？」

と清ふくが雑誌を広げて、男性アイドルの頁《ページ》を見せる。二人だけでなく、清香も多つ彩も興味深く大を見つめていたので、うっかり雰囲気に乗せられてしまった。

「ち、違うねん、恋人じゃないねん！　私の先輩！　……やけど……恋人に……なってほしい人……」

と真っ赤な顔に消え入りそうな声で白状すると、清香達も「いやぁー、この人恋したはるー！」と顔を赤らめていた。

大は、もうすっかり松本の一員である。

大という新しい娘が一人増えた事で、家の中の会話も、より一層賑やかなものになっているらしい。

「何やら、家がうるさなりましたなぁ」

とお母さんは笑いながら呟いていたが、それは嫌みなのではなく、明るくて楽しくなったという意味なのは、清香ら舞妓達だけでなく、大にも伝わっていた。

大が家の浄化を続けている限りは、お母さんをはじめ住人のほとんどは本調子に戻っていた。

ただ相変わらず、清香だけは熟睡しにくいようで、それだけが大の悩みである。

それでも、清香は大を責めるどころか愚痴《ぐち》一つこぼさず日々を過ごしているし、清香の状態や大の存在を知った近所の人達が、

「これ、清香ちゃん達やあんたに。甘い物を食べたら、元気が出るさかいな」

と、果物や和菓子をおすそ分けしてくれる。そんな優しさが、大の身に沁みた。

花街が、芸や仕事に厳しい世界である事は事実かもしれないが、同時にのんびりとした昔ながらの良さもあり、町自体が大きな家族のようである。これが、大の抱いた祇園の印象だった。

だからこそ、いち早く邪気が集まる根元を断って、清香をゆっくり眠らせてあげたい、皆を本当の意味で安心させてあげたいと願う大だった。しかし、そんな矢先、事件が起こったのだった。


その日の昼、大がいつも通り家の浄化を行い、

(邪気が湧き出る瞬間を見れば、何かが分かるかも……)

と原因究明のために、お衣装部屋の箪笥の裏を見張っていた時である。

突然、激しく玄関の開く音がして、

「お母さぁん！　うち、どないしょう！」

と悲鳴のような声を上げて家に入ってきたのは、お稽古から帰った多つ彩だった。

大が慌てて二階から駆け下りると、洗濯機から衣類を出そうとしていた蓮や、台所にいた里中さんまで玄関へ飛んでくる。

当の多つ彩は、泣きそうな顔でお母さんに取り縋《すが》っていた。

「お母さん、お母さん。うち、どないしょう。もう舞妓さん辞めんならんかもしれへん」

「どうしたんやな、そんな血相変えて。ちゃんと説明せんと、何も分からしまへんやろ」

お母さんが多つ彩の肩を抱きながら冷静に尋ねても、多つ彩はまだパニック状態である。

「うちの耳、いきなりおかしくなってん！」

と、涙ながらに訴えている。それを聞いた瞬間、大は全身から血の気《け》が引いた。

お母さんが多つ彩に、

「ええ？　おかしなったって、何がや？　耳が聞こえへんのかいな」

と状態を訊くと、多つ彩は、聴力自体はあるという。

「耳は聞こえるねん。でも、自分の周りの音が全部、半音下がって聞こえるんどす！　それで、今日の三味線のお稽古でも、半音下がってるってずっと怒られてたし、舞のテープの音かって、祇園小唄やらの聴き慣れてるはずの曲が、全部半音下がってて……！　人の声は普通なんどす。けど、楽器やら音楽やら、女紅場のタイマーの音とかが……！」

この訴えを聞いていた蓮が、

「お姉さん、この音も半音下がってますか？」

と真っ青な顔で洗濯機の電子音を鳴らすと、多つ彩は真っ青になって「下がってる」と言う。続いて里中さんが、

「いつも見てるお昼のやつ、今から始まるけど……。どやろか」

とテレビをつけて情報番組のテーマ音楽が流れると、多つ彩はとうとう「あかん！」と叫んで泣き崩れた。

「全部下がってる！　うちの耳、駄目になってしもた！　このまま耳が聞こえへんくなったらどうしよう!?　今かって三味線は弾《ひ》けへんし、耳が聞こえへんくなったら、お商売にならへん……。ほしたら、舞妓さん辞めなあかん……！」

膝《ひざ》を抱《かか》えて泣く多つ彩を前に、大は心臓が飛び出しそうになる。

それを何とか抑えながら多つ彩を励まそうとすると、多つ彩は大の袖を強く引いた。

「大さん！　うち、一体どうなったん⁉　家の中の悪いもんは全部、大さんが祓ってくれるんやなかったん⁉」

彼女は、大が最も恐れていた事を口にし、お母さんが「多つ彩！」と鋭く叱る。多つ彩の耳の異常が、邪気達のせいではないかと、大は自責の念に押し潰《つぶ》されそうになる。それでも、必死に気丈《きじょう》さを保つしかなかった。

努めて冷静な声で多つ彩に話しかけ、両耳に手を添え、悪《あ》しき気配がないかを確かめてみる。その結果、いくら集中してみても、邪気らしいものは感じられなかった。

しかし、多つ彩に何かが起こっているのは事実である。大が、ただちに電話でちとせへ連絡すると、竹男と琴子だけでなく、深津が晴明神社《せいめいじんじゃ》支所へ応援を要請《ようせい》したのか、陰陽師隊員である鶴田《つるた》も駆け付けてくれた。

彼らと挨拶を交わす余裕などなく、多つ彩の状況を説明する。最初に竹男が外見上から多つ彩を診《み》たが、やはり、おかしなところは見当たらない。

次に、鶴田が診ても同じで、最後に、女性である琴子が別室で多つ彩の素肌を確かめたが、やはり呪詛などの痕跡《こんせき》は見当たらなかった。

この時、清香ら他の舞妓達も、女紅場から帰宅した。彼女達は、泣いている多つ彩と、傍《かたわ》らにつくお母さん、不安げな表情でダイニングの隅にいる蓮や里中さん、そして、大の他にもあやかし課隊員が数人詰めかけている状況を見て、腰を抜かさんばかりに驚いていた。

その時大は、鶴田と清香が、互いに目を合わせた事に気づく。

「何があったの」

と標準語で訊く清香に、

「後で全部説明する」

と鶴田も短く答えている。二人は明らかに、以前からの知り合いらしかった。

この事態に、さすがの竹男達も困ったように腕を組んでいる。大は、竹男達に浄化の状況を説明して、不備を指摘されるのを覚悟していた。が、話を聞く限り大にミスはないと三人は言い、その証明として鶴田も簡単に家の中を調べた。しかし、人に異常をきたす呪詛はないとの事だった。

今度は竹男が、多つ彩本人に、交友関係や食事といった近況を尋ねてみる。すると、多つ彩は何気ない日常を全て話し、

「大さんが来てくれはる前から、風邪《かぜ》を引いたせいで咳が出てたんどす。お医者さんから貰《もろ》うたお薬を飲んだら咳が止まったので、今でも飲んでますけど……」

と言った時、竹男の目もとがぴくっと動いた。

「咳止め？　……ひょっとして」

多つ彩に白い錠剤《じょうざい》を見せてもらった竹男は、

「あー、やっぱり！　多分、原因これですわ！　咳止めの副作用です」

と言って、大達を驚かせた。

大が呆然《ぼうぜん》としたまま、

「お、お薬のせいやったんですか？」

と訊くと、竹男は「あくまで『多分』やぞ」と大に前置きしたうえで、お母さんや多つ彩に咳止めを見せていた。

「このお薬ね、お医者さんからよう処方される強めの咳止めなんですけど……、たまに出る副作用の一つに、聴覚異常があるんですわ」

これを聞いて、大達はもとより、普段はしっかり者のお母さんも目を丸くしている。

「風邪のお薬で、そんなならはんのどすか」

「そうなんですよ。あんま、知られてない事なんですけどね。音楽関係の人とかは、お医者さんにこの種類は避けてくれって頼む人もいるらしいですよ。聴覚異常っていうのはほんま、まさに今、多つ彩さんがならはってるように、音が半音ぐらい下がるらしいんです。耳鼻科の先生にちゃんと訊かんと断言は出来ないですけども、多分、これや思います。せやし、服用を止めたら治ると思いますよ。できるだけ早くお医者さんへ行って、相談してみて下さい」

竹男の根拠ある説明に全員がひと安心し、特に泣いていた多つ彩は、耳が治ると聞いて嬉し泣きに変わっていた。

「お母さん、よかったぁ。うち、治るってぇ」

「多つ彩ちゃん、ほんまよかったなぁ。そやけど、まだ安心したらあかんえ。今からすぐお医者さんへお行きやすな」

「へぇ！　ほな、これから行ってきます！」

事件はこれにて解決し、大も、座り込みたいほどに安堵する。薬の副作用まで熟知している竹男に感銘を受けていると、竹男は笑って手を振った。

「そら、二十年以上もあやかし課隊員をやってんにゃから。まあ脇の知識も増えるわな。特に、薬の副作用とかは、感知能力に関わる事やしな。というか、大ちゃんが配属されるずっと前、全く同じような症状の人が『呪《のろ》いにかかったー！』って言うて、店に駆け込んできた事があんねん。せやし、大ちゃんの連絡を聞いて、ひょっとしたらそれか？　っては思ってたんやけど、当たりやったわ。ま、この程度の話ですんでよかった」

顔を上げると、清香達や蓮、里中さんも、多つ彩を囲んで喜んでいる。自分も竹男のような知識を持っていれば、と情けなく思っていた大が彼女達の輪へ入れずにいると、

「自分一人で何とかしよう思わんと、よう、すぐ連絡してくれたな。仲間を呼ぶんは、緊急事態の鉄則や」

と竹男が大の背中を軽く叩き、その反対側から琴子が、

「今度、半日だけやったら、私が交代出来る日があんねん。やし、その日は大ちゃんもゆっくり休んでな。――ほら。胸を張った、張った！」

と横からぎゅっと肩を抱き寄せた後、大を輪の中へと押し出してくれた。

その後、多つ彩はすぐに耳鼻科へ行き、やはり薬の副作用だと診断されたらしい。薬の服用を止めると、すぐに耳の状態は改善された。翌日、完全に治った多つ彩は、再び激しく玄関を開けた。

「ただいまぁ！　お母さん聞いてー！　うち治ったたぁ！　お稽古も問題なかったえ！」

輝かんばかりの表情に、大はもとより家の皆が喜び、お母さんも、心からの笑《え》みで多つ彩の手を握る。

しかしその後は、

「多つ彩ちゃん。治ったのはほんまによかったけども、ちょっとおいで」

と自室へ招き、

「あんた、これから舞妓ちゃんとして頑張ってこうっちゅう子が、あんなに泣き喚《わめ》いたらあかんやないの。お座敷で万一の事があったら、あんた、あんなふうに泣きますのんか。それに、大ちゃんにまで要らん事言うて。自分を見失《みうしの》うて、人さん悪く言うのは一番あかん事え」

と、昨日の態度を静かに諭《さと》していた。

多つ彩は、お母さんの言葉をしっかりと聞き、正座していた向きを大へと変えて手を合わせた。

「大さん、かんにんえ。うち、これからはちゃんとするさかいな」

「私は全然、何とも思ってへんし気にしんといて！　多つ彩ちゃんが無事で、ほんまによかった」

多つ彩があれだけ取り乱していた理由は、耳がおかしくなった恐怖よりも、この先舞妓が出来なくなる事への恐怖からだという。

そう語ってくれたのは就寝前の清香で、

「皆、舞妓さんになりたいと憧れて、この花街へ来てるんやさかいなぁ。念願の舞妓さんになって、さぁこれからって時に夢が断たれるとなったら、そら泣きます。

特に、多つ彩ちゃんは、今月にお店出ししたばっかりやもの。もし同じ立場やったら、うちかて怖いと思う」

とベッドを挟んで話を聞きながら、大は昨日の、清香と鶴田の姿を思い出していた。

清香が帰宅してすぐ、鶴田に話しかけた時点で知り合いだろうと察してはいたが、さらに騒動が解決した後、廊下で秘《ひそ》かに話す二人を、大は目撃してしまったのである。

（優作《ゆうさく》、多つ彩ちゃんは大丈夫？）

（うん。咳止めの副作用やて。七羽《なな は》は、何も心配せんでええ。自分は、何もないか）

（大丈夫。大ちゃんが、頑張って浄化してくれてるから……）

優作というのは鶴田の名であり、七羽というのは、おそらく清香の本名である。名前で呼び合うというのはよほど親しい関係と思われ、大は最初、鶴田と清香は親類縁者なのだろうかと思っていた。

しかし直後、二人が熱の籠もった目で見つめ合い、結局袖さえも触れ合う事なく離れたのを見た時、親類縁者の仮説は吹き飛び、別の仮説を立てざるを得なかった。

（清香ちゃんと鶴田さんは、内緒で付き合ってるんやろか）

清香に問いたくても、デリケートな事だけに言い出せない。
やがて清香の方から、
「大ちゃん、お休みやす」
と言ってベッドのカーテンを閉めたので、大もカーテンを閉めて横になる。
大も、今回の騒動で一気に疲れが出たのか、すぐに眠りに落ちてしまった。
その瞬間に思い出したのは、やっぱり、塔太郎の姿だった。

第四話　花舞う祇園《ぎおん》と芸舞妓《げいまいこ》　～事件編～

桜が舞う祇園甲部歌舞練場《こうぶかぶれんじょう》の前に立つと、大《まさる》は、梨沙子《りさこ》と観《み》に行った「都をどり」を思い出した。

幕が上がると、客席の右側で、地方《じかた》八人による唄や三味線《しゃみせん》の演奏があって、左には、芸舞妓七人による笛や太鼓《たいこ》の演奏が見えた。やがて音が止《や》み、

「みーやーこーをーどーりーはァーアァー……」

と、一人の地方の伸びやかな声がして、直後に、複数の甲高《かんだか》い、

「ヨーイヤーサァー」

と、天を突くような掛け声。

その途端、会場がぱっと明るくなる。

両側の花道に八人ずつ、揃《そろ》いの着物をまとった芸舞妓達の一糸乱れぬ行列が現れて、公家御殿風《くげごてんふう》の設《しつら》えだという銀襖《ぎんぶすま》の舞台へと優雅に進み、指先一本も崩れぬ上品な舞を披露する。演奏も舞も迫力があり、大と梨沙子は、高揚したというよりはむしろ、衝撃を受けたものだった。

全八景ある演目の、最初にあたるこの「置歌《おきうた》」は、都をどりを象徴する序曲である。その後、京都をはじめとする名所旧跡を舞台とした長唄の各景があり、芸舞妓達が白拍子《しらびょうし》や出雲阿国《いずものおくに》、説話の主人公といった役に扮《ふん》して舞う。最後は、桜が満開の舞台で全員総出となり、文字通り豪華絢爛《ごうかけんらん》のフィナーレを迎えるのだった。

舞台の演出による四季の趣《おもむき》、淑《しと》やかな長唄、芸舞妓の舞が醸《かも》し出す上品さ、気高さは、人々が春の京都に求める全《すべ》てを、たった約一時間の公演で表現し尽くしていた。

今、そこに、清香《きよか》達も出演している。彼女達は今、名実ともに春の精となり、観覧者達へ存分に、極上の「京都」を魅《み》せているに違いなかった。

歌舞練場の外で待機する大は、清香の事が心配である。

「何て事おへん。一人いいひんくなったら、皆に迷惑かけるさかい」

と、体の不調をおして舞台に立っている彼女が、倒れはしないかと冷や冷やしていた。周りが驚くからと本人が拒否したとはいえ、やはり自分も楽屋や舞台裏まで同行すべきだった、と悔《く》いている。

大が、祇園甲部の置屋《おきや》・松本《まつもと》に住み込み、清香達を守り始めて一週間が経《た》つ。大が常駐して浄化《じょうか》を続けているお陰で、お母さんや他の舞妓達は、初日から不調が治っていた。

しかし、清香だけは改善するどころか緩《ゆる》やかに悪化する一方で、大が来てからは見ていなかったという悪夢にも、昨夜は再び魘《うな》されたらしい。

邪気達は、放置すれば必ず家の中に湧《わ》き続けるし、松本でそれが発生する根本的な原因も、いまだに分からぬまま。

大自身、初日から家の中を何度も調べつつ、鍾馗《しょうき》さんとも相談し、家の外に出れば観光客のマナー違反抑制に勤《いそ》しんでいるが、手掛かりすらつかめないでいる。

大は、喫茶ちとせへ送っている毎日の報告書にもこの状況をつぶさに書き、自分の意見も添えた上で、深津《ふかづ》や竹男《ちくお》に相談していた。

彼らだけでなく、鍾馗さんとも再び話し合った結果、お母さんや清香本人からも許可を得て、大はこれから清香に密着すると同時に、彼女の周囲に手がかりを求め、原因究明に本腰を入れる事となった。

翌朝、

「ほな、お母さん。行ってきます」

とお稽古《けいこ》へ行く清香達とともに、

「私も、行ってきます」

と、大も家を出て、祇園町の南東にあたる女紅場《にょうこば》へと同行する。

芸舞妓達が通う八坂《やさか》女紅場学園の中は、教室が障子《しょうじ》と畳という点を除けば、廊下や窓の形など、昔ながらの学校のような造りだった。

朝一番に来る年少の舞妓達がお師匠さんのお茶を淹《い》れ、やがて、芸妓のお姉さんやお師匠さんが教室にやってくると、

「おはようさんどす、おたのもうします」

と清香を含む全員が一斉に挨拶《あいさつ》して、お稽古が始まった。

大は、松本や深津を通じて関係者から特別な許可を貰《もら》っており、刀を傍《かたわ》らに置き、教室の隅《すみ》で正座する。

清香をはじめ、舞妓達のお稽古をじっと観察しつつ、邪気の手がかりを探した。

祇園甲部の芸舞妓が習い、お座敷で行う舞は「井上流《いのうえりゅう》」ただ一つと決まっている。京舞《きょうまい》という名でも知られ、祇園の品格を守る伝統芸能であるだけに、その稽古は、大変厳しいものだった。

清香達が横一列になって舞う中、終始お師匠さんの真剣な目が光り、

「おいど（腰や臀部《でんぶ》）、もっと降ろしよし」

「間が早いっ！」

「こないだも言《そ》うたえ！」

「もっと体を反らしとうみ。そう。手も上げて。もっと。おいど！」

と、井上流の命とも言われる「おいど」を降ろす事を中心に、指導が飛ぶ。

一瞬の気の緩みも許されず、習った舞を覚えきれていない舞妓が立ち尽くしていると、

「忘れてたらあきまへん！　あんた何しにここへ来たん」

と、容赦《ようしゃ》なく叱《しか》られるのを見て、大は圧倒されてしまった。

その時である。稽古の列にいた清香の体が、ぐらりと揺れた。

「清香ちゃん？」

舞妓の誰かが口走ったのと同時に大は駆《か》け出し、寸でのところで清香を抱き留《と》める。扇子《せんす》の落ちる音がして、お師匠さんが心配そうに近づいてきた。

「清香ちゃん、大丈夫か。お巡《まわ》りさん、何ぞありましたんか」

大の事を「お巡りさん」と呼んだお師匠さんは、「動いたらあかん」と他の舞妓達に冷静に指示し、場を落ち着かせてくれる。

大が清香の様子を見ると、気怠《けだる》そうではあるが顔面蒼白《そうはく》という訳ではなく、意識もはっきりしていた。近頃の寝不足による、立ち眩《くら》みらしい。

大は、お師匠さんへ清香の早退を申し出ようとしたが、

「お師匠さん、ほんまにすんまへん。足がつって、滑《すべ》ってしまいました。もう立てますので続けさして下さい」

と清香は大から身を離し、扇子を拾おうとした。

「駄目やって、そんな」

かぶせるように大が止めるも、清香はにっこり笑い、

「大丈夫やって。大ちゃんは今、うちを警護中やさかい、神経がピリピリしたはん

ねん。――ほんまに、大丈夫やから」

「でも……」

大が気圧《けお》されて戸惑《とまど》っているうちに、清香は素早くお師匠さんと周囲に謝り、そのまま稽古へ参加してしまった。

そうなると、引っ張ってでも止めるような真似《まね》はしづらい。大は、今まで以上に清香とその周りに気を配り、彼女がお稽古をやり切るまで、じっと見守るしかなかった。

無事にお稽古が終わると、清香は他の同期の舞妓達からも心配されていた。

彼女はその度《たび》に笑って手を振り、

「何て事おへん。びっくりさしてかんにんえ」

と言って同期を安心させ、帰る彼女達の背中を見送ってから、ため息をついた。

さすがに大もひと言言わざるを得ないと思い、誰もいない廊下で、

「清香ちゃん。何で、あんな嘘《うそ》ついたん？　邪気の正体は、まだ分かってへんねんから……」

と胸を痛めながら聞くと、清香は素直に謝ってくれた。

「大ちゃん、ほんまにごめんなさい。でも、……どうしても今日だけは、休む訳にはいかへんかってん」

「何で？」

「このお稽古の後、お姉ちゃんと会う約束してんねん。芸妓さんのお姉さんやなくて、ほんまの肉親の、『お姉ちゃん』。うち、携帯電話は持ってへんし、お姉ちゃんとの連絡は、お手紙のやり取りだけどす。もしうちが家で寝込んでたら、待ちぼうけさしてしまう。会《お》うたとしても、お稽古を早退してたら、『お稽古は早引きしたのに何で』って自分自身が思うし、許せへんねん」

「それで、お稽古を最後までやらはったんやね」

「うん。お姉ちゃんも仕事が忙しいみたいやし、今日会えへんかったら、次はいつになるか……」

女紅場を出る前に大が水筒からお茶を入れると、清香は美味《おい》しそうに飲んでくれる。厳しい稽古だったので心配していたが、清香は体調を立て直したらしい。大はとりあえず、ほっとした。

姉との待ち合わせ場所だという喫茶店へ向かいながら、清香は、花街《はなまち》における舞について話してくれる。

「舞は、それが出来ひんと話にならへんさかい、お稽古は特に厳しいねん。新しい舞を教えてもらった次のお稽古では、動き自体はもう全部覚えてなあかん。お師匠さんが動きを教えてくれはるのは最初だけで、あとは、覚えたその動きが、ええか悪いかを見てくれるだけ。そやさかい、舞を忘れてしもたり、昨日教わった事が出来てへんかったら、今日の子みたいに凄《すご》く怒られるんよ。

舞妓さんは、舞があっての存在どす。皆が知ってる『祇園小唄』が舞えへんと、お店出しはさせてもらえへん。それも、二人で踊るやつ、三人で踊るやつ、その左と右では微妙に違うから、祇園小唄だけでも、五種類の舞を覚えなあかんのどす。もちろん、覚える舞は、祇園小唄だけやおへん。沢山あんのえ。

それで皆、自前のテープレコーダーをお稽古場に置いて録音して、家で聞いて復習するんどす。ＩＣレコーダーの子もいるけど、最新の機器は、昔のテープのダビングがしにくかったり、かえって雑音まで綺麗《きれい》に取ってしまうねん。そやし、やっぱりテープが一番どすなぁ。つまりテープレコーダーは、舞妓さんの知られざる必需品どすな。最近は、電器屋さんへ行ってもテープレコーダーが売ってへんさかい、その悩みも、うちらの『あるある』やね。

都をどりのお稽古なんて、三月にお稽古を始めて、今の四月には本番どっしゃろ。そやし、踊りを覚えるだけで精一杯。夜叉《やしゃ》にならな、とても出来ひんわ。

今日、うちがお稽古を最後までやったんは……、何も、お姉ちゃん会いたさだけやない。お稽古を一日休んだら、それだけ舞は鈍《にぶ》ります。うちは清《きよ》ふくちゃんと違って、要領は悪いし、忘れっぽいし……。人の三倍は努力せなあかん。舞のお師匠さんが教えてくれるお稽古は、毎日ある訳やおへん。一回一回が、値千金《あたいせんきん》どす。ええ舞妓さんでいるためにも、気張らんとね」

清香は、話す事で気分も晴れるのか、一般に知られていない事まで教えてくれる。聞けば聞くほど、大変だと思う事ばかりだった。

大はつい、

「毎日、辛《つら》くない？　今回の清香ちゃんが不調なんは、邪気のせいって分かってるけど……。お昼はお稽古、夜はお座敷っていうハードスケジュールやと、邪気がなくても体調を崩すような……」

と訊《き》いてしまった。しかし、清香は「何て事おへん」と微笑《ほほえ》み、ことんと小首を傾《かし》げた。

「確かに、お稽古は毎日あって大変どすし、夜遅くにお座敷から帰るんは疲れます。そういう生活が辛くて、辞めはる子も沢山います。けど……皆、舞妓さんになりたいと夢を抱いて、この世界が好きでやってるさかいなぁ。嫌やったり、ついてこれへんと思ったら、辞めたらよろし。誰も止めはらへんし、止める権利もあらへん。ここ花街で夢を追い続けるか、去って新しい人生を選ぶかは、全部自分次第どす。うちは、『舞妓さん』が好きやから続けられるねん。あとは、同期の子やお母さんの励まし、芸妓のお姉さんの教え、それと……、お姉ちゃんの応援のお陰」

確かに、多《た》つ彩《あや》も舞妓が好きで京都へ来て、舞妓になれた事に喜びを感じていた。だからこそ、その道が音感異常によって断たれそうになった時、あれだけ取り乱したのだろう。

大は、清香達の「好きだから耐えられる」という確固たる意志を感じ、その心意気で臨《のぞ》む芸舞妓達と、それに応《こた》えんと舞を教え込むお師匠さん達が集《つど》う女紅場に、どうして邪気がいられようかと気づくのだった。

そんな清香の本名は、「作七羽《さくななは》」といい、出身は東京の府中《ふちゅう》市だという。

「仕込みさん時代は慣れへん事ばっかりやさかい、やっぱり辛《つろ》うおした。うちも何度、自分には向いてへんの違うか、辞めた方がええんやろかと思ったか、分からしまへん。そんな時に支えになったんが、お姉ちゃんの手紙どした。

実はうちら、小さい頃に町のイベントで舞妓さんを見て、それで、お姉ちゃんと『姉妹で舞妓さんになろうね！』って言い合ってたんどす。それでお姉ちゃんは、中学を出たら置屋さんへ入りました。けど、お姉ちゃんは結局、お店出しする前に辞めはった。顔に塗る白粉《おしろい》が、どうしても肌に合わへんくて、きついブツブツが出てしもて……。白粉が塗れへんかったら、舞妓さんは出来しまへん。置屋さんのお母さんとも、相談の上やったそうです。帰ってきたお姉ちゃんは『しょうがないよね』って笑ってましたけど、内心はどれほど無念やったか……。

それで、今度はうちが中学卒業を控えて舞妓さんになる決心をした時、お姉ちゃんが一番応援してくれたんどす。お姉ちゃんは辞めはったとしても先輩やから、お手紙で何べんも厳しいアドバイスをしてくれて、何べんも、優しい言葉で慰《なぐさ》めてくれた。そのお手紙はうちの宝物で、今でも大切に全部、取っといてあんねん。お姉ちゃんかって、働きながら学校へ行ってて、今も仕事で忙しいのに……。

――もう、分かったやろ？　『清香』という舞妓は、うちだけのもんやおへん。うちと、お姉ちゃん二人分の夢が生み出した舞妓さんやねん。せやし、うち一人の気分で、怠《なま》ける訳にはいかへんねん」

清香の健気《けなげ》な言葉に、大はただ黙って頷《うなず》くしかない。不調を隠してまで稽古に臨んだ姿勢を、それ以上咎《とが》める事は出来なかった。

四条《しじょう》通りの横断歩道を渡って二人が入った喫茶店は、祇園の老舗《しにせ》として知られる「切通《きりとお》し進々堂《しんしんどう》」。ここは昨年、大と塔太郎《とうたろう》が辰巳大明神《たつみだいみょうじん》へのお土産《みやげ》として「あかい〜の」「みどり〜の」という愛称のゼリーを買った店だった。

あの時は店頭で買って持ち帰るだけだったが、今日は、静かな店内へと入る。舞妓の名前が入っている団扇《うちわ》が沢山飾られてあり、芸舞妓達の御用達《ごようたし》の店だとすぐに分かった。奥の席には、二十代らしい女性が一人座っている。

長い髪で、顔立ちは何となく清香に似ている。大の前にいた清香が小走りで、

「お姉ちゃん！」

とさも嬉《うれ》しそうに駆け寄っていった。

清香の姉も、顔を綻《ほころ》ばせて手を振り返している。やがて、大をちらっと見て会《え》釈《しゃく》した。大を視認出来る程度には、姉にも霊力があるらしい。清香が大の事を説明すると、

「えっ、そうなの。妹がお世話になっております！」

と、驚いたように目を見開かせ、立ち上がってお辞儀《じぎ》してくれた。

清香の姉は、作結菜《さくゆいな》という名前だった。清香の話からイメージしていた通り、話す様子を見ても、かなりのしっかり者である。

結菜は中学を出た後、松本ではない別の置屋で仕込みさんをしていたという。夢半ばで辞めた後は、働きながら定時制高校に通って卒業し、現在は会社員との事だった。

「実は私達、両親がちょっとアレだったので……、親戚の家で育ったんです。でも、私達姉妹は、あんまり歓迎されてなかったというか、その……ね？　口では言われずとも、邪魔者扱いされていました。

そんな時に、親戚一家のおまけで連れて行ってもらったイベントで、舞妓さんを見て、一目惚《ひとめぼ》れしたんです。その後、テレビで花街の特集を見て、こんな素敵な世

界があるんだって感動して……。それで、妹と舞妓さんになろうって決めたんです。親戚の家から早く出たいっていうのも、ありました。

私は白粉が塗れなくて駄目《だめ》でしたけど、妹は根性もあるし、体も丈夫だし、絶対売れっ子になると思ってました。そうして今、その通りになってくれました。多分、本人は言ってないと思うので私が言っちゃいますけど、この子、テレビの密着取材を受けた事もあるんですよ？　実はそこに、姉として私もチラッと出たんです！　あの日見た特集に、今度は私達が出れたなんて。まさに二人の夢が叶《かな》った瞬間だって、手紙で喜び合いました」

結菜はずっと楽しそうに話し、襟替《えりか》えして芸妓となっても、清香はきっと売れ続けるだろうと大に自慢する。清香本人は、照れ臭そうにサンドイッチを食べながら、

「全部、お姉ちゃんのお陰だもん」

と、この瞬間だけは、舞妓・清香ではなく、「作七羽」に戻っていた。

三人でサンドイッチを食べた後、結菜が、

「はい。欲しがってたやつ。このメーカーのがいいんでしょ？　うちの近所に売ってた」

と鞄《かばん》から新品のテープレコーダーを出し、清香に手渡す。

「ありがとう！　さすがお姉ちゃん！　うちが今使ってるやつ、何かボタンがゆるゆるになってたさかい、どうしよう思っててん。通販で買お思っても、在庫がなかったし」

その新品のレコーダーを見た瞬間、大は飲もうとしていたレモンスカッシュをそっと置き、ばれないように、結菜とレコーダーを交互に見やった。

レコーダーから、妙な気配がする。邪気ではない。けれど、一般人が使っている道具と同じように、何の変哲もない……という訳でもなかった。

大は、興味があるように装い、結菜に頼んだ。

「実は私、テープレコーダーを見るのって、生まれて初めてなんです。触《さわ》らせてもらってもいいですか？」

「そうだよね。私達の世代って、テープ自体あまり見ないよね」

結菜はレコーダーを大に渡す。大は上下左右から眺《なが》める振りをして、レコーダーに邪気がないか、あるいは呪詛《じゅそ》の類《たぐい》がないかを確かめた。

たしかにレコーダー自身が「自分を見てほしい」と言っているような微《かす》かな気配がある。しかし、それ自体は、気分が悪くなるものではないし、邪悪なものは感じなかった。とはいえ、この違和感を大は放置出来ず、松本へ姉を連れていこうとする清香を見て、大は咄嗟《とっさ》に、別の場所へ行きたいと提案した。

切通し進々堂の目の前の道路、「切り通し」を北に直進すれば巽橋《たつみばし》があり、それを越えれば辰巳神社である。

結菜に少しでも違和感がある以上は置屋へは入れづらい。このまま辰巳大明神に会えば、違和感の正体が分かるのではないか……。大はそう考えたのである。

（清香ちゃんの、お姉さんを疑うような事はしたくない。どうか、レコーダーで感じた違和感が、私の早とちりでありますように）

そう願っていた大だったが、あいにく、辰巳大明神も、カラスの節子《せっこ》も留守だった。

これからどうしようと大が迷っていると、結菜が意を決したように大へ近づき、

「あの、古賀《こが》さん……」

と声をかける。大も口を開きかけたちょうどその時、清香が大きな声を上げた。

「お姉ちゃん、大ちゃん！　すぐそこに、芸妓さんのお姉さんが開いてる可愛《かわい》い雑貨屋さんがあんねん。お姉ちゃんは、豆《まめ》ゆきさんって芸妓さんがいはったん、覚えてる？　その人のお店！　行こう？」

笑顔の清香が、巽橋の上で手招きしている。それを見た結菜も同じく笑顔となり、

「うん、行きたい！　豆ゆきさん姉さんって、もう引退してたの？」

と大に背を向けて、清香を追いかけた。

「結菜さん。今、何か言いかけましたよね？」

大が尋ねるも、振り向いた結菜は「ううん、何でもない」と小さく首を振り、それ以上何も言わなかった。

清香が誘ったその店は、本当に巽橋の目と鼻の先にあり、小道にひっそりと建つ小さな町家《まちや》だった。「燈桜館《とうおうかん》」という木札の提《さ》げられた入り口をくぐると、中は昔ながらの町家をリノベーションしたもので、床は板張りである。

内装は和洋折衷《せっちゅう》で、窓には優しい桜色のステンドグラスが嵌《は》め込まれている。照明は、淡い橙《だいだい》色《いろ》のアンティークランプだった。

明治・大正期の雰囲気を醸しつつ掃除の行き届いた店内は、大変居心地がいい。焦《こ》げ茶《ちゃ》のテーブルに並んでいる懐中《かいちゅう》時計やブローチ、ヘアクリップといった雑貨は、どれも桜の意匠を凝《こ》らしたものだった。

よく見ると、一部の商品は微かに光っている。これは、塗料が塗ってあるのではなく、霊力が込もっているからだった。

清香と結菜は、その光る商品には気づいてすらいないようで、他の商品を見て「可愛い」「これ欲しい」と無邪気にはしゃいでいる。

霊力の強い大にだけ、その商品の存在が見える事から、製造元、あるいは店主が霊力持ちである事が窺《うかが》えた。

奥から物音がして顔を上げると、襟にレースを付けた淡い着物姿、髪は三つ編みのシニヨンという大人の女性が姿を現す。彼女に気づいた清香と結菜は、

「豆ゆきさん姉さん、お疲れ様どす」

「豆ゆきさん姉さん！　お久しぶりです」

と二人同時に挨拶し、豆ゆきと呼ばれた女性は、のんびり手を振り返していた。

「清香ちゃん、こんにちはー。横にいはんのは……、もしかして結菜ちゃん⁉　いやっ、久し振りやーん！」

女性は姉妹の来店をひとしきり喜んだ後、大にも丁寧《ていねい》に挨拶して、三島《みしま》と名乗ってくれた。

巽橋の傍《そば》で雑貨店を営んでいるだけに、彼女にも、大の噂《うわさ》は届いていた。

「確か、松本さんのとこで警備したはる子やんな？　私、今は本名の三島でやってるけど、この店のお客さんは祇園町の人も多いから、未《いま》だに『豆ゆき』って呼ばれんねん。私の名前が、三島やったか豆ゆきやったか、よう分からんくなるわ」

明るく笑って話す三島は、他の二人にはばれないよう大へそっと耳打ちし、

「ここは人さんだけでなく、あやかしのお客さんも含めた雑貨店なんよ」

と微笑んだ時、彼女の桜の帯留めが、ちらりと光った。

霊力持ちの店主がいる雑貨店とはいえ、燈桜館自体は普通の店である。大達は乙《おと》

女心《めごころ》をくすぐるような商品を眺め、結菜は懐中時計を購入した。

最後に三島が、新商品だという手の平サイズのランプを見せてくれた。

「新京極《しんきょうごく》とかに、体温で色が変わるリングっていうの、よう売ってるやん？　それを参考にして私も作ってみてん！　このランプの先端を触ったら、その人の心に反応して、光の色が変わるねんで。実際は、体温で変わるんやけどな」

大には、桜の飾りがあるこのランプにも、霊力が込められていると分かる。これだけは三島が自《みずか》ら見せているためか、清香や結菜も認識出来るようだった。

ランプの仕組みを面白く思った大達三人は、交代でランプに触れてみる。

すると、清香が触れた時は鮮《あざ》やかな緑に、大の時は赤に、そして最後に触れた結菜の時は深い青紫に光った。

三島は占い師のようにそれを読み取り、大達に説明してくれる。

「清香ちゃんは、さすがやねぇ。今も成長中の舞妓ちゃんやさかい、ランプの光も、生い茂《しげ》るような綺麗な緑になるんや。古賀さんは、今着てる制服と同じ、燃えるような赤。お仕事を毎日、頑張ってるんがよう分かる。ほんで、結菜ちゃんは……少女時代から完全に脱却して、今、大人としての知性や思考能力を兼ね備えてる。それで、ランプの光が、こんな風に頼れる光になるねん」

ちょっとしたゲームのようで楽しく、清香と結菜は既に購入を決めている。三島が、値段を確認すると言って奥に引っ込み、大も一つ買おうと考えていると、背後からベルの音がした。

振り向くと、店の奥から三島が大を見つめて、小さなベルを左右に振っている。清香と結菜には聞こえていないらしいので、彼女は霊力の込もったベルを使い、大だけを呼んでいた。

大は、清香達にお手洗いへ行くと言って店の奥へ入り、三島の傍へ寄る。

「やっぱり、あのランプの光は、体温で変わるんじゃなかったんですね」

大が薄々勘《かん》づいていた事を話すと、

「そうなんよ。あのランプはほんまに、触れた人の心を現すランプやねん。まぁ、私のオリジナルの商品やし、あんまり当てには出来ひんけど……それでも私、結菜ちゃんの光の説明だけ、ほんまと違う事を言うた」

と、三島は言う。

「結菜ちゃんが出した光の色は、私が見る限り、その人がひどく悩んでる時に出るもんやねん」

「結菜さんが、今、何かに悩んでるって事ですか？」

「間違いじゃなかったら、そういう事やね。悩みなんて人それぞれやし、私が首突っ込む話じゃないと思うけど……。結菜ちゃんは、私がまだ芸妓さんをやってた頃に、仕込みさんをやってはった子でな。それで私、清香ちゃんだけじゃなしに、結菜ちゃんの事もよう知っててんねん。いつも一生懸命にお稽古して、同期の子を励ましてた。凄くええ子やった。お店出ししたら、結菜ちゃんの名前は何になるんやろなぁって、皆で話してたもんどっせ。お店出ししたら、駄目になった時も、泣かんと同期の子を応援してて……。一番悔《くや》しいのは、自分やのにな。――それほど強くて優しい子が、一体何で悩むんやろか。私、そこが気になってたん」

「それで今、私を呼んでくれたんですね」

「うん」

直感で、これは重要な手がかりだと思った。三島にお礼を言った後、大はランプを一つ買い、清香達にばれないよう三島に目配《めくば》せをして、燈桜館を後にした。

切り通しから四条通りまで出ると、日帰りで来ていた結菜は京都駅から新幹線に乗り、東京へ帰るという。清香は名残惜《なごり》しそうにしていたが、結菜が笑って「シャキッとする！」と励ますと、清香に凛々《りり》しい笑顔が戻った。

タクシーを捕まえた結菜は、乗る直前に大に、

「妹をお願いします」

と頼んだ。やがて彼女は笑顔で手を振り、タクシーは京都駅へと走り去った。

大達も松本に戻り、清香は休む間もなく他の舞妓達と共に化粧に勤《いそ》しみ始めた。

大はその間、この夕方までにあった出来事を全て報告書へ書き、深津と連携する準備を進めていた。

レコーダーから感じた違和感と、結菜が何かに悩んでいるという点は、無関係ではないかもしれない。

もっと言えば、それらは今回の邪気発生と、何か関係があるのかもしれない――。

これは大の、京都府警あやかし課隊員としての勘である。

それでも、あの仲の良い姉妹を思い出すと胸が切なく、これが自分の早とちりでありますようにと大はまだ願っていたが、そうはいかなかった。


清香達がお座敷から帰った深夜、いつものように就寝していた大は、物音を聞いて目を覚ました。

寝室で、誰かの動く気配がする。

大がベッドのカーテンを開けて顔を出してみると、寝間着《ねまき》姿の清香が大に背を向けて、寝室の窓を開けているところだった。

彼女の後ろ姿を見ながら、

(部屋が暑いんかな……?)

とぼんやり思っていた大だったが、その矢先、清香は窓枠に手と足をかけて、躊躇《ちゅうちょ》なく外へ飛び出そうとする。

「何してんの⁉」

大は悲鳴を上げてベッドから飛び出し、清香を抱きかかえた。そのまま倒れてしまったが、清香は無言で、大には一瞥《いちべつ》もくれず再び窓へ走ろうとする。

「清香ちゃん、やめて！　目を覚まして！」

大が叫んで抱き直そうとした瞬間、自分の他にもう一人、誰かが清香に抱き着いていると気づく。

（結菜さん……⁉）

凝視しなければ分からないほどの、半透明の結菜だった。

大は瞬時に結菜の生霊《いきりょう》だと判断し、暴れる清香を抑えつつ、もう片方の手で彼女を払い除《の》けようとした。

——ところが。生霊は悲痛な顔で清香の腕にしがみつき、彼女を必死に窓から引き離そうとしている。清香に害を加えようとしているのではなく、守ろうとしているのだった。

この間も、清香は依然として窓から出ようと抵抗していた。生霊の正体を確かめるよりも早く、こちらを何とかせねばならない。

やがて、

「清香さん姉さん！」

「清香ちゃん！」

という声がして、飛び起きたらしい清ふくや蓮《れん》も協力してくれる。彼女達が清香を抑えている間に、大は素早くベッドから刀を出し、柄頭《つかがしら》を清香の脇腹に当てた。

普段行っている浄化ではなく、正式な捕縛《ほばく》技。「神猿《しんえん》の剣　第十一番　眠り大文字《だいもんじ》」である。大は、突いた相手の邪気が逆流しないよう集中し、清香が大人しくなるのを待った。

暴れていた清香は、脱力して大の胸へと雪崩《なだ》れ込む。大が呼び掛けて十秒ほど経った後、

「……大ちゃん？　また、うちの事を助けてくれたんやね……。おおきに……」

と目を開けて、か細く呟《つぶや》いた。

「清香ちゃん、大丈夫？　正気に戻ってくれた？」

「うん」

「よかった……！」

「……お姉ちゃんは……？」

「え？」

「お姉ちゃん、さっき、うちの傍にいいひんかった……？」

その頃にはお母さんも起きて二階へと駆け付け、夜中にもかかわらず家の中は戦場のような騒ぎとなった。

まず、大がただちに喫茶ちとせへ連絡し、深津の手配で塔太郎と竹男、そして晴《せい》明神社《めいじんじゃ》支所の鶴田《つるた》が駆け付ける。

制服姿の鶴田は、ベッドで寝かされていた清香を見るなり「七羽」と小さく口にし、清香も、そっと鶴田を見て「大丈夫」と口を動かした。

鶴田の瞳はかなり揺れており、大は、

(鶴田さん……。清香ちゃんの事を、心から心配したはるんや)

と思ったが、事態が事態なだけに、何も言わなかった。

現場の捜査、および清香への事情聴取は竹男が指揮を執《と》る事になった。

「ほな、まずは清香さんに異常がないかどうかだけ、確かめさせて下さい」

と竹男が言った時、寝室の隅に正座していた結菜の生霊が、顔を上げた。

結菜の生霊は、今、お母さんや他の舞妓達はもとより、清香にさえも見えていない。大達あやかし課隊員にしか、認識出来なかった。

竹男と鶴田の入念な感知によって、清香に異常はないと確認される。

清香が話したところによると、

「夢の中で、女の人がうちを手招きしてました。うちは行きたくないのに、体が勝手に動いて……。ふらふら歩いて女の人に抱き留められそうになった時、お姉ちゃんが現れて、うちを引っ張ってくれました。その瞬間、女の人は鬼みたいになって、怖いお顔どした。その直後、大ちゃんもうちを引っ張ってくれて……。そういう夢どした。けど、あれは、夢やなかったんやね」

という経緯らしい。

竹男は、お母さんや他の舞妓達、蓮、そして清香を別室に移動させ、塔太郎を警護につけてから、結菜の生霊と向き合った。

「君が、清香さんの言うてた『お姉ちゃん』やな？」

竹男の問いに、生霊はこくこくと頷いた。生霊本人の霊力が低すぎるのか、話す事が出来ずにいる。口を動かしては必死に何かを訴えていたが、そもそも声が出ていないので、竹男の感知能力でも聞こえない。鶴田が竹男と交代し、声の出る術を施《ほどこ》そうとした瞬間、結菜の生霊が消えてしまった。

あっ、と大達が手を伸ばす頃には、気配すら感じられない。

「すいません。僕のせいで……」

焦《あせ》る鶴田に、竹男は「いや、あれはしゃあない」と言った。

「元々、めっちゃ薄かったやろ。生霊自体の力が弱くて、もう限界やったんや。術で声が出せたとしても、ろくに喋《しゃべ》れへんかったやろな。——大ちゃん。今の『お姉ちゃん』について、何か知ってたか？」

「はい。実は今日、清香さんと一緒に、ご本人とお会いしました。その事を報告書に書いて、明日送る予定やったんです」

大が、書き上げていた報告書を竹男達に見せると、二人とも報告書を凝視しながら唸《うな》り、竹男が大に頼んだ。

「大ちゃん、清香ちゃんを呼んでくれ」

「はい」

寝室に戻ってきた清香を竹男は気遣いながら、

「清香さん。お願いがあんねんけど、落ち着いて答えてな。――今まで、お姉さんから貰ったものって、何がある？」

「貰ったもの……どすか？」

「そう。どんな小さなもんでも、どんな食べもんでもええし」

「今日のテープレコーダーみたいな、よっぽど必要なもの以外は頼まへんので……。今やったら、そのレコーダーぐらいやと思います。後は、お手紙を毎月貰うぐらいで」

「手紙」

「はい。そうどす」

「それ、全部見してもらっていい？」

頷いた清香は自分のベッドに入り、黒漆《くろうるし》の文箱《ふばこ》を竹男に渡す。

竹男が開けると、中には色とりどりの封筒が入っていて、これら全てが、仕込みさん時代から清香を励まし続けた、結菜の手紙だった。

竹男は、清香から許可を貰って全ての封筒を開け、中に入っていた手紙を一枚一枚、一語一句確かめてゆく。

やがて最後の手紙、今月中旬に届いたという手紙を検《あらた》めた竹男は、

「――ビンゴや。ビンゴどころか、もっとヤバいもん出てきよった」

と呟いた。

竹男が大と鶴田に見せたのは、一枚の白い紙。手紙を包むための紙らしい。

竹男は、何の変哲もないその紙に結菜の痕跡《こんせき》を感じ取り、これに結菜の生霊が憑《つ》いていたと説明する。

「で、肝心《かんじん》のヤバいのは、こっち」

次に見せてくれたのは、本文の書かれた紙。それを目にした瞬間、大と鶴田は戦《せん》慄《りつ》した。

何も知らない清香が、首を捻《ひね》っていた。

「お姉ちゃんの好みにしては派手やなぁって、うちも、ちょっと不思議に思ってた

んどす。それだけ、綺麗な千代紙やさかい……」

一階のお母さんの自室には、お母さんと舞妓達、蓮、そして清香が、身を寄せ合って待機している。ダイニングで大から話を聞いた塔太郎は、驚きを隠せないようだった。

「千代紙って、『あれ』か？　上七軒《かみしちけん》で俺《おれ》らを襲った式神《しきがみ》の、あの『千代紙』やんな。全く同じ柄の？　という事は、つまり……、清香さんのお姉さんが、可憐座《かれんざ》の座長やったんか？」

向かいに座る塔太郎の問いに、大は憔悴《しょうすい》しきった顔で首を横に振る。頭の中を整理しようにも、もはやぐちゃぐちゃだった。

「今、竹男さんと鶴田さんが、手紙を精査したはりますけど……、とりあえず、お姉さんが座長ではないそうです。竹男さんの話やと、結菜さんの生霊は手紙を包んでた白い紙に憑いてて、千代紙の方には、全く違う人の霊力が付いてるそうです。多分、そっちが座長やろうって……。でも清香ちゃんは、千代紙に書かれた筆跡は、結菜さんで間違いないって……」

「なるほどな。お姉さんと座長が別人やとしても、二人が何かしらの関係を持ってるって事は、間違いなさそうやな。――大ちゃん。とりあえず、竹男さんと鶴田くんが戻ってくるのを待とう。もうすぐ、調査結果も出るはずやから」

「はい」

だんだんと俯《うつむ》く大に対して、塔太郎は、落ち着いて腕を組んでいる。

それきり、ダイニングでは沈黙が続いた。時折、襖《ふすま》がわずかに開いて、清香が不安げに顔を覗《のぞ》かせていた。大は、清香に待つよう説明してお母さんの部屋へと戻らせたが、心はどんどん沈んでいった。

今度こそ、自分のせいである。弁明のしようもなく、清香達にも申し訳なかった。

結菜からの手紙には、可憐座の座長の千代紙が使われていた。手紙を通じて夢の中から清香を操《あやつ》っていたのは、座長とみて間違いないだろう。そうなると結果的に、手紙を書いて清香へと送った結菜は、座長の共犯者という事になる。

清香があれだけ大切にしている姉なだけに、この事実は辛かった。今までの邪気発生も、その手紙から発する気配が原因と考えるのが、最も自然である。

大は、それを見抜けなかった。意味のない浄化を毎日毎日繰り返して、肝心な事に気づけなかった。自分で自分を責める声が、鳴り止まない。

大はぐっと拳《こぶし》を握りしめ、唇《くちびる》を噛《か》んで目をつむった。

すると、

「大ちゃんが、今、何を考えてるか、当てたろか」

という、塔太郎の声がした。ゆったりと低いそれは、相手を諭《さと》したり、慰めたり、励ます時の声だと大は知っている。

「……何を、考えてると思いますか」

顔を上げて弱々しく訊くと、塔太郎はあっさり、

「全部、自分のせいやって思ってんにゃろ」

と言って、大の目を見据《みす》えていた。

失態を責めるのではなく、庇《かば》おうとしてくれる優しい目。その綺麗な瞳に耐え切れず大が目を逸《そ》らそうとすると、

「まぁ、とりあえず聞けって。大ちゃんを慰めたいだけで言うてんのちゃうから」

と塔太郎は微かに微笑み、冷静に話してくれた。

「俺が、努めて客観的に見た考えやと……、今回の件は、かなり特殊なケースやと思う。大ちゃんの実力が足りひんから今夜の事件が起きたんじゃなしに、特殊な事情が重なった結果、起きた事なんやと思う。

大ちゃん、覚えてへんけ？　多つ彩さんの難聴騒ぎの時、鶴田くんも家の中を調べたんやろ？　その時かって、結菜さんの生霊なんて見いひんかったし、手紙の存在は分からへんかった。あの時いた竹男さんも、琴子《ことこ》さんもそうや。常駐してる大ちゃんだけやなしに、陰陽師《おんみようじ》隊員を含めた三人も分からへんかったって事は、何

かそれだけの理由があるんや。それは、大ちゃんや鶴田くんを責められへん事情……、今まで気づかへんかって当然の、特殊な事情なんやと、俺は考えてる」

塔太郎の言葉は理路整然としており、なるほどと思わせる力がある。

それでも今の大は、自分のせいだという思いが強く根底にあり、素直に頷く事が出来ないでいた。

「でも……、難聴騒ぎの時だけ調べた鶴田さんはともかく、常駐していた私が気づけへんかったのは、怠慢《たいまん》か実力不足のどっちかで……」

塔太郎の慰めは有難いと思いつつ、再びしおれかける。それを見た塔太郎が、

「大ちゃん」

と呼び掛けた。

「自分の落ち度を素直に認めるんは、大ちゃんの長所やと思う。けど……、それに囚《とら》われすぎて、自分を見失って自分の事を悪く言うんは、やめてほしい。俺は、大ちゃんに明らかな落ち度はないと思ってる。実力が足りひんとも思ってへん。証拠はこれや」

塔太郎が懐から出したのは、何枚もの手紙。大はひと目見て、それが自分の出した、塔太郎宛ての手紙だと気づいた。

塔太郎から初めて手紙を貰ったあの日、大も返事を書いて翌朝節子に託《たく》し、それ

以降、塔太郎とはささやかな文通が続いたのである。

お母さんがヨーグルト好きで、毎朝ヨーグルトを食べるのが松本の習慣になっている事や、舞妓達が髷《まげ》を崩さないために使う箱枕《はこまくら》を、大も試しに使わせてもらい、その硬さに飛び起きた事。

舞妓達が髷を解く日は週に一度で、前日の洗髪では、鬢《びん》付け油を落とすために食器用洗剤を使ってからシャンプーすると聞いて、これにも驚いた事。

清香達は、憧《あこが》れて舞妓になっただけに京都の勉強にも熱心で、「かにかくに祇園はこひし寝《ぬ》るときも枕の下を水のながるる」という有名な歌で知られる大正・昭和の歌人・吉井勇《よしいいさむ》について教えてもらった事……。

そういう、報告書には書く必要がなくても塔太郎には伝えたい、祇園で出会った様々な日常を、大は手紙に綴《つづ》っていた。

今、テーブルに広げられている手紙を、塔太郎の指が静かに触れる。

「大ちゃんが、家の人達とちゃんとコミュニケーションを取って、皆の事を見てたのは、この手紙から十分伝わってたよ。家の鍾馗さんとも連携して、内外をくまなく捜査していた事も、報告書で知ってる。――大ちゃんが松本さんに常駐して、ずっと浄化を頑張っていたからこそ、皆がこういう日常を送れてたんや。清香さんかって、あの手紙が存在してたのに、基本的には寝不足程度で済んでた。何より、大ちゃんがいいひんかったら、今夜の清香さんは今頃外へ飛び出して、行方不明になってたかもしれへん。大ちゃんが置屋さんに常駐して、ずっと浄化をしていた意味と実績は、そこにある。

もし万が一、竹男さんと鶴田くんが大ちゃんを責めはったら、この手紙を見せて『大ちゃんに落ち度はありません』って、俺は言うつもりやで」

手紙を大事そうに懐《ふところ》へ仕舞い、にっと笑う塔太郎。大は感謝のあまり、声を絞《しぼ》り出すように返事をするので精一杯だった。

「……泣かさんといて下さいよ……」

「あぁ、悪い悪い。でも、ほんまの事やしなぁ」

そう言う塔太郎を前にして、大は今度こそ素直に頭を下げ、心からの礼を述べた。

大が落ち着くと、塔太郎は、再び腕を組んで考え込む。

「それにしても……、今回の件はどうなってんにゃろな？　千代紙に手紙を書いたんは結菜さんやけども、結菜さんの生霊そのものは、大ちゃんと一緒に、清香さんを助けたんやろ？」

「はい。気持ちとしては多分、私より必死やったと思います」

大は今一度、その時の結菜の生霊を思い浮かべた。

暴れる清香を窓から離そうとして、腕にしがみつき、あらん限りの力で引っ張る彼女。

　それは妹を案じ、抑え、守ろうとする純粋な心そのものである。包み込むような家族愛を感じた大は、連鎖《れんさ》的に、例の手紙を思い出した。

（案じて、抑える……？　確か竹男さんは、千代紙を包んでた白い紙に、結菜さんの生霊が憑いてたって言うてた。ひょっとして、あの白い紙が……）

　大の頭に一つの仮説が閃《ひらめ》く。

　ふと気配を感じて横を見ると、お母さんの部屋の襖が細く開いて、誰かがこちらを覗いていた。

　囁《ささや》き合う声は、清ふくと彩莉奈《さりな》である。

「見えた？　見えた？」

「あの人が例の、大さんの『先輩』どすか？」

「どう見てもそうやん。芸能人の、あの人似や」

　後ろからお母さんが、

「やめえな、あんたら。バレてまっせ」

と言った瞬間、二人同時に「きゃっ、すんまへん！」と声を上げ、襖が閉まった。

　塔太郎に慰められた場面も覗かれていたらしく、大は、恥ずかしさに頬《ほお》を赤らめる。部屋から出てきた清香が、二人に呆《あき》れていた。

「大ちゃん。ほんまかんにんえ。あの子ら、こんな時に……！　神経が太いねん、もう。怖がる暇も、泣く暇もあらへんわ」

しかし、そういう清ふく達の存在のお陰で、清香の不安や動揺も、相当和《やわ》らいでいるらしい。不安に駆られてパニック状態に陥《おちい》るよりは、その方がずっといいし、あやかし課側としても安心だった。

気を取り直して思考を再開させる。

今は消えてしまった結菜の生霊も、清香が元気でいる事を何より望んでいる。もしかしたらそのために、今までずっと、「千代紙を抑えていた」のかもしれなかった。

やがて、手紙の精査を終えた竹男と鶴田が下りてくる。話が長くなるという事で、二人ともテーブルに着いた。

鶴田が口を開く前に、大が、

「すみませんでした。私がもっと早く気づいていれば」

と、そこは変わらぬ事実として謝ると、鶴田は平然とした顔で、

「いや、古賀さんのせいじゃないですよ。というか、あれに気づくんは僕でも無理です」

と断言する。続いて竹男も、

「そうやなぁ。あれは、家中をひっくり返さへん限りはな。いや……、それでも無理やったんちゃうけ。今夜、清香ちゃんが飛び出そうとするまでは、ずっとお姉さんが呪詛を封じてた訳やし」

と言い、二人が精査の末に出したという今回の邪気発生の原因と事件の背景について話してくれた。

結論から言えば、邪気発生も含めて、全ての原因はやはりあの手紙だという。

手紙がどういう仕組みで邪気を引き寄せていたか、そして、なぜ今まで大や鶴田、竹男さえも気づかなかったのかという理由は、大が先ほど閃いて、頭の中で立てた仮説とほぼ一致していた。

竹男の淡々とした声が、ダイニングに響く。清香達には聞こえないように、鶴田が結界《けっかい》を張っていた。

まず、例の手紙には、白い紙の方に結菜の生霊が憑いていた。そして千代紙の方に、座長の霊力があった。これは、竹男と鶴田が確認したという。

座長が呪詛入りの千代紙を用意し、そこに、結菜が手紙を書く。それを清香へ送る事で、離れた相手へ呪詛が完了する。

こうして、手紙を受け取った清香は突発的に、あるいは、徐々に呪詛の影響を受け、心身ともに弱る。やがて彼女は、座長によって今夜のように、失踪《しっそう》するように仕向けられる、あるいは拉致《らち》される……はずだった、と、竹男は話す。

「問題の手紙は、呪詛が込められた千代紙を、白い紙が包んでる形やった。この白い紙に、お姉さんの生霊が憑いてた。こんな手紙があったにもかかわらず、今日まで清香ちゃんは、寝不足や悪夢に魘される以上の被害はなかった。それは、もちろん、大ちゃんの浄化もあってこそやで。

以上から考えるに……、千代紙の呪詛を、白い紙が抑えてたんやな。つまりは、白い紙に憑いてた結菜さんの生霊が、千代紙に憑いてた座長の呪詛を、包んで抑えて、封じてたんや。それか、生霊自身が妹の清香ちゃんの代わりに、呪詛をずっと被《かぶ》ってたんかもしれん。いずれにせよ、結菜さんの生霊が清香ちゃんを守って、そこに大ちゃんの浄化が加わったから、今までの清香ちゃんや置屋さん全体は、被害も浅くて済んだんや」

そんな結菜が、自ら進んで、座長の共犯者になるとは考えにくい。

恐らく彼女は、座長に脅《おど》されて共犯を無理強《むりじ》いされ、手紙を書かされたのだろうと竹男は推測した。

「余計な事を書かへんように、検閲もされたと思う。結菜さんは、千代紙に呪《のろ》いがかかってるのを知ってて、何とか妹を守りたい一心で、駄目もとで、包み紙を装った白い紙に想いを込めたんや。それが、生霊の正体や。同時に、何とかして、誰かに気づいてほしい、清香ちゃんを助けてほしいという想いも込めてた。白い紙に、わずかやけど、そういう気配が残ってたわ。

　それこそが、邪気を引き寄せる原因やったんや。ただ、結菜さんの霊力自体が弱いから、生霊は手紙の呪詛を抑え込んで精一杯。邪気が引き寄せられて湧き出たんは、誰かに助けにきてほしいという白い紙の生霊の想いと、千代紙の座長の呪詛とが混ざり合って、変質した結果やと思う。あるいは相殺《そうさい》や。ゆえに、邪気が湧き出るだけで、肝心の救援信号までには至れへんかった訳や。

　大ちゃんは、結菜さんが出したテープレコーダーからも、そういう妙な気配を感じたんやろ？　それも、救援信号の一環や。俺らが現物を見て確認した。

　巽橋で大ちゃんに声をかけたんも、勇気を出して全部話そうと思ったけど、監視されている事を恐れて口を噤《つぐ》んだ……って考えるんが、今のところは妥当やな。

　結果的には、辰巳大明神が邪気を見つけたことで大ちゃんが常駐するようになって、今回も大事に至らなかった訳やから……少なくとも、結菜さんの願いは叶った訳や」

　邪気発生の原因、そして隠された真実が、だんだん明らかになる。大をはじめ、あやかし課隊員の誰もが手紙に気づけなかった理由は、鶴田が説明した。

「これも、今回の原因が『お姉さんの想い』ゆえやったと思います。その人の家族が、その人の身を案じるというのは自然な事で、空気と同じ……。言い訳がましいですけど、非常に気づきにくいんです。ましてや、姉妹といった同性同士、仲良しであれば尚更《なおさら》……。とはいえ、僕があの時、見逃したんが悪かったですね」

鶴田が、大の方をそっと見る。彼も塔太郎と同様、大が自分を責めていると気づいていたらしい。竹男も「せやなぁ」と続け、

「結菜さんの生霊が弱かったとはいえ、存在してたんは事実やからな。俺の感知が甘かったわ」

と言って、大をちらりと見た。

暗に励まされていると気づき、大は慌てて立ち上がる。

「そんな、お二人のせいじゃないですよ！　お気遣い、ありがとうございます」

目線を変えると、塔太郎が小さく微笑んでいた。

大が自分を取り戻し、前を向いていると知った塔太郎は、大の言葉に被せるように口を開き、その場を取りまとめた。

「つまり今回の件は……、そういう色んな要素の絡《から》んだ結果という訳ですよね。それなら、まずは、結菜さんの保護をしないとですよね」

塔太郎の言葉に、竹男も鶴田も頷く。

まだ竹男達の仮説にすぎないが、ほぼ間違いないと全員が思っていた。燈桜館の

三島が話してくれた結菜の悩みというのも、きっとこの件である。

結菜が、清香を陥れようとしていたのではないと分かって安堵《あんど》すると同時に、結菜を思いのままに操る座長の卑劣《ひれつ》さが憎まれる。脅したのだとすれば、一体どんな手段を使ったのかという点も、気になった。

場の空気を変えようと、竹男がぱんと手を叩《たた》き、席を立った。

「うっし。ほな、まずは清香さんとお母さんに、状況の説明をしますかね。鶴田くんは悪いけど、自分とこの事務所の他に、深津へも連絡してくれ。塔太郎はいっぺん、家の外を軽く巡回して、可能やったら情報収集。大ちゃんは、ここの台所を使えるから……、他の舞妓ちゃん達を落ち着かせるためにも、お茶を淹れたげて。この家の人に一番寄り添えるあやかし課隊員は、きっと、自分やろうからな」

竹男の指示で、三人も「了解」と立ち上がる。大は、塔太郎と小さく拳を合わせていた。

他の舞妓達や蓮には、二階の寝室で再び休んでもらう。お母さんと清香だけ、別室に移動してもらって、竹男が事情を説明した。

その間、大が流しで湯呑《ゆの》みを洗っていると、勝手口が開いて塔太郎が戻ってきた。

「ただいま」

「お帰りなさい。どうでしたか？」

「外には、特に怪しい奴《やつ》はいいひんかったわ。そっちは？」

「大丈夫です。お母さんと清香ちゃんだけ、まだ竹男さんとお話しされています。清ふくちゃん達は、お茶を飲んだ後で寝てくれました」

「そうか。よかったわ」

大と塔太郎がテーブルに着く頃、鶴田が電話を終えて戻ってくる。鶴田いわく、深津がこれから晴明神社支所と協力し、今後の対策を考えてくれるという。

ひと通りの報告をした後、鶴田は清香が気になるらしく、

「古賀さん。七羽……、えっと、清香さんは？　大丈夫やろか」

うっかり本名で呼んだのを言い直して、大に尋ねた。

鶴田は、清香が無事だと聞いて、険《けわ》しくも安堵した表情を見せている。大が訊こうか訊くまいかと悩んでいるうちに、塔太郎が鶴田に確かめていた。

「さっきから思っててんけど……、鶴田くんって、清香さんと知り合いなん？　ここへ来た時も、清香さんを見て七羽って言うてたよな。『ななは』が、清香さんの本名なんか？」

大の視線を受けて、塔太郎は言葉を重ねる。

「隊員としては、舞妓さんを本名で呼ぶ必要はないし……。清香さんは、仕事上で

の知り合いという訳じゃないんやな？」

鶴田は、ダイニングの結界が維持されているのを確かめた後、ゆっくり席についた。

「坂本《さかもと》さんのお察しの通り、僕と七羽は、プライベートでの知り合いです。……あ、でも、勘違いせんといて下さいね。付き合ってるとか、そういう関係ではないので。書類に書くとしたら『友人』ですね。もっとも、僕が結婚を申し込んで、残念ながら断られましたけど……。二年ぐらい前の、ちょうど今頃です。彼女とは、都をどりの会場で出会ったんですよ。つまり、歌舞練場ですね」

大正二年（一九一三年）に建てられた祇園甲部歌舞練場は、古い建物であるだけに歴史があり、怨霊《おんりよう》や妄執《もうしゆう》が根付きやすい。

そのため、歌舞練場では何年かに一度、関係者の伝手《つて》によって安倍晴明《あべのせいめい》が自ら出向き、晴明神社支所の隊員も同行し、怨霊等が憑いてはいないかを確かめるという。

その年の訪問は、都をどりと重なった。楽屋や舞台裏を巡回している鶴田に、清香が声をかけたのだった。

「当時の僕の服装は、制服ではなく狩衣《かりぎぬ》でした。それで、向こうは僕を、役に扮《ふん》してる芸妓さんと間違えたそうです」

——満知葉《まちは》さん姉さん、こんなところで何を……。いやっ、人違いやった！　すんまへん。綺麗なお顔をされてますさかい、つい。……お兄さんは、春の妖精さんどすか？

「彼女を見た瞬間、一目惚れでした。それをきっかけに、僕と彼女は文通するようになって、彼女が休みの日に、少しだけ会うようになったんです。僕が仕事を終えて、それこそ狩衣みたいな制服のままで、彼女に会いに行く事もありました。そのせいか、清香に陰陽師が憑いてるって噂が、一時立ったそうです」

以前、清ふくから聞いていた、「清香は陰陽師を守護神につけてる」という噂の真相はこれか、と大は目を丸くした。

当時の清香も、鶴田の事を憎からず思っていたらしい。清香の本名を聞いた後、二人はごく自然に自分の名字《みようじ》に相手の名前をつなげて、微笑み合ったという。

「君が僕の名字になったら、鶴田七羽か。何や、鶴が七羽《ななわ》言うてるみたいやなぁ」

「そんなん言うたら、優作《ゆうさく》がうちの名字になっても、面白うおっせ。上から呼んでも、作優作。下から読んでも、作優作やし……」

やがて、清香が鶴田の前では徐々に標準語を使うようになり、「作七羽」として振舞うようになった。

休みの清香と一日中共に過ごした、月と桜が美しい夜。鶴田は意を決して、結婚を前提とした交際を申し込んだ。

「七羽。大人になって襟替えをしたら……、そのまま芸妓さんにならんと、僕のとこへ来てくれへんやろか」

この時の清香は、一瞬だけ頰を紅潮《こうちょう》させ、幸せそうな顔をした。

しかしすぐに彼女は、切なくも凜々しい顔で、首を横に振ったという。

「――ありがとう。うち、優作にプロポーズされて、ほんまに嬉しいと思てる。祇園町の往来に出て、皆に触れ回りたいぐらいどす。ほんまの事え。そやけども……。今、こうして、標準語やなしに京言葉を使ってるうちの姿が、全ての答えどす。辞めたら、お姉ちゃんに顔向け出来ひんというのもあるけど……、それ以上に、うち自身が、舞妓さんを続けたいんどす。襟替えをして芸妓さんになっても、「清香」を、自分やお姉ちゃんに見せ続けたい。

そら、舞妓さんをやってると、確かに苦労もありまっせ。地元の子と高校の話が出来ひんで、疎遠《そえん》になりがちで、寂しいと思う事もある。厳しいお稽古やお座敷の連続で、膝《ひざ》を傷めて、こっそり泣いたりもします。

それでも、うちは一生、厳しくも美しいこの世界にいたいんどす。祇園町ほど誇り高くて、のびやかで、夢と生きられる町はあらしまへん。

幼い頃に夢を見せてくれて、色んな人と出会えて、色んな事を教えてくれる祇園町が、うちは好きなんどす。そこで舞妓さんや芸妓さんをして、祇園町へ恩返しをしたい。

……ごめんね、優作。だから私、行かないと。もう、家の門限が迫ってるから……。」

清香の揺るがぬ決意に圧倒され、感銘《かんめい》さえも受けた鶴田は、そのまま黙って求婚を取り下げ、彼女を置屋へ送り届けたという。

「……七羽はきっと、祇園町と一緒にならはったんやと、その時の僕は思いました。今も思ってます。それからの僕と七羽は、互いに、舞妓さんと陰陽師隊員という自らの道を歩もうと決め、励まし合う仲になりました。今の僕が、お姉さんと同じように彼女を『七羽』と呼んでいる、そしてそれを許してもらえてるのは……、たとえ恋仲にはなれへんくても、彼女の深いところに僕がいるからやと、本人が言うてくれたからです。そやさかい、僕はこれでええと思ってます。一生、『清香』と切磋琢磨《せっさたくま》して、秘《ひそ》かに思い続ける男で、ええと思ってます」

千年の都に花咲く、数多《あまた》の恋と夢。そのうちの一つを見た気がした大と塔太郎は、鶴田に何も言わなかった。

やがて、竹男の説明が終わったらしく、お母さんと清香が別室から出てくる。清香は姉の話を聞いて涙したのか、目元がわずかに赤くなっていた。

鶴田は、清香を案じつつも、人前だからと込み上げる気持ちを堪《こら》えている。清香も、優しく、そして熱い目で、鶴田を見返している。

「おおきに。うちは、大丈夫どす」

お母さんや大達がいる手前、彼女は舞妓の「清香」でい続けた。


夜が明けると、深津の迅速な対応によって、様々な面から動き出した。

ひとまず、東京にいると思われる結菜の保護が、最優先事項である。

ちょうど、有給を使って実家へ帰っていた総代《そうしろ》が東京におり、深津の要請《ようせい》を受けた絹川《きぬかわ》の命によって、彼がこの任務を担当する事となった。妻子が東京にいて、多少の土地勘がある深津も、新幹線で東京へ向かうという。

座長の標的である清香についても、深津とお母さんが協議した。

その結果、結菜の保護が完了するまでの間、原則的には松本を出ないように要請した。

これを聞いた清香は最初、

「そんなん、困ります！　お稽古はともかく、お座敷はお客さんがいてはるのに……。お茶屋さんかって、仕出し屋さんにお料理を頼んだりして、もう予定を組んだはると思います。うちが行かなんだら、皆に迷惑がかかります」

と、かなり戸惑っていたが、お母さんが彼女を説得した。

「清香ちゃんのそういう周りを思う賢さ、私はお母さんとして、何より誇りに思うてまっせ。そやけどなぁ、今回は事が事や。あんたがお座敷にノコノコ出て行って、そこへ化《ば》け物が出たらどうしはります。標的はあんた一人でも、何かの拍子にお茶屋さんが壊れたり、お客さんが怪我《けが》しはるかもしれへんで。そうなったら、皆に顔向け出来まへん。お茶屋さんやお客さんには、私から頭下げて言うときます。そやさかい清香ちゃん、これは自分だけやなしに、祇園町も守る事や思て、お家においやす。な、そうしまひょな」

お母さんの、毅然《きぜん》とした態度と同時に、家の子を案じる一生懸命さも伝わってくる。後から清ふく達が、

「お母さん。うちらの宵《よい》の空いてる時間を、遠慮なく清香ちゃんの代わりに入れて下さい。……うちらが、売れっ子の清香ちゃんの代わりになれるかどうかは、分からへんけども」

と、自分のお座敷の合間を縫《ぬ》って、清香の代わりをすると申し出てくれた。

清香は皆に感謝して静かに頷き、大人しく、自宅待機する事を決めた。

清香が家にいる間、大も、引き続き清香の傍にいて厳戒態勢を取る。今回は日中

に限り、陰陽師隊員の鶴田も松本に詰める事となった。

女性ばかりの家である以上、鶴田は主に、外を巡回して不審者がいないかどうかの見張りに徹する。喫茶ちとせからも、塔太郎達が定期的に、電話するとの事だった。

鶴田を置くと決めたのは深津で、その深津に、鶴田と清香の関係を正直に伝えたのは、本人達だった。

仮眠を取った後の、静かなお昼時。ご飯を食べ終えた清香は、二階のお衣装部屋で舞の自主練をして、大も傍らでじっと見守る。

休憩で里中《さとなか》さんが出してくれたおやつを食べながら、大が鶴田の事を聞いてみると、清香は頬を赤くした。

「うち、京言葉を取って『ただの七羽』になるのは、お姉ちゃんの前と、優作の前だけと決めてんねん。優作を振ったうちに、こんなん言う資格はないかもしれへんけど……、優作はお姉ちゃんと同じくらい、うちを応援してくれて、互いに精進《しょうじん》する『同志』やから。優作とは、素を出して高め合いたい」

そのまま、清香は湯呑みのお茶に映る自分の姿を見つめていた。

「……実はな、うち、優作の求婚を断った後、お姉ちゃんにその事を話してん。ほしたらお姉ちゃん、長い事考えてはった。それで、最後に言わはったんが、『七羽の道に、私はついていく』というひと言……。その時、うちは思ってん。お姉ちゃんは、うちの実の姉で、でも優作のような同志やない。うちの守護神なんやって。うちが清香でいる事を決めたように、お姉ちゃんも、うちの守護神でいると決めはったんやって。……そやさかい、今回うちを呪詛から守ってくれた事は、大ちゃんと同じくらい、お姉ちゃんにもほんま感謝してる。お姉ちゃんがいてくれるさかい、うちと『清香』がいるんやし。もちろん、お母さんや清ふくちゃん達や大ちゃん、周りの人のお陰でもあるのえ。うちは幸せ者やね」

話を聞きながら、大は、清香の精神的な強さを感じ取る。休憩を終えて大は再び気を引き締めていると、懐の中の携帯電話が鳴った。

業務用の携帯電話には登録されていない相手なのか、番号だけが表示されている。大は警戒しつつ、部屋の隅に寄って通話ボタンを押した。

「お疲れ様です。総代です」

聞き慣れた総代の声である。大は、ほっと息をついた。

「お疲れ様、総代くん。今回の件、休みやったのにありがとう」

「いいよ、いいよ。これも仕事のうちだしね。今、時間ある？」

大が、ちらっと清香を見ると、彼女は再び姿見の前に立ち、自主練を再開している。その邪魔にならぬよう、

「私は小声になるけど、それでよければ」

と大が言うと、まだ東京にいるという総代は、深津と手分けして結菜を探した結果を知らせてくれた。

「まず、結論から言うと……、状況はよくないね。結菜さんが行方不明なんだ」

「行方不明？」

「うん。結菜さんは確か、昨日の昼に古賀さんと会ったんだよね？　で、東京へ帰るために、タクシーに乗って京都駅へ行ったたって……。でも、こっちのアパートに結菜さんはいなかった。帰ったという形跡もない。ただ、会社には、旅行するからと言って、本人が頼み込んで有給を取っているらしい」

会社を後にした総代と深津は、結菜が住んでいるアパート周辺で聞き込みをした。すると、予想外の事が分かったという。

「近くのスーパーで聞いたんだけど……。結菜さん、そこで万引き未遂《みすい》をした事があるんだ。店長さんにも確認を取った」

「えっ」

大は、思わず言葉に詰まる。清香に聞こえないよう、そっと廊下へ出た。

「総代くん。それ、ほんまに……？」

「実際は、大した事じゃないんだけどね。結菜さんは仕事疲れでボーっとしてて、うっかり商品を鞄に入れて、そのまま店を出ちゃったらしいんだ。店の人が慌てて追いかけたら、気づいた結菜さんも大慌てで謝罪して、その場で代金を払ったんだって。だから、事件にはならなかった」

この一件そのものは、かなり前の話だという。

しかし、総代が先の隣人から得たという情報を聞いた時、大は背筋が凍《こお》った。

「いなくなる直前、結菜さんが部屋で誰かと激しく言い争ってたのを、隣の人が聞いてたんだ。相手は女の人で、京都弁だったらしい。テレビの芸人が使うような関西弁じゃなくて、まさに祇園で使われてるような、昔ながらの京都弁。こっちじゃ京都弁なんて珍しいから、それで隣の人は覚えてたんだ」

「隣の人は、言い争いの内容を聞かはったん?」

「興味が湧いて聞き耳を立ててたらしいけど、壁越しだから、そこまではって。でも、結菜さんの『妹は関係ないでしょ』という言葉と、最後に『ほな行きましょか』という相手の声は聞こえて、ドアが開いて、二人の出ていく音がしたっていうのは、隣の人もばっちり覚えてた。この事から考えるに、多分……」

「……その京都弁の女が、可憐座の座長やね。どっかしらで万引き未遂の事を嗅《か》ぎつけて、結菜さんを脅したんやわ」

点と点が、繋《つな》がった。結菜の事を思い、大はぎゅっと目を瞑った。

作七羽は、私の自慢の妹。

勝ち気で、でも優しいところもあって、小さい頃から「お姉ちゃん」と私にくっついて。

そんな、可愛い妹だった。物心ついた時から、ずっと姉妹で支え合ってきた。

私が置屋へ入り、舞妓さんになれず戻ってきた時、妹は泣いてくれた。

「お姉ちゃんが舞妓さんになれないなんて、京都は本当に勿体《もったい》ない事したよね！」

同期よりも誰よりも、私のために悔しがってくれた妹。

妹がいたからこそ、親戚の冷たい視線にも耐えられたし、挫折から立ち直って就職先も見つけられた。

その後、今度は妹が親戚の反対を押し切って、置屋さんへ入った。

妹の夢を何とか叶えさせてあげたいと思った私は、心を鬼にして叱咤《しった》の手紙を送り、時に激励の手紙を送り、近くの神社へ参拝しては、

（どうか、妹が体を壊しませんように）

（私のように、白粉が合わないとかで、舞妓さんの道が閉ざされませんように）

と、祈り続けた。

仕込みさんを経て、妹が見事お店出しを果たし、祇園甲部の舞妓「清香」となった時、京都へ赴《おもむ》き、家族として彼女と対面した私は、幸せだった。

割れしのぶの髷《まげ》に黒紋付《くろもんつき》、お店出しの時だけだという、銀のびら簪《かんざし》を両側に挿《さ》した妹。

こんなに綺麗な「京都の舞妓さん」が、私の妹。

誇らしさと嬉しさのあまり、私は堪《こら》え切れず路地へと駆け込み、おいおいと泣いた。

でも、お店出しはあくまでも出発点で、花街での苦労はそれからが本番。それを本人も知っていたのか、妹は仕込みさん時代と違って弱音を吐《は》く事もなく、今日まで頑張り続けた。

結婚を断ったと聞いた時は、さすがに驚いて、私に気を遣ったのかとも考えた。でも妹の……、「清香」の目を見て、自分で考えた末の決断だと分かった。私もまた、生涯かけて、「清香」を支えようと誓った。

それが、私を「舞妓さんの姉」にしてくれた、妹への恩返し。それが私の人生。私自身は、平凡でいいと思っていた。

それなのに、ある日、妙な女が私のアパートへやってきた。私の妹、つまり「清香」に会わせてほしいという。

私はすぐに断った。けれど女は、部屋に上がり込んで執拗《しつよう》に粘った。

たまりかねた私が怒鳴《どな》って警察を呼ぼうとした時、女は美しい顔をにんまりと歪《ゆが》ませて、こう言ったのだ。

「ほんならうち、京都に帰ったら、祇園でバラしますわ。あんたがスーパーで万引きしたって」

気づけば、私は持っていたスマートフォンを落としていた。思い当たる件は、一つしかなかった。

「あ、あれは万引きじゃなくて、未遂でしょ⁉　っていうか、そもそも、私がうっかりして鞄に入れちゃっただけだし、その場で謝罪して、購入したもの」

「そや言うても、お代払わずにお店を出たんは事実やないの。お店の人が許さはったからって、自分の罪を、ない事にしはりますのん？　自分勝手で嫌やわぁー。祇園の人や妹さんが、今の話を聞かはったら、どう思いますやろか」

「祇園町や妹は関係ないでしょ⁉」

「いやっ、怖いお顔。関係ない事あらへんえ。あんたは、『舞妓さんの姉』なんやさかい……。町の皆が仲良しで、噂も広まりやすい祇園町の事や。舞妓さんの姉が万引き未遂したなんて話が出たら、どんな尾ひれ付いて広まるやろなぁ。妹さん、後ろ指さされるかもしれへんで」

「馬鹿にしないで。あそこの人達は、皆優しいもの。妹を守ってくれる。あなた何も知らないのね」

「ほな、試してみる？　うん？」

「……」

言い返せなかった。

万が一、この女が本当にある事ない事言い触らして、妹に迷惑がかからないという保証はどこにもない。仮に、祇園町に住んでる人達はよくても、最近の祇園町には観光客も多いし、ネットだってある。妹が、誰に何を言われるか、考えるだけでも怖くなった。

そんな私のわずかな怯《ひる》みを、向こうはきっちり感じ取ったらしい。

女はにっこり顔で、私のスマートフォンを拾おうとした。

「そやさかい、バラされたくなかったら、これで置屋さんに電話してえな」

「嫌‼」

私は反射的に、彼女を押しのけていた。女が仰向《あおむ》けに転び、床で頭を打つ。

それを見た瞬間、私はしまったと思い、絶望した。

「痛《い》ったぁ……。足もぐねったし、頭も打った。これ、傷害罪やない？　警察を呼んで困るんは、自分の方やんか？　お医者さんから診断書貰って、訴えるんもアリやなぁ」

　脳内で、清香の姿にひびが入る。私は、もがきながら必死でそれを修復する。けれど女は容赦《ようしゃ》なく、気持ち悪い笑顔で私の顔を覗き込んだ。

「……あんたも、もう気づいてるやろ？　何も難しい事はない。うちを手伝ってくれるだけでええねん。妹さんの名誉を守るためと考えたら、安いもんやないの」

　女の手が私の腕を摑《つか》んだ時、体が痺《しび》れた気がした。自分は陰陽師だという女の言葉には、有無を言わせぬ強さがある。見ると、彼女の背後には、今まではそこにいなかった平安時代の格好をした武官がいた。

　私は頭がすっかり混乱し、抵抗出来なくなる。辛《かろ》うじて、口を開く事しか出来なくなった。

「……妹は……関係ないじゃない……」

「何べんも言わすな。関係ない事ないわ。家族っていうのはそういうもんや。あ、自ら命を絶つような事はせんといてな。それをやっても、うち、バラすし。――ほな、行きましょか」

　私はただ黙って、彼女について行くしかなかった。

　それから、私の軟禁生活が始まった。場所は京都でもどこかは分からない。祇園町以外の場所は土地勘がなかったので、電車の中でもタクシーの中でも、大音量の音楽をイヤホンで聞かされて下を向けと命令されては、自分のいる場所が京都市内か、市外かさえも分からなかった。

鄙《ひな》びたアパートの一室に押し込められると、そこから出る事を禁じられた。女は毎日、部屋で綺麗な衣装に着替えて、千代紙に何かの呪文《じゆもん》を唱える。その千代紙は、巫女《みこ》や武官になって、私を見張っていた。うちの式神や、と女は自慢げに言った。

女は、酒が入ると饒舌《じようぜつ》になるらしい。朝から日本酒を飲んでは、うちは母に笑われて生きてきただの、ブソク様に拾われただの、ブソク様はうちの命だの、よく分からない事ばかり口にしていた。

「うちな、無能な人達のせいで、都を追われてん。可哀想《かわいそう》やろ？　ブソク様が怒らはったんは、絶対に、あいつらの踊りや演奏が下手《へた》やったせいや。そやし今度は、ちゃんとした子を用意するつもりなんえ。ほんまもんの舞妓はんを入れて、新しい『可憐座』を作ったら、ブソク様はきっと喜ばはる。リソウキョウへ帰れる……。あんたも来るか？」

私が無視すると、女は怒ってお猪口《ちよこ》を投げ、私を睨《にら》んだ。

「やっぱり、やーめた。あんたは寄《よ》したげへん。泣いてもリソウキョウへは連れてったげへん」

その後、女はまたどこかへ出かけていったが、やがて不機嫌な顔で帰ってきた。どういう訳か、出かける前は綺麗だった衣装もボロボロになっていて、ところどころ焼け焦げていた。

翌朝、女が私に、手紙を書いて清香に送れと言った。便箋《びんせん》に使えと渡してきたのは、あの千代紙。私が拒否しても、女は、

「ほんなら、尾ひれをたんまり付けてバラしますさかいな！」

といきり立ったので、どうしようもなかった。

私は、涙が出そうになるのを必死に堪えて手紙を書き、せめてもの抵抗として、白い紙を用意して、想いを込めて手紙を包んだ。

（どうか、これに私の生霊がついて、清香を守りますように。女の悪事に、誰か気づいてくれますように）

手紙を送った後、私のスマートフォンを奪っていた女は、前から妹と会う約束していた事を知り、妹を上手く騙《だま》して連れてこいと言った。

タクシーで祇園に降ろされ、妹と古賀さんに会った私は、何もできなかった。帰った後、女には失敗したと言っておいた。

夜中、私は夢を見た。女が妹を操って攫《さら》おうとしたので、必死に止める夢。

やがて、私は女に叩き起こされた。女は苦しいのか肩で息をし、髪もぐちゃぐち

ゃの鬼の形相《ぎょうそう》で、

「あんた、ようもやってくれたな」

と叫び、私の首に手をかけた。私も刺し違えるつもりで抵抗したが、式神の加勢もあって敵《かな》わなかった。

清香は、私の自慢の妹。命を懸けても守りたい。

なのに……。

意識が遠のき、心の中で、こんなお姉ちゃんでごめんねと謝った。


大が総代との電話を終えると、玄関の開く音がして、鶴田が帰ってきた。

「お疲れ様です」

大が出迎え、清香も玄関までついてくる。靴《くつ》を脱いだ鶴田は、制服の両袖《りょうそで》をふわりと捌《さば》きながら、周辺は異常なしだと言った。

彼はそのままダイニングへ入ろうとし、大もそれに続く。この時の大は、鶴田の言葉に何の疑問も抱かず、本当に外は平和だろうと思っていた。

しかし、清香が険しい声で「待って」と言い、

「優作。何か、隠してるやろ」

と指摘した瞬間、鶴田の背中が止まった。

「え？」

驚く大に構わず、清香は鶴田に詰め寄っている。逃げないように腕もしっかり摑んでいた。

「うちが気づかへんと思った？　必要もないのに袖を捌くんは、緊張してる時の優作の癖《くせ》や。前に、優作自身が、うちに教えてくれたんやないの」

「そんなん、七羽の勘違いや」

「勘違いやない」

二人が言い争うのを前にして、大は困ってしまう。とりあえず、清香を宥《なだ》め、二人を引き離そうとした。

その時、鶴田が一瞬だけ左袖を見る。それに気づいた清香は迷いなくその袖に手を入れ、鶴田の抵抗を振り切って一枚の紙を出した。畳《たた》まれたそれは、千代紙である。

書いてあったのは、上品さなど欠片《かけら》もない、殴《なぐ》り書きの脅迫文《きょうはくぶん》だった。


明日午前四時、円山《まるやま》公園に清香一人で来い。姉と交換だ。周りに警察がいたら姉を殺す置屋の廊下は、水を打ったように静かになる。玄関の向こうを、観光客らしき人達の楽しげな声が通り過ぎた。

観念した鶴田が、項垂《うなだ》れたまま説明した。

「……後で、古賀さんにだけ見せよう思ってたんや。祇園の端の家の犬矢来《いぬやらい》に、これが挟《はさ》まってた。座長は焦ってるんかもしれん。そして本気や」

「私、深津さんに連絡します」

大はただちに、懐から携帯電話を出す。同時に、清香がその場で膝をつき、両手をつき、

「お願いどす……、お願いどす！　これだけはうち一人で行かしとくれやす！」

と悲痛な声で、大達に頭を下げた。

清香がそう言い出すとは大にも予想がついた。だからこそ、鶴田は隠そうとしたのだろう。再び戸惑う大だったが、

「あかん」

と言って退《しりぞ》けたのは、鶴田だった。

「お姉さんを使い、人質《ひとじち》にするような凶悪犯や。向こうの目的はお姉さんやなしに、七羽なんやで。絶対に無事では済まへん。行かす訳ないやろ」

鶴田は強い口調で諭したが、もはやそれに怯む清香ではない。清香は涙ながらに

顔を上げた。

「無事で済まへんのは重々承知の上どす！　そやけども、このままやとお姉ちゃんが殺されてまう！　お姉ちゃんが死んだら、うちはもう生きてかれへん！　大ちゃん、お願いどす。優作も一生のお願いどす。きっと何とかして、うちはお姉ちゃんを助けて、二人で逃げます。そやさかい、どうか深津さん達に、うち一人で行くって言うて下さい！」

「あかん言うてるやろ！　何でいう事聞いてくれへんのや。僕かて、七羽に何かあったら……っ」

騒ぎを聞きつけたお母さんが、自室から駆け付ける。事情を聞いたお母さんも、それだけは、と清香を諌《いさ》めていた。

しかし、普段は絶対に口答えしないお母さんにさえも、清香は頑《がん》として首を横に振り、行かせてほしいと懇願し続ける。

「お願いします。大事な姉なんです……」

京言葉さえもやめて、背中を丸めて、一生懸命に訴える清香。その頬からは、綺麗な涙が落ちていた。

姉の命がかかっているとなれば、清香の言動は当然である。大は清香の背中を撫《な》でるが、彼女は掠《かす》れた声で、また大に懇願した。

その姿を見て、大は怒るのではなく、悲しむのでもなく、彼女のためにもこの状況をどう打開すべきかと必死で考えていた。

八坂神社《やさかじんじゃ》の東に、広大な敷地を持つ名勝・円山公園は、桜の名所として知られている。お花見のできる広い芝生《しばふ》があり、広い通路も通っていた。

つまり、意外にも見晴らしがいいのである。市街地や東山《ひがしやま》へ繋がる出口も多くあり、逃走もしやすい。

舞妓に一人で来させ、拉致するには絶好の場所。だからこそ、座長は円山公園を指定したのだろう。

とにかく、相手が相手である。無論、清香を一人で行かせる事は出来ない。しかし、護衛として大達がついていくと、座長がそれに気づいた場合、今度は結菜の命に関《かか》わってくる。

消去法に消去法を重ねて、大は、一つの案に辿《たど》り着く。清香を円山公園に行かさず、かつ、結菜を殺させないようにするためには、それしかなかった。

「鶴田さん、清香ちゃん。私に考えがあります」

大の話を聞いた鶴田は、すぐに頷く。清香も、最初は拒否していたが、辰巳大明神という神仏の力を信じたのと、その作戦の方が、姉救出の成功率は高いと理解したらしい。

「清香ちゃん。……とりあえず、この作戦で、深津さんに連絡していい？」

とゆっくり訊くと、清香も泣きながらようやく、ゆっくり頷いてくれた。


大の考えた作戦は、至って単純である。

大が「清香」に変装して身代わりとなり、姉を座長から引き離した後、公園の外で待機している深津達が座長を確保する、というものだ。

もちろん座長も、普通ならば代役に気づくだろう。

しかし、この作戦において、大は清香に扮するのでなく、清香に完全に「化ける」のである。昨年の祇園の事件で、誰にも怪しまれずに大を料亭の仲居《なかい》に化けさせた辰巳大明神の令状の効力を以《もっ》てすれば、理論上は可能だった。

大から脅迫状の内容、および、作戦内容を電話で聞いた深津は、

「現状、それしかないな」

と同意し、すぐに辰巳大明神へ連絡し、令状の発行と協力を請《こ》うた。

辰巳大明神も快諾したらしく、夕方までに、作戦の手配を一手に担《にな》ってくれるという。深津と総代も、それまでには東京から京都へと戻る。やがて辰巳大明神から、準備が整ったという電話がきた。

日没後。大と鶴田、そして清香は、辰巳大明神から「ぎおん　寿美《すみ》の」へ行くよ

う指示を受けた。

「今回、わしの他に、別の神様にも力を貸してほしいとお願いした。古賀ちゃんを舞妓ちゃんにさすんは広い場所が必要やし、お越し頂く神様を、置屋さんへ鮨詰《すしづ》めなんて失礼な真似は出来ひん。そやから、家にいる清香ちゃんを出すのは悪いけど、ちゃんとした場所でやらしてもらうで。古賀ちゃん達は、道中しっかり警護せえ」

というのを受けて、大達は、お母さんや里中さん、蓮、他の舞妓達に見送られながら、松本を出発した。

大が、花見小路《はなみこうじ》沿いの老舗料亭「ぎおん　寿美の」の敷居《しきい》を跨《また》ぐのは、約一年ぶりである。

事前に、辰巳大明神から話を聞いていた寿美のの女将《おかみ》は、大と鶴田の間に挟まれた清香に、

「よう来とくれやした」

と背中を撫でて労《ねぎら》った後、委細承知《いさいしょうち》したように二階へ通してくれた。

綺麗に改装したという、東側の座敷の襖の前には、塔太郎が正座している。

先頭にいた大が、

「塔太郎さん、お疲れ様です」

と声をかけると、塔太郎は顔を上げ、小さく頷いてくれた。

「大ちゃん、それに鶴田くん。お疲れ様。清香さんも、お体は大丈夫ですか。――俺はここにいとくし、このまま中へ入ってくれ。もう皆揃ってる」

「分かりました」

襖を開けると、末席には総代がいて、その横に深津も座っている。座敷の中ほどに座る辰巳大明神の横には、色無地を着た節子が控えており、上座には、初めて見る美しい女神がいた。

女神は、服装、気配、顔立ちと全てが美しく、そして瑞々《みずみず》しい。名のある神仏というのは間違いなく、大は直感で、八坂神社に祀《まつ》られている女神だろうと考えた。

すぐに、辰巳大明神が女神を紹介し、

「こちらにおわしますのは、八坂神社の摂社《せっしゃ》・美御前社《うつくしごぜんしゃ》の御祭神。市杵島比売命《いちきしまひめのみこと》様や」

と言う。やはり、八坂神社の神様だった。

（それで塔太郎さんは、同席は恐れ多いと思って、自分から外へ出たはるんや）

と、大は納得した。

八坂神社の摂社・美御前社は、美容水《びようすい》という神水が湧く事で有名である。祀られている宗像三女神《むなかたさんじょしん》の中でも、ことに市杵島比売命は、美人の女神として知られていた。

芸能を司《つかさど》る弁財天《べんざいてん》や、美貌《びぼう》の女神である吉祥天《きっしょうてん》とも同一視されていた関係から、現在では財福、芸能、美貌の神として信仰されている。

同じ女神である市寸嶋比賣命《いちきしまひめのみこと》が祀られている河原町五条《かわらまちごじょう》の市比賣神社《いちひめじんじゃ》は、「女人厄除《やくよ》け」の神社として、現在も「皇后陛下《こうごうへいか》勅願所《ちょくがんしょ》」となっている。

今回の作戦に、この女神ほど頼もしい存在はなく、大達がその場で頭を下げて丁寧に挨拶すると、市杵島比売命も微笑んでくれた。

これで全員揃ったらしく、痺れを切らしたように、辰巳大明神が塔太郎を呼んだ。

「塔太郎。お前、いつまで気ぃ遣《つこ》て外にいる気や。物事が進まん。早《は》よ入れ」

「申し訳ありません。失礼致します」

襖が開き、塔太郎が静かに入って末席に座る。辰巳大明神は、市杵島比売命を丁《てい》重《ちょう》にもてなす事を優先し、彼女へ頭を下げて御足労《ごそくろう》の礼を述べた。

「これより、市杵島比売命様には、ささやかながらお食事を召し上がって頂きながら、深津達から事件の経緯を聞いて頂きたく存じます。また、今ここにいる祇園甲部の舞妓・清香の舞をご照覧賜《しょうらんたまわ》り、八坂神社の摂社の神様として、彼女へご神徳をお授け頂きますよう、お願いしてもよろしいでしょうか」

　辰巳大明神が尋ねると、市杵島比売命は小さく頷いてくれた。

　辰巳大明神は、すぐに女将に頼んで料理を運ばせる。市杵島比売命に先付が配ばれ、深津による報告、そして、今後の段取りへと、話は着々と進んだ。

　向付、煮物とすすみ、焼き物が運ばれた頃、辰巳大明神は清香へ向き直り、舞を披露するように言った。

「清香ちゃん、『祇園小唄』や。一生に一度、そして今日限りの命や思って、精一杯お気張りやす」

　辰巳大明神も、祇園の神らしく威厳溢《あふ》れる口調である。節子には、

「節子は三味線や。『祇園小唄』は出来るやろ」

と言い、節子も手短に「へえ」と請け負った。

　命じられた清香は、

「おおきに。おたのもうします」

と静かに頭を下げる。辰巳大明神がさっと手を振ると、小紋《こもん》姿だった清香が一瞬で、振袖にだらりの帯の、花かんざしを付けた宵の舞妓姿となった。節子の膝には三味線があり、手早く調弦《ちょうげん》している。

　準備を終えた清香は、市杵島比売命や大達に背を向けてしゃがみ、節子の演奏を待つ。

やがて、節子によって「祇園小唄」が朗々《ろうろう》と歌われ、清香が舞った。

月はおぼろに　東山
霞《かす》む夜毎《よごと》の　かがり火に
夢もいざよふ　紅ざくら
しのぶ思ひを　振袖に
祇園戀《こひ》しや　だらりの帯よ……。

大は、置屋で清香と生活こそ共にしていたが、お座敷での彼女を見るのは初めてである。清香の舞は、少女らしい清潔さがあり、桜の香りさえ漂うほどだった。けれども、振袖やだらりの帯をわずかに揺らして気高く舞う姿には、大人びたものも感じてしまう。その美しい矛盾《むじゅん》が、大には神秘的だった。

「祇園小唄」は、昭和五年（一九三〇年）の映画『祇園小唄　絵日傘《えひがさ》』の主題歌で、作家・長田幹彦《ながたみきひこ》がお茶屋「吉うた」にて作詞し、浅草《あさくさ》オペラで活躍していた佐々紅華《さっさこうか》が作曲したものである。井上流四世・井上八千代《やちよ》が三味線歌にアレンジし、井上流の振りをつけた事から、京の花街、特に祇園甲部を代表する曲となっていた。

舞を終え、元の小紋姿に戻った清香に、市杵島比売命が拍手を贈る。座敷にいる誰もが拍手だけで言葉を発しなかったのは、清香の舞の気迫のためというよりは、沢山の人達が受け継ぎ、守ってきた「花街」の伝統の重さゆえかもしれなかった。

市杵島比売命が、静かに言った。

「辰巳大明神様、そして清香さんに節子さん。ありがとうございました。今、この場を以て、美御前社の市杵島比売命が清香さん達へ神徳を授け、八坂神社の他の祭神とも協力して、祇園町の人々を守る事をお約束致しましょう。辰巳大明神様。どうぞ清香さんと古賀さんを、お着替え差し上げて。私もお手伝いしましょう」

市杵島比売命と辰巳大明神が、連名で令状に署名し、辰巳大明神が深津にそれを手渡した。

ここからが本番である。これから清香は、髪を解いて小紋を着た「作七羽」となり、大は、化粧をして振袖と帯をまとい、舞妓・清香になる。

いつの間にやら、節子が大きな革のトランクを持ち込んでいた。

「旦那様。必要なもんは、ぜーんぶこの中に揃うてまっせ」

節子がトランクを叩いて景気よく言うと、辰巳大明神も「よし、始めよか」と立ち上がった。

「まず、清香ちゃんはお風呂場へ行って、髪を洗って解いてくれ。店の奥が、女将の住まいになってってさかい、女将が案内してくれるはずや。着ている小紋も、女将のやつと取り換えて、わしのところへ来るんやで。古賀ちゃんには、その着物と袴《はかま》の上から、振袖と帯をさしてもらう。化粧はほんまにするけども、髷はカツラや。全部こさえた後に、わしが術をかけるしな。誰が見ても清香ちゃんやと思うように、けれども、どれも一発で、古賀ちゃんの意志でパッと取れるようにする。ほしたら、お姉さんを保護した後で、すぐに戦えるやろ」

てきぱきとした辰巳大明神の指示に、大と清香はそれぞれ返事する。清香が女将に連れられて座敷から出ていき、鶴田と深津も、護衛として同行した。

節子がトランクを開くと、中は、底が見えない不思議な空間となっている。大はもちろん、塔太郎や総代、市杵島比売命さえも興味深そうに見ている中、節子はそこへ手を突っ込んだ。

「旦那様、これどすか」

上下の赤い鹿の子《かこ》が可愛い、舞妓の髷のカツラが出される。それを見た辰巳大明神が、払うように手を振った。

「何でやねん。お前、それ年少の子の『割れしのぶ』やないか。清香ちゃんは年長の子やで。髪型は『おふく』や、おふく」

「へえ、そうどしたな」

節子がカツラをトランクへ仕舞い、代わりに別のものを出す。下部に縮緬《ちりめん》をつけた、少し大人びた髷のカツラだった。舞妓になって三年だという清香の髷は、この「おふく」が正しいらしい。トランクからは、化粧道具や振袖、帯といった必要なものが全て出されていた。

大は、簪で結《ゆ》った髪の上から「おふく」のかつらを被り、節子の手によって念入りに白粉を塗って、粉白粉もはたく。目元や唇の紅は、市杵島比売命が自ら申し出て塗ってくれた。

制服の上から赤の長襦袢《ながじゅばん》を着て、いよいよ、振袖の着付けに入る。

これは辰巳大明神が自ら担当し、

「昔な、男衆《おとこし》さんに教わった事があるんや。ほんまもんの男衆さんのように上手《うま》くは出来ひんけども、敵を欺《あざむ》くには、それでも十分なはずや」

と襷掛《たすきが》けして、手際よく大に着付けていった。自ら着付けを行う事で、神徳がより多く流せるという。

薄緑の振袖に、黄色のだらりの帯が、大の細い腰にぐっと締められる。体感で、十キロはあるだろうか。自分が体ごと清香に変わってゆくようで、大は妙に緊張した。

辰巳大明神は、普段のお喋りな性格が嘘のように、無言で作業を進めている。末席にいた塔太郎と総代は、手伝いとして控えながら、じっと大を見守っていた。

その事に気づいた大は、化粧の際、彼らに肩甲骨《けんこうこつ》まで素肌を見せていた事を今更思い出し、照れ臭さに俯いてしまう。横を向いて総代と目が合うと、総代は耐えられぬといったように顔を赤くし、静かに立ち上がった。

「あの、僕、外に出てます」

辰巳大明神の返事も聞かず、そっと座敷を出てしまった。

総代は、男衆でもない自分が女性の着付けを見る事について、何だか申し訳ないと思ったらしい。普段の辰巳大明神ならば、

「こんな程度で、顔を赤くしよって。初心《うぶ》なやっちゃのう」

と笑顔でからかいの一つでも言っただろうが、今は総代に一瞥もくれず、真剣な表情で帯を結んでいた。

一方の塔太郎は、手伝いを頼まれない限りは少しも動かず、私語もせず、大の着付けを見届けている。大も、塔太郎の熱い視線を確かに感じていた。

やがて、

「よし、こんでええやろ」

と辰巳大明神が身を離す。大は、節子の出した鏡で自分を映してみた。

鏡には、「舞妓・清香となった大」の姿がそこにある。豪奢《ごうしゃ》な存在感があり、自

分でも驚いてしまった。

大は、辰巳大明神や節子、市杵島比売命にお礼を言った後、

（私が十五の時に置屋さんに入ってたら、こんな舞妓さんになってたんやろか）

と思いを馳《は》せ、一番に感想が欲しい人へ、

「塔太郎さん、どうどすか。うち、ちゃんと、舞妓さんになれてますやろか」

と、京言葉で訊いてみた。

その口調が自然に出たのは、既に、辰巳大明神の力が効《き》いているからである。しかし、舞妓になりきって塔太郎に接してみたいという大の気持ちがあったのも、また事実だった。

訊かれた塔太郎は、

「……祇園言葉に聴き惚れて、やな」

と、小さく呟くだけ。傍らで、辰巳大明神が「ほう」と感心していた。

「お前、ようその歌知っとったな。普通は『かにかくに』やのに」

辰巳大明神の言う事から察するに、塔太郎が口にしたのは吉井勇の歌らしい。

大はどういう歌かと聞きたかったが、今は、不要な話をしている場合ではない。

廊下から足音がして清香達も帰ってきたので、この話は流れてしまった。

大が完璧な舞妓になったのを見て、深津や鶴田、女将までもが感心している。先

ほどとは違う柄の小紋を着て、髪はお団子《だんご》に結った清香は、改めて大へ手を合わせ、頭を下げた。

「大ちゃん、ほんまにありがとう。どうかお姉ちゃんの事、お願いします」

「任して。絶対に、お姉さんを取り戻すから」

作戦では、大が結菜を保護した瞬間に、鶴田が術を駆使して刀を渡す事になっている。それと同時に、深津や塔太郎達も加勢して、座長を捕《と》らえる流れとなっていた。

しかし、それまでの大は、舞妓姿ゆえに刀を持つ事が出来ない。結菜を保護した際、想定外の事が起こる可能性もあった。

それを見越した市杵島比売命は、大に、朱《しゅ》の漆塗りの懐剣《かいけん》を贈ってくれた。懐剣には、御利益《ごりやく》が込もっているという。場合によっては、結菜にそれを持たせて結菜だけを逃がすように、と深津は説明し、頷いた大は懐剣を襟元へ入れた。

深津達と座敷に戻っていた総代は、大を見てすぐに顔を赤くし、目を逸らす。彼いわく、「あまりにも綺麗だから」という事で、大もつい照れてしまった。

しかし、落ち着きを取り戻した総代は表情を改めて、同期として応援してくれた。

「古賀さん。結菜さんの保護はもちろんだけど……、もう一人、大事な人を忘れてない？」

「清香ちゃんの事？　清香ちゃんやったら、私らのいない間は、晴明神社支所の人が守ってくれはんねん。やから大丈夫」

「違うよ。ほーら、やっぱり忘れてる。古賀さん自身だよ。僕は、古賀さんも無事に帰ってきてくれないと、任務成功とは認めないからね？　そういう君だからこそ、もう一度言うよ。絶対に無茶はしない事。約束を破ったり、怪我でもしたら、今度、写生のモデルになってもらうからね」

「うん、分かった。約束な。心配してくれてありがとう」

総代は人目も憚《はばか》らずに大の両手を取り、その無事を祈ってくれる。大もぎゅっと、彼の手を握り返した。

全ての準備が終わり、辰巳大明神が解散を宣言した。

「市杵島比売命様。この度は本当にありがとうございました。さぁ、作戦開始や。皆、何食わぬ顔で家や事務所へ帰って、午前四時に備えときや」

皆が表へ移動する中、大も褄《つま》を取り、しずしずと玄関へ向かう。

塔太郎と鶴田だけが、座敷に残って後片付けや深津との調整をしており、そのうち、深津だけが玄関に来た。塔太郎と鶴田は、まだ上にいるらしい。

その時大は、業務用の携帯電話を座敷に置き忘れたと気づく。再び二階へ上がると、鶴田と塔太郎の声が聞こえてきた。

「坂本さん、あの……。よう、何も、言わはりませんでしたね」

「何が？」

「古賀さんですよ」

大は思わず立ち止まり、数秒迷って襖の陰に身を寄せる。鶴田は、大が舞妓となった後、塔太郎がほとんど喋らなかったのを見て不思議に思ったらしい。

「僕が七羽を止めたように、坂本さんも、古賀さんを止めるもんやと思ってました。坂本さん達や僕が後から加勢するとはいえ、円山公園に行って座長と対峙《たいじ》して、結菜さんを助けるのは、彼女一人じゃないですか。しかも、発案者は古賀さん自身。坂本さんが、古賀さんを大事な子や言うてたんは、僕も話で聞いてます。それで、ようじっとしてられたなって……」

「うん。そうやな。鶴田くんの言う通りで、危険はつきものやわな」

塔太郎はそれきり、視線を落として考えている。襖を隔《へだ》てた大も同じように目線を落とし、

(総代くんも心配してたし、塔太郎さんは、むしろ無謀な作戦やと怒ってるんかもしれへん)

と、不安になった。

しかし、塔太郎の答えはそうではなかった。

「ちょっと前までの俺やったら、怪我してほしくない一心で、大ちゃんを止めてたやろな。でも、清香さんの安全を最優先に、なおかつ結菜さんを助けるとなると、この作戦しかないと俺も思う。皆もそう思ってるからこそ、大ちゃんの作戦に乗ったんや。これを考えた大ちゃんは凄いと思う。やから、俺も最大限の協力をしたい。もし……、大ちゃんが清香さんみたいに一般人やったら、俺もこんな事はさせへんかったで。けど、大ちゃんは、俺らと同じあやかし課隊員で、誰かを守る側の人間なんや。……実はな、鶴田くん。俺は今回、たった一人で置屋さんを守ってきた大ちゃんを見て、今までの考え方を変えたんや。先輩として守ってあげたいのは変わらへんけど、同時に、大ちゃんを皆と対等なあやかし課隊員と見て、信じるべきやろうってな。せやし、俺は大ちゃんの事が心配やけども、大ちゃんを信じてる。あの子は、自分にしか出来ひん事を、必ずやり遂《と》げてくれる子や。総代くんもああ言うてくれたし、きっと大丈夫や」

大を語る彼の表情には、先輩として後輩を案じる気持ちと、一あやかし課隊員として冷静に判断した、大への揺るがぬ信頼がある。

塔太郎の気持ちを聞いた大は、そっと襟元に手を入れて、懐剣を握った。

塔太郎が、頑張れ、と背中を押してくれた気がする。彼に対する感謝や愛《いと》しさや、座長と対峙する決意が、胸の中でほんのりと燃え、熱くなる頬が治まらない。

総代や鶴田、清香達の事も思い出し、一人ではないと実感した。

祇園の料亭の窓からは、暗い東山のなだらかな山容と、朧月《おぼろづき》が遠くに見えていた。


一同解散して寿美のを出た後は、あっという間に時が過ぎていく。今、時計の針は、午前三時半を迎えていた。座長が指定した時間まで、あと少しだった。

お母さんや清ふく達は就寝したが、清香は、とても眠る事など出来ないどころかかえって奮《ふる》い立っており、怯える様子など少しも見せなかった。

清香は、大や鶴田を少しでも手伝いたいと思ったのか、場の緊張を解こうとして大達へ積極的に話しかけたり、お茶を淹れてくれたりする。大は、そんな清香を有難く思い、鶴田も、

「やっぱり、七羽は強いな」

と、愛おしそうに呟いていた。

既に最終調整を終えている。後は、大が一人で円山公園へ向かい、交代でやってくる上司に清香達を預けた鶴田が、遅れて円山公園付近へ向かう手筈《てはず》だった。

大は、塔太郎の言葉を思い出す。

(大ちゃんが円山公園へ行く頃、俺ら喫茶ちとせのメンバーも鶴田くんと合流して、円山公園の外で待機しとく。すぐに、駆け付けて助けたるしな)

準備は、万端だった。

予定では、三時半を回った頃に、鶴田の上司が来てくれるはずである。

ところが、いくら待っても誰も来ない。おかしいなと思っていたところに、鶴田の携帯電話が鳴る。廊下に出て通話していた彼が、やがて血相を変えて戻ってきた。

「えらい事になった。上七軒で、舞妓さんが二人攫われたらしい」

「上七軒で？」

大は、思わず立ち上がる。清香も信じられないという顔だった。鶴田の話によると、つい今しがた入った情報だという。

上七軒で、平安時代の武士の格好をした者達に舞妓二人が攫われ、犯人達は東西に分かれて逃げているらしい。

上七軒が管轄内で、北条《ほうじょう》が所属している北野天満宮氏子区域事務所《きたのてんまんぐううじこくいきじむしょ》はもちろん、周辺の事務所である晴明神社支所、喫茶ちとせ、変化庵《へんげあん》、鈴木《すずき》の所属する松尾大社《まつおたいしゃ》氏子区域事務所までもが総動員され、広域で緊急配備を敷いているという。

話の規模から考えると、塔太郎達はもちろん、総代や栗山《くりやま》といった、大の知っているあやかし課隊員達も、その緊急配備についているはずである。一連の事件との関連が疑われ、現実に、舞妓二人が攫われているのだから当然だった。

鶴田が、苦々《にがにが》しく言った。

「交代に来るはずやった僕の上司も、まずはそっちに向かうことになったらしい。つまり、今こっちで動けるのは、僕と古賀さんの二人だけ……。事件の情報からして、おそらく式神や。もちろん、式神を駆使してる真犯人は……」

「可憐座の座長……ですよね……。前の襲撃事件みたいに、遠隔操作してるんかも。でも、何で上七軒に」

大はふと、今回の一連の事件の発端となった上七軒襲撃事件を思い出す。上七軒がどういう地域で、今、座長が何を狙っているかに気づいた大は、

「まさか」

と思わず呟いた。鶴田も真相に辿り着いたらしく、深いため息をついた。

「僕も、初めに気付くべきやった。あの襲撃事件のほんまの目的は、かんか丸《まる》様でも、古賀さん達あやかし課隊員でもない。上七軒の舞妓さんやったんや。式神は、霊力に対しては敏感やけど、賢くない奴も多い。間違って同じ女性の古賀さんを襲ってしもて、収集つかへんくなったんや」

「ほな、座長の狙いは、清香さんだけやなしに、京都中の舞妓さんという事ですか？」

「そう考えたら、全部がぴしゃっと繋がる。理想京とやらの神様へ献上すんのに、現役の舞妓さんほど、『ほんまもん』と言えるものはないやろうしな。今、上七軒で式神に舞妓さんを拉致させたんも、離れた場所で事を起こして、僕らを手薄にす

る算段なんや。それが上手くいけば、上七軒の舞妓さんと、七羽が一挙に手に入る。仮に、式神達に任せた上七軒の方が失敗しても、僕らさえ手薄にしたら、人質もいるし、七羽だけは奪いやすい……。ほんま、やられたわ……」

鶴田の話を聞いて、清香は悔しさのあまり唇を噛み、小紋の膝上をぎゅっと握っている。大も、舞妓達を物のように扱う、座長への怒りが収まらなかった。

その間にも、刻一刻と指定の時間は迫っている。一分でも遅れれば結菜がどうなるか分からず、作戦を練り直す時間はない。

鶴田は、大に問うた。

「古賀さん、どうする。上七軒は、花街の中では一番祇園から遠い。これも向こうの作戦のうちや。応援は多分遅れるし、最悪来れへん」

大は覚悟を決め、真っすぐな瞳で鶴田を見上げた。

「このまま、作戦続行でいきましょう。鶴田さん、力を貸して頂けますか」

「もちろんや。すぐに、辰巳の旦那様と美御前社にも連絡して、清香だけやなしに祇園全体を守ってもらう。古賀さんが結菜さんを保護したら、僕も円山公園へ入って加勢する。古賀さんは、僕が結菜さんを連れて逃げる間、戦って座長を足止めしてほしい。八坂神社に結菜さんを預けたら、僕もすぐ円山公園に戻る」

「了解です。ほな、行きましょう」

春の夜の円山公園は、桜のライトアップで幻想的である。午後八時から九時頃だと、芝生はレジャーシートを広げた花見客達で賑《にぎ》わっており、夜なのに煌々《こうこう》と明るい事でお馴染《なじ》みだった。

しかし今は、午前四時前なのでライトアップも消されて誰もおらず、屋台も撤収されている。星の瞬《またた》きは僅《わず》かしかなく、空が薄《うつす》ら藍色《あいいろ》になっていた。

針の落ちる音さえ聞こえそうな、静寂の園内。そこを、一人の舞妓がゆっくり歩き、ひょうたん池の前で立ち止まった。背後には、円山公園の象徴とも言える祇園しだれ桜が、春の暖かい風を受けて日の出を待っていた。

午前四時。可憐座の座長が指定した、約束の時刻である。大は、持っている籠《かご》を抱《かか》え直し、懐にある懐剣の存在を確かめてから、息を吸った。

「――こんばんは。犯人さん。聞こえたはりますか。祇園甲部の清香どす。約束通り、うち一人で参りました。今すぐ、姉に会わしとくれやす」

大の声が、池を越え、暗い芝生を通り、桜の木々の間に消えてゆく。相手からの反応は、何もなかった。大は少しだけ声を荒《あら》らげて、もう一度呼び掛けた。

「犯人さん、いはらへんのどすか。うち、約束通り来ましたえ。姉に会わせてくれへんのなら、うちは帰ります。姉が殺されたら、うちも死にます。それではかなんの違いますか」

大は清香になりきって、あるいは、清香なら座長にこう言いたいだろうと考えて、京言葉を紡《つむ》ぐ。辰巳大明神の神徳は、絶対に座長を上回っていると信じているが、すぐに結菜が現れてくれないと、不安でならなかった。

汗が一筋、胸元を滑《すべ》る。その時大は、ひょうたん池の向こうの芝生に、妙なものがある事に気が付いた。

大きな枝垂《しだ》れ桜である。この円山公園には桜が多く植えられているが、今、大が見上げている枝垂れ桜は、他よりも明らかに大きいし、枝も張っていた。

大の背後の、祇園しだれ桜と同じくらいの高さか、それ以上。ここ円山公園において、これほどの規模の桜は本来、祇園しだれ桜しかないはずだった。

では、あの巨大な枝垂れ桜は何なのか、と大が不審に思った瞬間。足元に一枚、風に乗って紙が飛んできた。

千代紙である。

あっ、と思う頃には女性の声が聞こえてきた。

「おいでやす。さぁ清香ちゃん、お入り」

その時、千代紙から猛烈な桜吹雪が噴き出した。旋風《せんぷう》とともに、大を捕らえようとする。

大は、卑劣《ひれつ》な座長のことだから、結菜と会わせる前に、こうやって自分を引きずり込むだろうと予想していた。果たしてその通りになっている今、大は籠を捨てて懐剣だけは落とさないよう、襟元をぎゅっと押さえた。

大を捕らえ、包み込んだ千代紙は、やがて自ら丸まって燃える。その後、跡形もなく消えてしまった。

大が目を開けてみると、そこは暗くて狭い空間だった。紡錘《ぼうすい》形という事は分かったが、窓も隙間もないので、外の様子が全く分からない。

それでも、周りがぼんやりと見える程度に明るいのは、何とも不思議である。大が警戒しながら辺りを見回していると、奥から足音がして、美しい女性が近寄ってきた。

細くても、丸みを帯びた体つき。千代紙と同じ柄のワンピースを着て、長い髪は柔らかく巻いていた。髪型は多々里《たたり》によく似ているが、顔は少し釣《つ》り目で、気性の激しさが全身から滲《にじ》み出ていた。

大は、この女が座長だと直感する。女は、大をじっと見つめた後、手を合わせて腰をくねらせ、猫なで声を出した。

「こんばんは、清香ちゃん。よう来てくれたなぁ。お座敷終わってから、直《ちょく》で来てくれたん？　まぁ、嬉しい。とにかく座りよし。すぐ、うちがええとこ連れてったげるさかいな。あ、言うの忘れてた。うち、可憐座の座長、可憐ていうねん。清香ちゃんやったら、うちの事を座長て呼んでくれても、構へんえ」

「へぇ。おおきに」

作戦が成功したと思い、大は、秘かに息を吐いた。

どうやら可憐は、大を清香だと完全に信じているらしい。舞妓を捕らえる事に成功した彼女は、上機嫌で手を叩いている。すると、どこからともなく巫女が現れて、座布団を敷いた。

大はそれが式神とは分かっていたが、

「その巫女さんは、どなたどすか」

と訊くと、可憐は何の疑いも抱かず、「うちの式神」と自慢した。

可憐は、巫女を下がらせて大を座らせようとする。大はその手を押しのけて、

「姉に会わしとくれやす。そういう約束どす」

と、きつく言った。

可憐は面倒臭そうに顔を歪めたが、既に清香は自分のもの、と思っているらしい。

「あの子をここへ」

と言うと、平安時代の武官が結菜を連れてきた。

幸いにも、結菜は縛《しば》られていない。結菜は悲鳴のように妹の名前を呼んで、大へ

と駆け寄った。大も、清香になりきって「お姉ちゃん」と返し、結菜をひしと抱き留めた。

謝り続ける結菜に、特に大きな怪我もない事を確認する。あとはここを脱出するか、あるいは懐剣で可憐を刺し、退治《たいじ》すれば万事解決だった。

ところが、最初は妹だと信じて疑わなかった結菜が、だんだんと訝《いぶか》し気な顔になる。そしてとうとう、

「誰？」

と、大に訊いてしまった。姉という家族の絆《きずな》は、神徳さえも上回ったらしい。

その声が妙に響いてしまい、大は顔を青くする。結菜も、事情を察してすぐに自身の口を塞《ふさ》いだが、遅かった。

結菜の背後に、これでもかと目を剝《む》いた可憐が迫る。可憐が結菜の髪を摑もうとする前に大が素早く割って入り、結菜を自分の後ろへ回した瞬間、大は可憐に引き倒された。

可憐は、細い外見に反して力が強く、大の受けた衝撃と痛みは並ではない。大は被っていたカツラも吹っ飛び、横に転がってしまった。

舞妓が、地毛で髪を結う事を知っているらしい可憐は、カツラを見て今度こそ怒り狂う。

「誰や、あんたは⁉　清香どころか、舞妓ちゃんですらないやんけ！」

火を噴《ふ》くように叫び、角が生えて目も黄色くなる。大は起き上がろうとしたが、その前に可憐に馬乗りされた。

千代紙を使い、信じられないほどの力で化粧を落とそうと擦ってくる。肌まで削《そ》がれるような痛みが走り、大は、咄嗟に念じて辰巳大明神の術を解いた。

白粉や紅が完全に消えて、大の素顔が露《あらわ》になる。身代わりを立てられたと気づいた可憐は、結菜を襲おうとした。それを大が引っ張って止めるが、可憐は、憂《う》さ晴らしのように大の首を摑む。大の反応が遅かったら、そのまま絞め殺されていただろう。

大は抵抗しながら、むしろ絶好の機会だと懐剣を出そうとする。しかし、倒された際に落としたのか、襟元には何もない。嘘、と大は戸惑った。可憐の手が、容赦なく大の首に沈んでいく。

「ようも、ようも、うちを騙してくれよって。あんたの身ぐるみ全部剝《は》いで泣かすか、あんたも人質にして、新しい舞妓ちゃんを貰うか。どっちかにしたるわ」

大は、可憐の小指を反対方向に曲げて何とか握力を削ぎ、目だけで必死に懐剣を探す。

すると、結菜が懐剣を持って震えていたので、大は声を張り上げた。

「結菜さん、それを持って逃げて下さい！」

可憐が腹立たし気に、大へ全体重をかけてくる。首が一瞬だけ潰《つぶ》されたように締まったが、抵抗してわずかに体をずらした大は、目を見開いて咳《せ》き込んだ。

可憐は、よほど気が立っているのか、結菜を追う事も忘れて喚《わめ》き立てる。

「うちは舞妓ちゃんが欲しいんや。舞妓ちゃんを束《たば》ねて新しい座長になったら、きっと武則《ぶそく》様も……！　あの子らが、新しい可憐座の子や。一番ええのは清香ちゃんや、清香ちゃん！　あの子を出せ！　死にたなかったら、うんと言え！」

理性など忘れたかのように、可憐は同じ事を言い続ける。その時突然、可憐の呻《うめ》き声がした。

結菜が震えながら、可憐の脇腹を懐剣で刺していた。刺された可憐も、信じられないというように目を見開いている。

「七羽は、渡さない……っ。あの子は『祇園の子』だもの……！」

強い声だった。拉致されて、恐怖に直面しながらも、結菜は必死に懐剣を握っている。

懐剣の御利益が効いているのか、可憐が苦しそうに顔を歪める。しかし可憐は倒れる事もなく、大の首を絞めたままだった。

それでも、結菜は懐剣を離さず、大が言っても逃げようとしない。彼女の瞳には、何としても舞妓を、そして妹を守りたいという意志が満ちていた。

（結菜さん……！）

大の脳裏に、舞妓姿の清香が浮かぶ。清香の幻が、可憐に向かって叫んでいた。

（うちは負けへん！　うちは絶対に、あんたとこへは行かへん！　うちは何べん生まれ変わっても祇園の舞妓さんになる。お姉ちゃんと一緒に、夢を追うんや！　お姉ちゃんを返せ！　うちの守護神を返せ！　祇園町の平和と、うちの夢を返せっ！！）

大達の帰りを待つ清香の願いが、大に届いたのかもしれなかった。

可憐が、大を押さえつけたまま結菜を蹴《け》り倒そうとした瞬間。大は力を得たように上半身を起こし、隙のできた可憐の顎《あご》を摑んでいた。

「このっ、何を……！」

「あんた、今まで生きてきて一度でも、舞妓さんをええなぁて思った事あるか」

「は……？」

「あるはずやんな。自分の集団の一員にしたいって、思うほどやもんな」

怯む可憐を前にして、大は、腹の底からせり上がる何かを感じていた。それは可憐への怒りであり、結菜の行動を無駄にしたくないという思いであり、自身が持つ本来の負けん気でもあった。

しかしそれら以上に、置屋での生活を通して知った、祇園町や芸舞妓、それらを支える人々への敬意が、大の心を揺さぶっていた。その熱さを、何も知らない可憐にぶつけたかったし、ぶつけた上で勝つべきだと信じていた。

「あんたの他にも、世界中の人が舞妓さんを好きやって言う。京都と言えば舞妓さんって、皆が思ってる。その舞妓さん達は、どうやって『舞妓さん』でいてると思う？　親や友達とも離れて、厳しいお稽古を必死にこなして、夜はお座敷を頑張って！　辛い事が沢山あっても、舞妓さんが好き、京都が好きという想い一つで頑張ってはんのや。そういう人達がいて、それを支える人達がいるからこそ、京都は皆に愛される。清香ちゃんも結菜さんも、全部が京都の宝や！　あんたになんか渡さへん！」

大は、可憐の顎から素早く手を離し、簪を抜く。変身によって消えてしまう前に、簪の先端を深く、可憐の腕に突き刺した。

結菜の懐剣を受けたまま、魔除けの力を流された可憐は絶叫する。大は、自分が変身する光明《こうみょう》の中で結菜を引き寄せ、今いる空間が崩壊するのを感じていた。

（あとは頼んだで。まさる）

大は心の中で、もう一人の自分に全てを託した。

嵐のような旋風に吹き飛ばされて、まさるは、結菜を抱えたまま着地する。見渡せば、大が元いた円山公園の、ひょうたん池より東の芝生だった。

さらにその東の方から、地を這《は》うような呻き声がする。可憐がどこかで、苦しみにもがいているらしい。池の西側から、大の刀を持った鶴田の声がした。

「まさる君、こっちや！　お姉さんを！」

まさるは咄嗟に、結菜の背中を強く押す。結菜は、突然現れた「まさる」に戸惑っていたが、「ありがとう」と小さく口を動かし、鶴田の方へ走り去った。

その間に、鶴田は刀印《とういん》を結んで呪文を唱え、刀を真っすぐまさるへと投げる。刀は、鶴田の術によって正確にまさるの手に収まり、まさるは直《ただ》ちに鞘《さや》を払った。

「かんにんな、まさる君！　一時《いっとき》だけ頼んだ！」

鶴田と結菜は、作戦通り八坂神社の方へと駆け出した。まさるは、可憐に止《と》めを刺そうと顔を上げ、相手の巨大さに衝撃を受けた。

夜明けが近い空の下、一本の巨大な枝垂れ桜が、ほの明るく光る化け物に変わっている。千代紙に吸い込まれる前の大が目撃した、あの枝垂れ桜だった。

細い桜の枝が揺れる。それをまるで長髪のようにして、巨大な般若《はんにゃ》の面が見える。幹は胴体で、太い枝はしわがれた腕のよう。化け物は怨嗟《えんさ》溢れる黄色い目で、まさるを見下ろしていた。

「ようも……ようもやってくれたなぁ……！　舞の一つも……出来ひんくせに

……！」

面の口が動き、可憐の声が園内いっぱいに響く。その内部こそが、先ほどまで大達のいた空間で、枝垂れ桜そのものが、今の可憐の姿らしい。よく見ると、まさると結菜の飛び出した痕《あと》が、傷口のように裂けて割れていた。

暁天《ぎょうてん》に妖《あや》しく咲くあれは、枝垂れ桜なのか、鬼なのか。御利益と魔除けの力で追い込まれた可憐は、死力を尽くしてそれに抗《あらが》い、自ら狂って変貌《へんぼう》したらしい。舞妓一人など簡単に攫えそうな巨大さと引き換えに、美しくも恐ろしい姿と成り果てていた。

「私は……、可憐座の座長、可憐……。武則様、いかがでございましょう……？その名の如《ごと》く可憐で、枯れぬという花を、愛《め》でて手元に置いとくれやす……。それでは、開演でございます……。舞妓という、京の花も添えてぇ……っ！」

夢見心地で喋っていた可憐が、突然、奇声を発して仰《の》け反《ぞ》った。胴体の幹が大きく後方にしなって軋《きし》み、耳障《みみざわ》りな音を出した。

同時に、地下に張り巡らされた根の数本が、地面から飛び出る。可憐が出ようとしていると気づいたまさるは、結菜の思い、清香の思い、そして大の思いをしかと受け継ぎ、刀を手に走り出した。

可憐は再び奇声を発し、口が大きく開かれる。その中から、無数の千代紙が飛び出した。

人形《ひとがた》のそれは、全て、上七軒で戦った式神と同じである。平安時代の武官となり、十二単《じゆうにひとえ》の女官《にょかん》となり、巫女となってまさるに襲い掛かる。可憐が直接操っているためか、どの式神も戦意に満ち溢れ、目がぎらついていた。

まさるは、太刀を振り回す武官達の間合いに次々と入っては斬《き》り伏せ、強者《つわもの》とは鍔《つば》迫《ぜ》り合《あ》いのち勝利する。飛んでくる矢や十二単の女官達を薙《な》ぎ払い、あるいは躱《かわ》す。五人一組となって、五芒星《ごぼうせい》にまさるを囲もうとする巫女達の陣形から脱出し、巨大な可憐本体へと接近した。

可憐は、まさるが近づくと悲鳴を上げて左右にしなり、太い枝を腕のようにしてまさるを払いのける。ハンマーで殴られたかのようにまさるは背中を打って芝生を転がった。

その間も、式神達が絶え間なく襲ってくる。まさるは飛び退《の》きながら息を整え、園内を走り、迂回《うかい》して再び可憐を狙った。

気が付けば、式神達だけではなく、枝垂れ桜の根が何本か地面から飛び出して加勢する。根は棘《とげ》のようにまさるの進路を阻《はば》み、式神達を守ってまさるの刀を防ぐ。時には先端で刺そうとし、幾度かまさるの袖を掠った。

髪のような細い枝も、花びらを散らしながら、紐《ひも》のように伸びて襲ってくる。全てが激流のようであり、一瞬でも足を止めて可憐の猛攻に飲まれれば、あとは敗北しかなかった。

まさるは白兵戦《はくへいせん》をこなし、根を飛び越え、精悍《せいかん》な猿のごとく戦い続けた。枝に足を取られて放り投げられると、空中を落ちながらも回転するように体を捻り、刀を振る。攻撃してくる式神、枝、根を全て斬って着地し、芝生を蹴って走り出す。その度に、可憐は悔しいのか雄叫《おたけ》びを上げ、まさるを潰そうと躍起になった。

まさるはたった一人で、可能な限りの式神を倒し、枝や根を切断し、可憐に立ち向かう。何度か、本体の太い根を叩き斬る事にも成功し、可憐の絶叫が園内に響いた。

しかし、本体があまりにも大きいため、致命傷には至らない。可憐は、般若の面を歪ませてまさるを拒絶し、目や牙《きば》を鋭く光らせて唸る。次々に枝や式神を放っては、まさるを取り囲み、叩き伏せようとした。

まさるが徐々に押され始めた時、

「――急急如律令《きゅうきゅうにょりつりょう》！」

という声がする。結菜を八坂神社に預けて戻った鶴田の結界が、まさるを守っていた。振り返ろうとしたまさるだったが、鶴田がそれを止めた。

「僕に構わず、本体を！　何とかして伐《き》り倒したら勝ちや！」

次々と出される鶴田の術が、大きな根や長い枝、式神達の動きを止める。その間に、まさるはもう一度可憐へ突進した。

しかし、可憐は次々と千代紙を出して式神の数を増やし、まさるを押し戻しては、体力を奪っていく。

それでも、まさるは諦《あきら》めない。警察に諦めの二文字はない。いつかの塔太郎の言葉である。また、魔除けの子としても諦めの二文字がない事を、まさるは、心の中の「大」と一緒に、強く感じていた。

大丈夫。自分が持ちこたえさえすれば。必ず、塔太郎が来てくれる。

上七軒の舞妓さんを取り戻した後、塔太郎だけでなく、他の隊員達も、きっと応援に来てくれる。

まさるは、そう信じていた。大が、自分にしか出来ない役目を全《まっと》うしたように、今の自分も、自分の出来る事に全力を尽くしたかった。

鶴田の参戦で戦況が持ち直すと、可憐も本能的に気づいたらしい。結界の中で刀印を結んでいた鶴田の足元から、突然、鋭い根が飛び出した。鶴田は辛うじて躱したが、手を負傷し、体勢を崩して倒れてしまった。

地中を通り、結界の中からの攻撃である。これによって結界が弱くなり、それを破って一番乗りした武官が、鶴田の腹を蹴った。

あっという間に、鶴田が式神達に袋叩きにされる。まさるは真《ま》っ青《さお》になって踵《きびす》を返した。武官を複数倒して鶴田を守れたのはよかったものの、結果、まさるまでもが囲まれてしまった。

その勢いに乗じて可憐が高笑いし、顔を左右に振って式神達を吐き出す。式神の数がさらに増えて、まさると鶴田に猛攻を加えた。

何とか鶴田だけは、とまさるが鶴田を庇おうとした時である。何かが猛然とまさる達のもとへ滑《すべ》り込み、まさると鶴田を甘噛みし、式神達の中からさっと掬《すく》い上げて西へと飛んだ。

青龍《せいりゅう》である。まさる達をひょうたん池の前へ降ろし、龍が長い首を持ち上げる。東山三十六峰からは太陽が昇り、夜の帳《とばり》を押し開けていた。

――ほら。やっぱり来てくれた。

まさるは微笑む。東雲《しののめ》を照らし、燦然《さんぜん》と輝く朝日を浴びながら、青龍が人の姿に戻ってゆく。金色の籠手《こて》が反射して光るのを見たまさるは、この戦いに、今、本当の夜明けが来たと確信した。

透き通るような朝靄《あさもや》の中、片膝をついた塔太郎が、まさるの肩に手を置いた。

「すまん、遅なった。今までよう頑張った。鶴田くんもありがとう」

まさるは力強く頷き、満面の笑みで拳を出す。塔太郎も真っすぐに自身の拳を合

わせて、

「あとは任しとけ！」

と駆け出していた。

新手《あらて》の出現に、可憐が目を見開いて雄叫びを上げる。式神達や根が、一斉に塔太郎へと襲い掛かった。

地上の武官達や根はもちろん、飛んでいた十二単の女官達も、塔太郎を狙って高度を下げる。敵の全てが、塔太郎へと集中していた。

塔太郎は、それを待っていたと言わんばかりに両足に雷を込め、十二単の女官達よりも高く上方に跳《と》ぶ。これまでの霊力を込めた跳躍《ちょうやく》とは明らかに違う、まるで瞬間移動のようだった。

勢い余った敵は、標的が消えた事に戸惑っている。空中の塔太郎は既に腰の鈴を取って下に投げており、

「雷線《らいせん》、一の鈴っ！」

と掛け声を出して、伸ばした右手から閃光《せんこう》の槍《やり》のような、青い雷を一直線に放った。

それを受けた鈴が、溜《た》め込んでいた雷を放出する。広範囲に及ぶ激しい雷撃を受けた式神達は、一気に大半が焼失した。鋭い根も、雷の熱によって瞬時に水分が蒸

発したのか、内側から破裂していた。

鈴は、京都文化財博物館の籠城戦《ろうじょうせん》で見たのと同じく、菅原《すがわら》先生が塔太郎のために新調してくれたという改良品である。しかし、鈴を触発させた塔太郎自身の雷も、相当な威力だった。

無数の敵をひと息で片付けた塔太郎は、油断する事なく、着地した瞬間に走り出す。次々に雪崩れ込む式神達や根が迫ると、塔太郎は再び足に雷を込めた。

今度は跳ぶのではなく、電光石火《でんこうせっか》の如く移動する。ジグザグに塔太郎の残像が見えたかと思えば、全ての敵が突き蹴りで倒されていた。

続けざまに塔太郎は、根の一本を蹴ると同時に素早く跳躍し、すかさず鈴を投げる。

「雷線、二の鈴っ！」

と鋭く叫んで可憐に雷線を放つ姿は、もはや塔太郎自身が雷になったかのようだった。

雷撃を受けた枝が、火花を散らして焼失する。幹の一部が、大きく割れて焦げる。可憐が喉が裂けるような悲鳴を上げた。

可憐が激しく枝を振って抵抗をしたので、さすがの塔太郎も距離を取らざるを得ない。しかし、後から攻撃して来る式神達や根は、もう物の数にもならなかった。

塔太郎は瞬息《しゅんそく》の格闘技で式神達を倒し、可憐の根を伐り落とし続けた。残り二個の鈴も放って雷を撃ち、自らの拳にも雷を乗せて、真っすぐ突く。本体の可憐は、もう半分近く破壊されていた。

塔太郎の戦い方は、まさるとよく似ている。しかし、決定的な違いはその速度だった。まさるは、塔太郎が菅原先生から雷の指南《しなん》を受けている事を思い出し、それが今、存分に活かされているのだと知った。

全部が速すぎる、とまさるは塔太郎の姿に刮目《かつもく》し、傍らの鶴田も驚いていた。

「突き蹴りで使う雷を、移動に応用してるんや。信じられへん……！」

鶴田いわく、雷の威力というのは、どんなに強いものでも瞬発的なものだという。ゆえに、扱う事さえ本来は難しい。ましてやそれを、移動の速度向上に使うとなると、体が威力に耐えられない。結果、足元から弾《はじ》け飛び、体が明後日《あさって》の方向へ飛ぶのが普通だという。

「思う方向へ移動するには、常に体幹を保つ必要がある。さらにそれで戦うとなると、神業《かみわざ》的に心《しん》・技《ぎ》・体《たい》が揃わんと無理や。霊力云々《うんぬん》の問題じゃない」

あれこそが雷神《らいじん》さんや、と唸る鶴田に、まさるも深く頷いた。

とはいえ、いつまでも塔太郎一人に頼る訳にもいかない。可憐は、弱りつつも式神を出し続けているし、今は本体を守る事に注力しているその式神達が、再び襲ってこないとも限らない。

まさると鶴田が動こうとすると、背後から深津の声がした。

「午前四時五十八分、可憐座座長！　襲撃、呪詛、籠絡《ろうらく》、人攫いの罪で退治と致す！　総員、突入ーッ！」

その指揮と同時に、玉木《たまき》、琴子、北条に鈴木、朝光《あさみつ》兄弟までもが円山公園を駆け、参戦する。彼らはひょうたん池を越え、芝生に入り、式神の制圧や塔太郎の補佐を務めていた。

後方では、深津の銃はもちろん、栗山や絹川といった変化庵の隊員達の矢や、総代の出す狐《きつね》や鳶《とび》達の援護《えんご》がある。全体の目は竹男が務めており、敵の動向を細かく感知しては無線で味方に伝え、敵の奇襲を防いでいた。

上七軒の舞妓達を見事救出して、祇園に集《つど》ったあやかし課の精鋭達。彼らによって、地上の武官達も、上空の十二単の女官達も、巫女達も太い根も、あっという間に殲滅《せんめつ》されていった。

気づけば、まさるは一人ではなくなっている。鶴田も既に立ち上がり、痛みを堪えて刀印を結んでは術を出した。奮起したまさるは、ぐっと刀を握り直して走り出した。

距離を詰めた塔太郎が、跳躍して可憐に飛びかかる。可憐は奇声を上げて数本の根を出し、それを防ごうとした。

しかしその瞬間、

「洛東《らくとう》を守護する祇園社よ、何卒《なにとぞ》、おん力を我に与えたまえ！」

と玉木が叫び、渾身《こんしん》の力で扇子を振る。すると、塔太郎と根の間に、小さな箱状の結界が現れた。元からそういう連携だったらしい。塔太郎は、すぐに態勢を変えてその結界を足場にし、厚い根の壁を飛び越えた。そのまま可憐の懐へ入り、割れた幹の中に拳を突っ込み、中で雷を放った。

可憐の叫びと共に、本体のあらゆる部分が破壊される。可憐は、最後の抵抗として太い枝を自分へと突き出し、塔太郎を刺そうとした。そこに間に合ったまさるは跳躍し、般若の面に向けて刀を振り下ろした。

可憐は衝撃を受けて目を見開き、塔太郎は勝ち誇ったように口角《こうかく》を上げた。

「行け、まさる！　とどめはお前や！」

まさるの、全身のばねと腕力を使った得意技「神猿の剣　第二十番　粟田烈火《あわたれつか》」が放たれる。刃が一瞬だけ煌《きら》めいて、般若の面を真っ二つに割った。

可憐の絶叫が周囲を震わせ、まさると塔太郎は大きく飛び退いた。その瞬間、割れた面の中から、おびただしい数の千代紙が噴出する。しかし、可憐本体にもう力はなく、一枚として式神にはならない。やがて、巨大な枝垂れ桜が倒壊した。

全ての千代紙と共に、可憐という化け物は爆発する。爆散した千代紙の紙片が、朝風に舞う桜吹雪のようだった。

終章

雲一つなく晴れた円山《まるやま》公園は、散歩に来た地元の人達や、沢山の観光客で溢《あふ》れている。

祇園《ぎおん》しだれ桜《ざくら》は、もう花が僅《わず》かの葉桜となっており、道行く人がそれを見上げては、春の終わりを惜しんでいた。

石の腰掛に座った大《まさる》は、ポシェットから、一本の花かんざしと木札を取り出す。

花かんざしの桜は羽二重《はぶたえ》の布で作られており、その精巧さは、本物の桜から拝借したかのようだった。手に持つと、房の先の小さな鈴が揺れた。

木札は、置屋《おきや》にかける芸舞妓《げいまいこ》の名札を真似《まね》たもので、置屋・松本《まつもと》の紋《もん》の下に、綺《き》麗《れい》な字で「清まさ」と書かれている。

飽きもせず、それらを眺《なが》める大の横から、塔太郎《とうたろう》が楽しそうに覗《のぞ》き込んだ。

「その花かんざし……、折角もらったんやから、髪に挿《さ》したらええのに」

塔太郎が言うと、大は嬉《うれ》しそうに笑って首を横に振る。

「付けたら、自分から見えないじゃないですか。これは、ずっと持っときたいんです」

続けて、

「塔太郎さんも、横に置いてる帽子はいいんですか？　せっかく、旦那様《だんな》に貰《もら》ったのに」

と訊《き》くと、

「頂いたんは嬉しいけども、何か恥ずかしいわ」

と塔太郎は肩をすくめて、両袖《りょうそで》に手を入れていた。

今、大は、黄緑の着物に黄色の袴《はかま》をつけ足元はブーツである。戦前の女学生風だった。これは、今日の午後から大をモデルに絵を描く予定の、総代《そうしろ》の注文である。

一方の塔太郎の格好も、袴に羽織《はおり》、それに下駄《げた》。あとは帽子さえ被《かぶ》れば、戦前にいたかもしれぬ、何処《どこ》ぞの青年のようだった。辰巳大明神《たつみだいみょうじん》の悪戯《いたずら》で、服装を変えられたのである。

園内のどこもかしこも、何気ない日常で溢れている。大と塔太郎は周囲を見て、お互い微笑《ほほえ》み合っていた。

可憐《かれん》を退治《たいじ》した後、結菜《ゆいな》と清香《きよか》は固く抱き合って涙の再会を果たした。置屋にも邪気は一切発生しなくなり、もちろん、可憐座も事実上の解体である。全《すべ》ては、平和な結末を迎えていた。

結菜は、最初こそ清香達に申し訳なさそうにしていたが、清香が姉の口調を真似て「シャキッとする！」と励ますと、元気を取り戻し、改めて大達に感謝した。

東京へ帰る前、結菜は清香の両肩に手を添え、希望に満ち溢れた顔でこう言ったという。

「七羽《なは》。私、新しい夢が出来たの。舞妓《まいこ》さんが襟替《えりか》えした後の芸妓《げいこ》さんは、着物から何まで、全部自分で揃《そろ》えないといけないでしょ？　だから、私が絶対に、お金を貯《た》めて粋《いき》な着物を買ってあげる！　ついでに、呉服《ごふく》関係に転職しようと思うんだ。上手《うま》くいけば京都で……。そしたら、七羽も心強いでしょ？」

これを聞いた途端、清香は静かにその場にしゃがみ込み、涙を流した。

「お姉ちゃん、本当にありがとう。見ててよね。私、絶対絶対、立派な芸妓さんになるから！　――結菜さん姉さん、ほんまおおきに。うちは、世界一の幸せもんどす。これからもずっと、ずっと、おたのもうします」

こうして姉妹は、互いの夢と絆《きずな》を胸に抱いて、笑顔で別れる。その清香を、鶴田がそっと、いつまでも見守っていた。

事件を解決した大達も、事後処理を終えてひと時の休息を得る。大は、今回は怪《け》我《が》をせずに帰ってこれたと考えていたが、総代の方は、可憐に顔を擦《こす》られた事も怪我とみなしたらしい。

「はい、アウトー！　約束通り、今度モデルになってね。服装は、僕が準備するから。当日の朝、うちの変化庵《へんげあん》に来てね！」

薄《うっす》らと、痕《あと》が残る大の頬《ほお》を見ながらの発言に、大は「えー？」と不服を唱えたものだった。

「これも怪我に含めんの⁉　重傷とかじゃないし、別にええやん！」

「だーめ。怪我は怪我。僕がどんなに心配してるかっていうのを、こういう形で知ってもらわないとね。今回の坂本《さかもと》さんみたいに、無傷で帰るぐらいの実力を備えてくれたら、こんな約束はしなくて済むよ？　まぁ、人の事は言えないけどね。だから、これからも一緒に修行しようよ」

「うう……っ。自分に言われんでも、そうするもん！」

ぷいっとそっぽを向く大を見て、総代が笑う。結局、大もモデルになる事自体は嫌ではなかったので、互いの休みを調整した。

そういう訳で今日の午後、大は、総代が予約した貸しスタジオに行く予定である。

朝から変化庵へ行き、今の袴姿に着付けてもらうと、その足で祇園町《ぎおんまち》へ向かい、松本を訪ねたのだった。

家には全員が揃《そろ》っており、大は、お母さんに里中《さとなか》さん、蓮《れん》、清《きよ》ふく、彩莉奈《さりな》、多《た》つ彩《あや》、そして清香の歓迎を受けて、改めてお礼を言われた。

やがて、お母さんが小さな風呂敷《ふろしき》包みを出し、

「私ら皆からの、ささやかなお礼どす。舞妓ちゃんではないけれど、あんたももう立派な、松本の子どっせ」

と言われて大が開けてみると、中は、四条《しじょう》通り沿いの老舗《しにせ》・金竹堂《きんたけどう》の花かんざしと、松本の紋に「清まさ」と書かれた名札だった。

驚く大に、清ふく達が笑って手を振り、

「木札は、ほんまのやつっていう訳にはいかへんかったし、似たようなやつでこしらえてん。金竹堂さんの花かんざしも、お店のお兄さんと一緒に選んでん。お兄さん、めっちゃええ人やねんで！」

と説明する。清《きよ》まさという名前は、お母さんが考えた、大の舞妓としての名前だった。

「この町で過ごしたあんたは、そらぁ強い子になりますやろ。どうぞこれからも、元気でお気張りやすな」

お母さんの激励に、大は思わず目頭が熱くなる。清香が大の手をぎゅっと握り、

「大ちゃん。舞妓さんは月に二日の休みがあるさかい、今度、絶対に遊びに行こな！」

と言うのに、大も「うん！」と心からの笑《え》みで返し、松本を後にした。

その後、八坂神社《やさかじんじゃ》の美御前社《うつくしごぜんしゃ》へお参りし、そのまま円山公園に入って歩いていたところで、塔太郎と出会ったのだった。

大と同じく今日が休みの塔太郎は、辰巳大明神に誘われて、食事の予定があるらしい。待ち合わせに到着した塔太郎はスーツ姿だったが、それを見た辰巳大明神が、

「お前、春も最後やぞ！　そんなつまらん格好《かっこう》せんと、もうちょいお洒落《しゃれ》せえ」

と上機嫌で手を振り、塔太郎の服を和装に変えたらしかった。

大は時計を見て、総代との約束の時間が近いと悟る。塔太郎も、別の用事で呼ばれた辰巳大明神が戻ってくる頃だと言って、腰掛から立ち上がった。

「ほなな、大ちゃん。総代くんによろしく言うといて」

「はい。絵が完成されたら、塔太郎さんにも見せますね！　この格好……、総代くんが気に入ってくれたらいいんですけど」

「するする。絶対する。大丈夫やって」

恥ずかしいと照れていたにもかかわらず、塔太郎が、自ら帽子を被《かぶ》る。それを見

た大も触発されて、花かんざしを髪に挿してみた。

「どうですか、塔太郎さん。舞妓の『清まさ』どす」

　笑顔で、戯《たわむ》れに小首を傾《かし》げる大。それを前にした塔太郎は、目を細めて頷いていた。

「めっちゃ似合ってる。旦那様が前に言うた通り、いつでも売れっ子になれるんちゃうかな」

「おおきに、お兄さん。そう言うてもろて、うち嬉しおす。……あの……。私が舞妓さんになった時、塔太郎さん、吉井勇《よしいいさむ》の歌を言いませんでした？　私、かにかくにの歌しか知らへんくって……。あれ、どんな歌やったんですか？」

「あぁ、それなぁ……」

　その時、写真撮影に夢中だった観光客が、背中から大にぶつかってしまう。大は前方によろけて倒れかけ、それを塔太郎が支えてくれた。

「大丈夫か」

「す、すみません」

　観光客が、小さく謝って離れて行く。大が塔太郎の腕に摑《つか》まって体を起こそうとした時、塔太郎が素早く身を寄せ、耳元で囁《ささや》いた。

うつくしき　祇園言葉に　聴き惚《ほ》れて　かへるを忘れ　われやありけむ

低く男らしい声に、大の顔がさっと熱くなる。塔太郎も顔を赤らめている。彼はおもむろに懐《ふところ》に手を入れて、一冊の小さな本を出した。

「これ、寺町《てらまち》の古書店で見つけたんやけど……、『祇園歌集』っていう、吉井勇の歌集やねん。さっきの歌は、ここに入ってる。祇園だけじゃなしに、嵐山《あらしやま》とか宇《う》治《じ》の歌もあんねん。おすすめやぞ」

彼いわく、大の手紙に吉井勇の話題があったので興味を持ち、購入したという。

大正時代の刊行物で、古い紙特有の、香《こう》ばしい匂《にお》いがした。そもそも辰巳大明神が塔太郎を食事に誘ったのも、この『祇園歌集』を知っている塔太郎に興味を持ち、「祇園談議といこうやないか」と思い立ったからだという。

大がさらっと読ませてもらうと、ひと目で情景の浮かぶような、親しみやすい歌が沢山ある。

「これを読むと、祇園町がもっと好きになりますね。さっきの歌が、塔太郎さんの好きな歌なんですか」

「そうやな。『かにかくに』も素晴らしいけど、この歌もええと思う。もっと広まったらええのにって思うぐらいには、気に入ってるわ」

「その、うつくしき祇園言葉っていうのは、誰の祇園言葉に対してですか」

「さぁ。誰という訳では……。舞妓さんちゃうけ」

「ほな、それを何で私に？　私が舞妓さんになった時に言うてくれたのも、この歌ですよね。塔太郎さんが、私の京言葉に聴き惚れてって、そういう意味の……」

「もうそれ以上は訊《き》くな。時間ないんやろ」

ぽん、と軽く、塔太郎の帽子が大の頭に被される。何かをはぐらかされた気がして、大はついむくれてしまった。塔太郎は、帽子を被り直して笑顔で手を振り、去ろうとしている。

大は慌てて、塔太郎に頼んだ。

「あ、あの！　その本、貸して頂けませんか！　古い本やし、本屋さんにはないかなと思って、それで……、それで……！」

口籠《くちご》もっていると、塔太郎が戻ってくる。

「そう言うと思ってた」

と優しく言って、本を手渡してくれた。

塔太郎は今度こそ本当に、大に小さく手を振って円山公園を西に向かい、去っていった。

大は、歌集と名札をきゅうと抱き締める。塔太郎に言いたくても言えなかった事を、心の中で反芻《はんすう》していた。

塔太郎さん。私の事、ほんまにただの後輩やと思ってますか？　仕事だけの関係やったら、何で、私と文通してくれて、お気に入りの歌を囁いてくれたんですか？

そんなん、ずるい。あやかし課隊員としての信頼の他に、貴方《あなた》から、もっと別のもんも欲しくなる。

生まれ変わっても、あやかし課隊員でいたいと思う他に、生まれ変わっても貴方に出会いたいと……、貴方と一緒にあやかし課隊員をやりたいと、思ってしまうじゃないですか。

好きです。貴方が。本当に……。

「ここまで恋させた責任、いつか、取ってもらいますからね……？」

誰にも聞こえないよう、そっと呟《つぶや》く。

大は、塔太郎の後ろ姿が見えなくなるまで見送り、枝垂れ桜の傍《そば》に立っていた。

（おわり）

著者紹介
天花寺さやか（てんげいじ　さやか）
京都市生まれ、京都市育ち。小説投稿サイト「エブリスタ」で発表した「京都しんぶつ幻想記」が好評を博し、同作品を加筆・改題した『京都府警あやかし課の事件簿』（PHP文芸文庫）でデビュー、第七回京都本大賞を受賞した。

エブリスタ
国内最大級の小説投稿サイト。

小説を書きたい人と読みたい人が出会うプラットフォームとして、これまでに200万点以上の作品を配信する。

大手出版社との協業による文芸賞の開催など、ジャンルを問わず多くの新人作家の発掘・プロデュースをおこなっている。

https://estar.jp

この作品は、小説投稿サイト「エブリスタ」の投稿作品に大幅な加筆・修正を加えたものです。

イラスト――ショウイチ
目次・章扉デザイン――小川恵子(瀬戸内デザイン)
「燈桜館」原案―― Sakurarium✽

PHP文芸文庫 京都府警あやかし課の事件簿5
花舞う祇園と芸舞妓

2021年3月18日 第1版第1刷

著者 天花寺さやか
発行者 後藤淳一
発行所 株式会社PHP研究所
東京本部 〒135-8137 江東区豊洲5-6-52
第三制作部 ☎03-3520-9620(編集)
普及部 ☎03-3520-9630(販売)
京都本部 〒601-8411 京都市南区西九条北ノ内町11
PHP INTERFACE https://www.php.co.jp/
組版 有限会社エヴリ・シンク
印刷所 図書印刷株式会社
製本所 東京美術紙工協業組合

 ISBN978-4-569-90114-5

PHP文芸文庫

「京都府警あやかし課の事件簿」シリーズ

天花寺さやか 著

京都府警あやかし課の事件簿

人外を取り締まる警察組織、あやかし課。新人女性隊員・大にはある重大な秘密があって……? 不思議な縁が織りなす京都あやかしロマン!

京都府警あやかし課の事件簿2 祇園祭の奇跡

嵐山、宇治、祇園祭……化け物捜査専門の部署「あやかし課」の面々が初夏の京都を駆け巡る! 新人隊員の奮闘を描いた人気作、第二弾!

京都府警あやかし課の事件簿3 清水寺と弁慶の亡霊

弁慶が集めたとされる999本の太刀。それらに封印されし力が解き放たれた時、秋の京都が大混乱に!? 人気のあやかし警察小説第三弾!

京都府警あやかし課の事件簿4 伏見のお山と狐火の幻影

日吉大社にお参りすることになった大と塔太郎。大に力を授けてくれた神々との対面は一体どうなる!? 恋も仕事も新展開のシリーズ第四弾!